지금 아는 것을
10년 전에
알았더라면

박외섭 지음

청어

지금 아는 것을 10년 전에 알았더라면

박외섭 지음

발행처 · 도서출판 청어
발행인 · 이영철
영 업 · 이동호
홍 보 · 최윤영
기 획 · 천성래 ㅣ 이용희
편 집 · 방세화 ㅣ 김명희
디자인 · 김바라 ㅣ 서경아
제작부장 · 공병한
인 쇄 · 두리터

등 록 · 1999년 5월 3일
(제321-3210000251001999000063호.)

1판 1쇄 인쇄 · 2016년 1월 1일
1판 1쇄 발행 · 2016년 1월 10일

주소 · 서울특별시 서초구 효령로55길 45-8
대표전화 · 02) 586-0477
팩시밀리 · 02) 586-0478

홈페이지 · www.chungeobook.com
E-mail · ppi20@hanmail.net
ISBN · 979-11-5860-383-0(03810)

이 도서의 국립중앙도서관 출판시도서목록(CIP)은 서지정보유통지원시스템 홈페이지
(http://seoji.nl.go.kr)와 국가자료공동목록시스템(http://www.nl.go.kr/kolisnet)에서 이용하
실 수 있습니다.(CIP제어번호: CIP2015033102)

지금 아는 것을
10년 전에
알았더라면

머리말

지금 아는 것을 10년 전에 알았더라면(지금 말고 언제?)

우리가 살면서 후회는 피할 수 없다. 하지만 후회가 단순히 후회로 그치고 만다면 후회는 의미가 없다. 후회에서 배우고 한 걸음 더 나아갈 수 있을 때 삶이 발전할 수 있다.

그런 의미에서 이 책은 나에게는 소중하고도 소중한 책이다. 하루는 24시간으로 한정되어 있고 생활인으로 언제나 할일은 많다. 단순한 생존이 삶의 목적이 아니라 존재의 가치와 삶의 저변에 묻혀 있는 보석 같은 의미를 궁구할 때 자신만의 삶을 살 수 있을 것이다.

사람들은 주어진 환경에서 나름대로 열심히 적응하며 산다. 하지만 시간이 흘러 지난 시간을 되돌아봤을 때 "이건 아닌데……" 하는 생각에 삶이 뒤척거려지고 늦가을 한기 섞인 바람에 몸보다 마음이 더 시린 경험을 했다. 세모가 되면 더욱 그렇다.

가슴으로 늦가을 찬바람에 돋는 피부의 돌기처럼 진저리를 치게 되고 걷잡을 수 없는 낭패감에 빠지기도 했다.

혈기왕성할 때 생활에 쫓겨 무심히 흘러 보낸 시간들이 충만함이 아닌 상실의 느낌으로 다가오고, 다시 되돌릴 수 없다는 생각이 들 때 산길에서 앞을 막아 선 절벽처럼 막막했다.

몸이 건강할 때에는 시간조차 함께 멈춘 것 같았다. 그래서 때로는 몸을 혹사하기도 하고 시간을 물처럼 낭비하기도 했다. 하지만 모든 것은 시간과 더불어 지나가기 마련인 것을…… 지금 아는 것을 좀 더 젊은 시절, 그때 알았더라면 내 삶이 지금보다 많이 달라졌을 거란 생각을 한다. 자신의 전철을 밟지 말고 좀 더 빨리 존재에 대한 자각으로 삶의 진정한 의미를 추구하는 삶을 살았으면 하는 바람이다.

70이 넘은 어르신들에게 물었다. 인생을 살면서 무엇이 가장 후회되느냐고. 가장 많은 답변이 "정작 하고 싶었던 일을 하지 못한 것이다"고 했다. 비록 성공하지 못한 시도였다 해도 해본 것에 대한 후회는 없다. 하지만 하고 싶었지만 하지 못한 일에, 다시는 시도할 수 없고 이대로 삶을 마무리해야 한다고 생각했을 때 삶이 후회스럽다고 했다.

책을 읽으면서 선인들과 만나고 책 속의 현자들을 만나면서 삶의 지혜가 왜 젊은 날에는 그렇게 멀게만 느껴졌는지 생각하면 많이 아쉽다. 문득 '사람에게 다 때가 있는 것인가?' 하는 생각을 해본다. 하지만 지금이나마 그 이치를 궁구할 수 있음에 감사할 뿐이다. 늦다고 생각할 때가 가장 빠른 때라는 말을 위안으로 삼는다. 늦게나마 시작하니 책이 나왔다.

하루에 오만 번 생각이 변한다고 오만 가지 생각이라고 했다. 변화무쌍한 사람의 생각이라 정심하기가 쉽지 않다. 수많은 시대를 거쳐 지금까지 살아남은 책 속의 주옥같은 말들에서 배워야 한다. 책 속의 선각자들의 말을 되새기면서 우리 삶의 나침반으로 삼는다면 덜 후회하는 삶이 될 것이라 확신한다. 자신의 경험으로……

젊은 시절에 미처 느끼지 못했던 삶에 대한 생각들을 정리하면서, 아직 꿈이 있는 젊은 사람들에게 선인들의 지혜에서 삶을 배우라고 말하고 싶다. 그래서 제대로 된 자신의 삶을 살라고 말하고 싶다.

살다 보니 어느 것 하나 제대로 이룬 것이 없다. 거스를 수 없는 시간 속에 세월은 가고 이루지 못했기에 애초에 꿈조차 갖지 못하고 살아온 날들이었기에 목마른 갈증이 있다.

시간을 물처럼 사용해버린 3~40대가 그렇고 그나마 하고자 했지만 이루지 못한 채 쉽게 포기해버린 일들이 어디 한두 번인가.

다시 시작하고 싶은 마음 간절하지만 다시 그 시절로 돌아갈 수 없다.

젊음은 꿈을 세우면 이룰 수 있는 보증수표와 같다. 인간의 무한한 잠재력은 큰 꿈을 꾸면 꿀수록 큰일을 할 수 있다. 미래에 대한 꿈 없이 살아온 자신의 지난 시간을 되돌아보면서 부모 세대보다 더 잘 살 수 있기를 바란다. 시간을 소중히 하여 인생을 지혜롭게 살아가기를 바란다.

흘러간 강물로는 물레방아를 돌릴 수 없다.

시간에 쫓기는 사람들에게 자신의 책이 삶에 조금이라도 도움이 될 수 있다면 더 이상 바랄 것이 없겠다. 나란 존재가 이 세상에 어떤 방법으로 도움이 될 수 있을까를 물으며 실천한 것이 이 책이다.

인생을 열정으로 살아가기 위한 자기계발(목표)에서부터, 생활의 주요 부분을 차지하는 경제관리(재테크)와 그리고 인간으로서 기본적으로 갖추어야 할 교양(감사)과 세상에서 자신이 꿈꾸는 비전을 위해(신념과 습관 그리고 독서) 알아야 할 내용을 담았다. 삶에서 어느 것 하나 소홀히 할 수 없지만 독서와 목표의 중요함을 전하고 싶었다. 자신의 주관보다는 책 속의 지혜를 나누며 험한 세상 다리가 되기를 원하고, 한 번 읽고 외면 받는 책이 아니라 수시로 꺼내 읽으며 자신을 채근할 수 있는 그런 책이었으면 좋겠다.

존재에 감사하며 삶이 축복이 되고, 생명이 기적이 되는 그런 삶을 살았으면 좋겠다.

또한 모든 사람들이 소망하는 꿈을 이루며 살았으면 좋겠다.

2015년 겨울
박외섭

Contents

제7장 재테크 :

돈을 찬미해야 한다

제1장

독서

사람은 책을 만들고, 책은 사람을 만든다

1
책 쓰기는 독서의 마무리다

글이란 눈으로 보고 입으로 읽는 것이 결국 손으로 한번 써 보는 것만 못하다.
대개 손이 움직이면 마음이 반드시 따르는 것이므로 비록 스무 번을 읽어온다 하더라도
한 차례 힘들여 써보는 것만 못하다. - 이덕무

글쓰기의 중요함에 대한 이덕무의 말이다.

"견문이 넓고 아는 것이 많으면서도 글을 쓰지 못한다는 것은 열매를 맺지 못하는 꽃과 같다. 어느새 떨어져버리지 않을 수 있겠는가? 글을 쓰면서도 널리 알지 못하는 것은 깊이가 없는 물과 같다. 어느새 말라버리지 않을 수 있겠는가?"

기록하지 않으면 잊혀진다. 널리 알리지 못하면 혼자만의 지식으로 멈추고 만다. 세월은 단단한 바위도 흙으로 만들고, 강한 쇠도 삭게 한다. 사람의 기억력도 시간의 흐름에 따라 점점 희미해진다. 그 순간이 사라지기 전에 남기는 방법이 기록이다.

독서를 하면서 항상 미진하다는 생각과 함께 아쉬움이 있었다. 그 원

인이 책 쓰기였으며 독서의 마무리는 책 쓰기라는 사실을 깨달았다. 자신이 책에서 얻은 지식과 삶의 지혜를 다른 사람들과 나눌 수 있을 때 독서가 진정한 가치를 갖는다. 책 쓰기에 대해 생각으로 그치지 않고, 읽는 독서에서 책 쓰기 독서로 발전하게 되었다. 첫 책 쓰기는 2015년 전반기 『버킷리스트 5』(모든 것의 뒤에 놓인 운명을 바꾸는 힘)의 공동 저서였다.

부모님으로부터 세상에 온 것이 첫 번째 인생이었다면, 30m 급경사에서 차량이 추락하여 생사의 고비에서 구사일생으로 살아남은 것이 두 번째 인생이었다. 인생의 후반기 책 출간과 함께 세 번째 인생의 출발점이라고 생각한다. 임원화의 『하루 10분독서의 힘』에서 "책을 읽는 것이 자기계발의 시작이라면 책을 쓰는 것은 자기계발의 끝이기 때문이다. 진정한 자기계발은 몰입독서에서 시작되고 최고의 자기계발은 책 쓰기다"라며 책 쓰기의 중요성을 말한다.

집을 짓기 위해서는 건축설계도가 있어야 한다. 책 쓰기에도 기본 과정이 필요하다. 그 방법을 알고 실행한다면, 시간 단축과 함께 시행착오를 줄일 수 있다. 책 쓰기에서 기본적으로 갖춰야 할 공통점이다.

첫째 제목을 정해야 한다. 어떤 내용을 주제로 쓸 것인지를 먼저 정해야 한다. 음식, 육아, 부동산, 자기계발, 여행. 미술, 전문 분야에서 쓰고자 하는 분야에서 주제를 압축한 콘셉트를 정한다.

둘째. 목차를 작성한다. 제목에 맞는 소제목을 만들어야 한다. 소제목은 한 파트 당 5~6개의 소제목으로 구성하고, 한 꼭지 당 A4용지 2

~3페이지 분량이 적당하다. 글씨 크기는 한글 10포인트를 사용하여 책 한 권에 40여 개 전후의 소제목과 A4용지 120매 정도면 책 한 권 분량이 된다.

셋째. 소제목의 내용을 채우는 일이다. 그 과정에서 사례와 자신의 생각을 적절히 조화시키면서 글을 쓴다. 책을 쓰기 위해 사례들이 미리 준비되어 있으면 글쓰기 속도가 빨라진다. 신문, 잡지, 책, 기타 매체에서 틈틈이 글쓰기와 관련된 참고자료를 수집해 둔다면 책 쓰기에 유용하게 활용할 수 있으며 시간도 절약할 수 있다. 책 쓰기에도 계획이 필요하고 준비기간이 필요하다.

적절한 사례 활용은 독서에 흥미를 더하게 하고 독서가 지루하지 않다. 사례 없는 설명조의 내용은 독자를 지루하게 만든다. 『적을 만들지 않는 대화법』의 저자 샘 혼은 상대의 반응을 60초 안에 끌어당길 수 있는 딱 한 가지 방법으로 '사례'라고 했다. 신선한 사례들이 독자의 마음을 끌어당긴다. 책 쓰기를 위해 각종 사례들을 정리한 참고자료와 책의 내용과 유사한 다른 작가의 책과 비교하면서 집필한다. 다른 책에서의 장점은 자신의 것으로 만들어 활용하고 단점은 반면교사로 삼아야 한다.

넷째. 초고가 완성되면 교정이 필요하다. '모든 초고는 걸레다'는 말과 같이 초고는 다듬어지지 않은 원석과 같다. 헤밍웨이의 『노인과 바다』는 200번을 고쳐 썼다고 한다. 초고가 가슴의 들끓는 감정으로 썼다면 재고는 냉정한 머리로 분석하면서 써야 한다. 교정에서 최소 5번 이상 검토가 필요하다. 교정은 볼 때마다 부족함으로 지치기 쉽지만 이 과정을 거쳐야 비로소 한 권의 책이 완성된다. 그래서 초고보다 교정단계가 더 어렵다고 말한다.

다섯 째. 교정이 완료되면 출판사에 투고할 투고서를 만든다. 투고서에는 책에 대한 요약설명과 약력 그리고 판촉에 대한 정보가 있으면 출판사에서 판단하기 쉽다. 출판사는 출간하는 책이 독자들에게 어필할 수 있는지, 호응도를 분석하고, 출판에 따른 영업이익도 생각한다. 출판은 영리사업이기 때문에 손해를 보면서 출판할 수는 없기 때문이다. 이런 과정을 거치면 한 권의 책이 세상에 나온다.

기록이 필요하다.

책을 읽으며 떠오르는 생각을 기록하지 않으면 그 순간이 지나면 기억에서 점점 잊혀진다. 마치 한순간 반짝이다 사라지는 밤하늘의 유성과 같은 순간의 시간을 잡을 수 있는 것이 기록이다. 생생한 느낌, 좋은 아이디어, 참신한 생각 등 순간의 느낌을 붙잡기 위해서는 책의 여백이나 노트에 기록하는 습관이 필요하다. 독서노트와 필기구를 곁에 두고 중요한 내용이나 기억에 남는 말들, 순간의 생각과 감동을 기록해야 한다. 이덕무는 2만여 권의 책을 읽고 수백 권의 책을 필사했다.

기록은 독서의 효과를 높인다. 읽으며 느꼈던 감정을 기록하는 과정에서 기억을 다시 정리할 수 있다. 자신의 경우에도 연 초 독서목표로서 월 평균 10권, 일 년 120권의 독서계획을 세워 책을 읽으며 꾸준히 기록했다.

노트에는 기본으로 책 제목과 작가 그리고 독서 날짜를 기록한다. 책 속의 중요하다고 생각되는 내용과 강한 느낌으로 다가온 감정을 기록한다. 독서노트를 펼치면 책을 다시 꺼내지 않아도 책의 전체 흐름을 알 수 있다. 필요할 때나 시간이 날 때면 독서하듯 노트를 읽는다. 그러한 습관이 책까지 쓰게 되었다.

책 쓰기 꿈이 있다면 지금 시작해야 한다. 꿈이 없는 것은 삶의 희망을 포기한 것이다. 꿈이 있어도 실천하지 않는 것은 삶에 대한 직무유기다. 꿈을 갖고 자신의 변화를 위해 날마다 배우고 나날이 새로워지려는 〈日日學 日日新〉 마음이 있어야 한다. 책 쓰기는 변화의 가장 확실한 증거다. 타의에 의한 삶과 자의에 의한 삶에는 많은 차이가 있다. 타의가 남의 불빛에 의해 밤길을 가는 것이라면 자의는 스스로 불을 밝혀 길을 가는 것이다. 타의는 남의 지배를 받아 종속되는 것이라면 자의는 자신의 의지에 의해 자신의 삶을 사는 것이다.

독서는 보상에 대한 기대를 넘어서게 할 뿐만 아니라 올바른 삶의 목적을 갖게 한다. 삶의 궁극적 목적이 행복한 삶이라면 독서는 그것을 실행하게 한다. 자신을 돌아보게 하는 성찰의 계기를 독서와 글쓰기가 만든다. 자신이 해야 할 일이 무엇인지? 어떻게 살아야 하는지 알게 한다.

독서는 스스로 할 수 있는 힘을 갖게 하고, 책 쓰기는 그것을 밖으로 드러내는 것이다.

독서는 사람들에게 어두운 밤길을 스스로 불 밝혀 갈 수 있도록, 방법을 가르쳐 주고 삶의 지혜를 배울 수 있는 스승을 만나는 일이다. 독서가 습관이 되었을 때 독서의 완성을 위해 책 쓰기 욕구로 이어진다. 독서의 종결은 책 쓰기이다. 처음에는 좋은 독자였지만 독서가 습관이 되면 좋은 저자가 되고 싶은 마음이 생긴다. 책에서 습득한 지식을 사람들과 나눌 수 있을 때 독서는 완성된다. 책 쓰기가 많은 시간을 들여 알게 된 지식과 지혜를 흐르는 시간에 내맡겨 사장시킬 것인지, 저자가 되어 다시 독자와 만날 것인지 선택은 본인의 몫이다. 책 쓰기는 독서의 마무리이다.

2

책은 나의 스승이다

책을 읽는다는 것은 많은 경우 자신의 미래를 만든다는 것과 같은 뜻이다

- 랄프 왈도 에머슨

개인이 성장하고 변화하는 데 독서 만한 것이 없다. 책에는 다양한 사람들의 삶이 들어 있고 인생의 지혜가 있다. 성공한 사람들과 세상을 리더하는 사람들 중에서 독서를 좋아하지 않은 사람이 없다. 독서가 모든 사람을 성공하게 하는 건 아니지만 성공한 사람들은 모두 독서광이었다.

손정의는 책을 읽으면서 지속할 수 있는 기업의 아이디어와 경영이념을 정립했다. 2014년에 일본 통신업계 1위였던 NTT 도코모를 앞질러 자신의 회사를 일본 통신업계 1위에 올려놓았다. 1981년 소프트뱅크 전신인 컴퓨터업체 '유니슨 월드'를 설립한 지 33년 만의 일이다. "도코모를 언젠가 꼭 누른다는 것은 통신업계에 진출한 첫날부터 가졌던

강한 결의였다. 그것을 달성할 수 있어 감개무량하다"고 말하는 그가 이렇게 되기까지 치열한 독서시간이 있었다. 그가 성공하기까지는 병원에서의 3년 동안 독서가 밑바탕이 되었다고 말한다.

손정의 회장이 19세 때 세웠다는 '인생 50년 계획'에서 "20대에 회사를 세우고, 30대에 1000억~2000억 엔을 모으며, 40대에 승부수를 던지고, 50대에 사업을 완성해, 60대에 다음 세대에 사업을 넘긴다는 것이다." 대부분 현실이 되었다.

『돈은 아름다운 꽃이다』의 저자인 미래에셋 박현주 회장 역시 자신의 성공요인에서 8할이 독서였다고 말한다. 독서를 하면서 일련의 사색과정이 스스로 성장할 수 있는 가장 훌륭한 자양분이 되었다. 그는 독서를 두고 "가장 비용이 적게 들면서 가장 큰 이익을 창출할 수 있기 때문이다"라고 말한다. 아시아 최대 갑부인 리자청 역시 "독서가 자신을 현재의 위치에 있게 했다"고 했다.

예병일의 경제노트에서 웨렌 버핏의 습관과 관련한 내용에서 "처음에는 습관의 쇠사슬이 너무 가볍기 때문에 느끼지 못하고 나중에는 너무 무거워 끊지 못한다"고 했다. 그리고 "날마다 읽고 배워라. 꾸준히 읽어라"라며 독서습관을 강조했다. 나폴레옹과 알렉산더 대왕은 전쟁터에서도 책을 손에 놓지 않았다.

독서에도 방법이 있다. 목적의식 없이 읽으면 쉽게 지치게 되고, 오래 지속되기 어렵다. 당장 급한 일이 생기면 급한 일에 밀리게 되면서,

작심하여 독서계획이 흐지부지되고 만다. 현실에서 뒷전으로 밀려나고 만다. 잦은 시작과 반복도 독서와 멀어지게 한다. 가장 좋은 방법은 독서를 자신의 습관으로 만드는 것이다. 어떤 상황에서도 독서가 생활 속 일부가 되어 습관으로 자리 잡을 때 지속적 독서가 가능하다. 다음은 독서와 가까워지기 위한 방법이다.

첫째, 책을 왜 읽어야 하는가?

책을 읽고자 하는 목적의식이 분명해야 한다. 전문분야의 전문지식을 얻기 위해서인가? 아니면 스스로 인생의 방향을 찾기 위함인가? 지식인으로서 갖추어야 할 교양을 위해서인가? 자기계발을 위해서인가? 책을 읽어야 할 명확한 이유가 있어야 한다.

독서의 이유에서 살아가는 데 꼭 필요한 삶의 자원이다. 자아를 실현시키기 위해 동기부여를 해준다. 독서는 삶의 방향을 찾게 해주고 살아가는 지혜를 준다. 독서는 단시간의 승부가 아닌 긴 시간을 필요로 하는 것으로 뚜렷한 목적이 있어야 지속할 수 있다.

둘째, 독서에 대한 목표를 가진다.

독서를 꾸준히 할 수 있도록 해주는 동기부여는 목표다. 한두 권의 독서로 습관이 될 수 없다. 같은 분야의 책을 최소한 100권 이상 읽으면 감이 온다는 것이 독서 전문가들의 이야기다. 모든 사물의 이치를 끝까지 파고들어 앎에 이르게 된다는 격물치지(格物致知)의 이치를 생각하면서 독서에 대한 목표치를 가져야 한다.

현실은 늘 시간이 부족하고 할 일은 많다. 독서를 하겠다는 목표가 생기면 자투리 시간과 틈새 시간도 아까워 활용하게 된다. 독서목표가 있으면 독서시간을 만들기 위해 저절로 노력한다.

중국의 송나라 문장가 구양수의 독서는 시간을 아껴 독서를 한 것으로 유명하다. 자신이 지은 문장의 상당수를 말 위와 베개 맡에서 그리고 화장실에서 구상했다고 한다. 독서와 관련하여 그의 삼상(三上) 독서법이 유명하다.

1. 마상(馬上)이라 하여 말 위에서 독서한다.
2. 침상(枕上)이라 하여 잠자리에서 독서한다.
3. 측상(厠上)이라 하여 화장실에서 독서한다.

집중이 어려운 순간이고 장소이다. 이처럼 독서를 위해 틈새 시간까지 활용했다. 김영수의 『현자들의 평생 공부법』에 진정 책을 좋아하는 사람, 독서인은 그냥 읽기만 한 것이 아니라 독서 방법에서 칠서(七書)에 따랐다고 한다.

1. 독서(讀書) : 책을 읽는다.
2. 매서(買書) : 읽고 싶은 책은 돈을 모아 사서 읽는다.
3. 차서(借書) : 돈이 없거나 살 수 없다면 빌려서라도 읽는다.
4. 방서(訪書) : 누군가 자신이 읽고 싶은 책을 갖고 있는데 살 수도 빌릴 수 없다면 그 사람을 찾아가 기어이 보고 온다.

5. 장서(藏書) : 원하는 책을 간직한다. 책을 좋아하는 사람들은 장서를 원한다.

6. 저서(著書) : 폭넓고 깊은 독서편력을 바탕으로 책을 저술한다.

7. 초서(抄書) : 보고 싶거나 사고 싶은 책을 보지도 사지도 못할 때 방서하여 필사한다.

시대가 변해도 독서의 중요성은 변하지 않는다. 살아가는 지혜의 보고로서 끊임없는 삶에 대한 욕구와 지적 욕구를 채우기 위해 독서는 필수적이다. 진정한 독서가는 삶의 욕구에 목마른 사람들이다.

셋째, 독서 후에는 독서노트를 만든다.

사람의 기억에는 한계가 있다. 책을 덮으면 시간의 경과와 함께 사라진다. 읽은 책에 대해 흔적을 남기는 것이 중요하다. 방법으로 독서노트를 만들어 강렬한 인상이나 좋은 내용을 기록해야 한다. 시간이 흘러도 기록은 남아 자신의 것이 된다.

독서노트가 있으면 기억을 되살려 당시의 생각과 지금의 생각을 비교할 수 있으며 시간을 되돌아볼 수 있다.

넷째, 독서 내용을 서로 나눈다.

독서와 관련하여 다른 사람들과 내용을 서로 공유한다. 그렇게 하면 독서 효과를 높일 수 있다. 독서 동아리나 독서클럽에서 활동하는 것도 한 방법이다. 다시 정리하는 단계가 된다. 교학상장이라 하여 가르치며 배울 수 있기 때문이다. 다른 사람을 가르친다고 생각하며 읽을 때는 내용에 대한 몰입도가 높아지고 사고의 폭도 확장되어 오래 기억할 수 있다.

다섯째, 독서 습관으로 만들어야 한다.

독서가 습관으로 자리 잡으면 처음에는 다른 사람이 만든 책을 읽는 데 그쳤지만 나중에는 책에 의해 내가 새롭게 만들어진다. 그래서 독서 습관이 중요하다. 책이 사람을 만드는 것이다. 세상의 이치에 물리가 트이며, 지혜가 생겨 삶이 바뀐다. 책을 읽지 않는 것은 세상의 변화와 담을 쌓는 것이다. 세상은 넓고 사람의 능력은 무한하다. 책은 그것을 말하고 있다.

책은 능력을 충전해 주는 충전기와 같으며, 눈이 밝아지고, 귀가 뚫리는 경험을 주며, 삶의 지혜를 배우게 한다. 허권수의 『한자로 보는 세상』에서 왜 책을 읽어야 하는지에 대한 내용이다.

책을 읽어야 하는 이유

1. 책을 읽으면 지식이나 지혜의 광맥에 들어가 그 모든 것을 마음껏 자신의 것으로 만들 수 있다.
2. 자신의 인격을 연마할 수 있고 자신의 학문 수준을 높일 수 있다.
3. 선조들이 이뤄놓은 학문이나 사상을 계승할 수 있다.
4. 삶의 의미를 풍부하게 할 수 있고 판단력을 기를 수 있다.

독서에는 그런 힘이 있다. 미래에셋 박현주 회장은 수많은 의사결정을 하는 과정에서, 일관성을 갖고 원칙을 지키면서, 기본에 충실할 수 있었던 것은 독서를 하면서 얻은 교훈이었다고 말한다. "살아남는 것은 강한 종(種)이 아니라 변화에 적응하는 종이다." 근대 생물학자의 아버지인 찰스 다윈의 말이다.

생태계에서 잘 적응한다는 것은 지혜롭다는 뜻이다. 독서는 그런 지혜를 준다. 독서는 변화의 동기부여를 갖게 한다. 인생의 꿈을 이루기 위해 필요한 것이 무엇인지를 알게 한다. 가슴이 하고 싶은 일이 꿈이다. 자기가 하고 싶은 일, 꿈꾸는 일을 하는 것은 삶에 가치와 의미를 부여하는 일이다. 그 방법을 책에서 배우고, 그 길을 책에서 찾을 수 있다. 책에는 누대에 걸친 세상의 지혜가 들어 있기 때문이다.

『공부는 내 인생에 대한 예의다』의 이형진은 미국에서 SAT, ACT 만점. 아비리그 9개 대학 동시 합격, 전미 '최고 고교생을 뽑는 웬디스 하이스클 하인즈먼어워드' 아시아인 최초 수상, 〈USA 투데이〉 선정 올해의 고교생 20명에 선정되는 등 '자랑스러운 한국인상'을 최연소로 수상하기도 했다. 그렇게 될 수 있었던 이유가 독서습관이라고 말한다.

"어머니가 준 가장 귀한 선물은 독서습관이었다." 독서의 중요성은 아무리 말해도 부족하다.

3
독서가 명품 인생을 만든다

가난한 사람은 독서로 부자가 되고
부자는 독서로 귀하게 된다(貧者因書富 富者因書貴)
- 왕안석

학교에서의 배움은 실용적인 삶의 지혜와 거리가 있다. 삶에서 중요한 목표와 신념, 실물경제와 인간관계는 사회에 나와 스스로 체득해야 하는 과제다. 단편적인 지식보다 긴 안목으로 세상을 볼 수 있어야 한다. 잘 선택한 한 권의 책이 훌륭한 스승이 될 수 있고, 평생 삶의 길잡이가 되기도 한다. 몇 백 년, 몇 천 년의 지혜와 만날 수 있는 행운을 누릴 수 있는 것이 독서다. 찰스 존스는 말한다. "두 가지에서 영향을 받지 않는다면 우리 인생은 5년이 지나도 지금과 똑같을 것이다. 그 두 가지란 우리가 만나는 사람과 읽는 책이다."

상대성원리로 잘 알려진 물리학자 아인슈타인은 낙제생이었지만 독서를 함으로써 삶이 달라졌다. 노벨상 수상자를 가장 많이 배출한 시카

고대학 허친스 총장은 '고전 100권 읽기(The Great Book Program)'를 학생들에게 권장했다. 권장도서에 대해 충분히 그 내용을 알지 못하면 졸업을 시키지 않았다. 알렉산더는 13살 때부터 아리스토텔레스로부터 7년 동안 가르침을 받았으며, 그리스를 최강대국으로 세계사에 이름을 남겼다. 알렉산더는 전쟁터까지 책을 가지고 다닐 정도로 독서광이었다. 33살의 나이로 세상을 떠날 때 그의 손에는 『일리아드』가 들려 있었다. 다작가이며 목민심서로 유명한 정약용은 유배지에서도 독서를 계속했다. 도연명은 '독서에 몰입하면 먹고 자는 것도 잊은 채 책 속에 빠져 헤어날 줄을 몰랐다'고 했다.

형암 이덕무의 말이다. "나는 어린 시절 아침에 40~50줄의 글을 배우면 저녁때까지 그것을 50번씩 반복해서 읽었다. 병이 심하게 들었을 때를 제외하고는 매일 그렇게 했다. 덕분에 공부에 큰 발전이 있었다" 다음은 왕안석의 권학문이다.

勸學文(권학문)

讀書不破費(독서불파비) : 독서는 비용이 들지 않고

讀書萬倍利(독서만배리) : 독서를 하면 만 배의 이로움이 있다.

書顯官人才(서현관인재) : 책은 사람의 재능을 드러내고

書添君子智(서첨군자지) : 책은 군자의 지혜를 더해준다.

有卽起書樓(유즉기서루) : 여유가 있거든 서재를 짓고

無卽致書櫃(무즉치서궤) : 여유가 없다면 책궤라도 만들라.

窓前看古書(창전간고서) : 창가에서 옛글을 보고

燈下尋書義(등하심서의) : 등불 아래서 글 뜻을 찾으라.

貧者因書富(빈자인서부) : 가난한 사람은 책으로 부자가 되고

富者因書貴(부자인서귀) : 부자는 책으로 귀하게 된다.

愚者得書賢(우자득서현) : 어리석은 자는 책으로 어질게 되고

賢者因書利(현자인서리) : 어진 자는 책으로 인해 이롭다.

只見讀書榮(지견독서영) : 책 때문에 영화 얻은 것 보았으나

不見讀書墜(불견독서추) : 독서해서 실패한 일은 보지 못했다.

賣金買書讀(매금매서독) : 황금을 팔아 책을 사서 읽으라.

讀書買金易(독서매금이) : 독서하면 황금을 사기 쉬워진다.

好書卒難逢(호서졸난봉) : 좋은 책은 만나기 어렵고

好書眞難致(호서진난치) : 좋은 책은 참으로 만들기도 어렵다.

奉勸讀書人(봉권독서인) : 독서하는 이에게 조심해서 권고하노니

好書在心記(호서재심기) : 좋은 책을 만나거든 마음에 두어 기억하라.

부자가 되고 귀하게 되는 것이 책 속에 다 있다는 말이다. 삶의 한정된 시간에서 책 읽을 시간을 만들 수 있는 사람이 자신의 꿈과 가까워질 수 있다.

책이 세상에 나오기까지 수년에서 수십 년 걸린 경우도 있다. 저자의 치열한 저작 시간을 생각한다면, 저렴한 가격으로 저자의 사상과 열정을 만날 수 있으니 감사한 일이다. 마가렛 미첼의 『바람과 함께 사라지다』는 자료수집에만 20년이 걸렸고, 에드워드 기번의 『로마제국 쇠망사』는 자료준비와 저술하는 데 20년이란 세월이 걸렸다. 노아 웹스터의

『웹스터 사전』은 만드는 데 장장 36년이 걸렸다. 이처럼 책 한 권이 세상에서 빛을 보기까지 많은 시간이 걸리기도 한다. 우리가 책 한 권을 읽는 시간은 몇 시간 아니면 며칠이면 가능하다. 책은 왜 읽어야 할까? 책을 읽음으로 해서 미래를 구상할 수 있고, 오늘을 어떻게 살아야 할 것인가? 에 대한 삶의 지혜를 만날 수 있다. 현실에서 자신의 위치를 확인할 수 있고, 삶의 과정에서 만나는 장애와 실패에 대해 대처할 수 있는 지혜를 배울 수 있다. 존재에 대한 성찰을 하게 한다. 책 속에 수많은 인생들과 만나 그들의 삶에서 배우고, 치열하게 살아가는 모습에서 동기부여를 받는다. 큰 울림으로 다가 온 책은 인생을 송두리째 바꾸기도 한다.

중국 송나라 3대 황제 진종의 『권학문』에 "한 권의 책이 인생을 바꾼다. 혼인을 하려는 데 중매하려는 자가 없다고 한탄하지 마라. 옥 같은 얼굴의 여인이 책 속에 들어 있다. 부자가 되려고 논밭을 가지려 하지 마라. 천 말들이 곡식이 책 속에 들어 있다. 남자가 평생 욕심을 낼 것은 밝은 창문 앞에 앉아서 책을 읽는 것이다"라고 말한다. 책은 읽는 이의 품격을 높여 정신의 귀족으로 만든다. 링컨. 나폴레옹, 모택동, 처칠, 무솔리니, 케네디, 김대중 전대통령 등은 대단한 독서가였다. 한 시대의 리더와 독서는 불가분의 관계였다. 독서와 관련하여 다음은 공병호 박사와 다치바나 다카시의 실용적 독서법이다.

공병호 박사의 독서법

1. 세상이 아무리 바뀌어도 지식의 원천은 역시 책이다.

2. 본전 생각으로부터 자유로워야 한다.

3. 20% 내외의 핵심은 저자서문, 목차, 결어 및 초기의 핵심장에 숨어 있다.

4. 구입한 즉시 혹은 24시간 이내 책의 핵심 부분을 읽어라.

5. 책을 무자비하게 대하라.

6. 중요한 문장이나 내용은 펜으로 표기하라.

7. 중요한 내용의 페이지 모서리를 접어라.

8. 인상 깊게 읽었던 책은 가까이 두고 이따금 펴 보라.

다치바나 다카시의 독서법

1. 책을 사는 데 돈을 아끼지 말라.

2. 같은 주제의 책을 여러 권 찾아 읽어라.

3. 속독법을 몸에 익혀라.

4. 책을 읽는 도중 메모하지 마라.

5. 책을 읽을 때는 끊임없이 의심하라.

6. 새로운 정보는 꼼꼼히 체크하라.

수입의 일정금액을 책을 사는 데 투자하는 것은 미래를 위한 투자다. 책을 사는 데 5%로 투자라면 책이 주는 가치는 5%가 아니라 5000%도 넘을 수 있다. 자동차 왕으로 불리는 헨리 포드도 월급의 일부분을 고정적으로 책 사는 데 사용했다. 빌 클린턴도 재임 시에는 년 60~100권, 퇴임 후에는 200~300권의 책을 읽었다고 한다.

출간되는 책을 다 읽기란 불가능하다. 속독법은 많은 책을 읽는데 도움이 된다. 전체 내용 중 핵심인 20%를 속독법으로 파악할 수 있다면 시간을 절약할 수 있다. 흥미위주와 맹목적인 독서, 지식만을 위한 독서는 위험하다. 나쁜 독서는 돈과 시간을 빼앗는 시간도둑이다. 책을 읽으면서 자신의 삶과 접목할 수 있어야 한다. 저자의 생각과 독자의 생각차이에서 다양한 사고 전환의 교착점이 될 수 있다. 유한킴벌리의 CEO 문국현은 지식 반감기 이론으로 '한 개인이 축적한 지식의 총량은 끊임없는 지속적 개선이나 충전이 없을 경우 매 1년을 주기로 절반씩 감소한다' 라고 말한다. 앞으로 나아가지 않으면 퇴보한다.

미래를 예측하고 준비하는 사람은 부자가 되어 시간을 지배할 수 있으나, 준비 없는 삶은 시간에 지배당한다. 책에서 시대의 트렌드를 읽고. 미래를 준비해야 한다. 시간을 지배하는 사람이 인생을 지배한다. 책은 시간의 소중함을 일깨워 주고 시간의 사용법을 알려준다. "대부분의 사람들은 자기가 보고 싶어 하는 것밖에 보지 않는다"는 카이사르 시저의 말처럼 자신의 행동반경 안에서 자신만의 안목과 사고로 살다 보면 더 넓은 세상을 만나기가 어렵다. 우물 안 개구리는 강의 모습을 알 수 없고, 강에 사는 고기는 바다를 알 수 없다. 마키아벨리의 말이다. "인간은 흔히 작은 새처럼 행동한다. 눈앞의 먹이에만 정신이 팔려 머리 위에서 매나 독수리가 덮치려 하고 있는 것을 깨닫지 못하는 참새처럼 말이다."

장자 『산목(山木)』편에 나오는 「사마귀 우화」에서 장자가 과일나무에 내려앉은 까치를 활로 쏘려는데, 까치는 사마귀를 잡느라 정신이 팔려 자신이 죽을 줄 모르고 있다. 사마귀는 매미를 잡느라 자신의 목숨을 노리는 까치의 존재를 모르고, 매미는 나무 그늘에서 우느라 사마귀를 의식하지 못한다. 주변의 변화를 읽지 못하고 현실에 매몰되어 살다 보면 한 치 앞을 보지 못한 채 의미 있는 인생을 놓치고 만다.

사회생물학 영역의 개척자이면서 개미 연구의 대가인 윌슨 교수는 말한다.

"내가 원하는 대로 하고 싶어 합니다. 그것은 지배를 뜻하고 지배는 야심을 의미하죠. 끊임없이 나 자신의 영역을 넓히고, 갱신하고, 확장하고, 쇄신하고자 합니다."

그 답이 책 속에 있다. 책을 읽음으로써 배움과 창조의 자세가 습관화되면 다른 일에서도 시너지 효과를 얻는다.

고도원의 아침편지에서 "책을 1년에 100권 읽으면 아주 많이 읽는 것이고 50권 정도 읽으면 꽤 많이 읽는 것이고 24권 정도를 읽으면 적당히 읽는 것이고 12권 정도를 읽으면 적게 읽는 것이고 그보다 더 적게 읽었다면 배우는 데 게으른 사람이다"고 말한다. 게으른 사람은 책을 읽지 못한다. 게으른 사람이 성공하는 경우를 보았는가. 책도 부지런한 사람이 읽을 수 있다. 독서는 삶의 욕구를 활성화시킨다. 목표를 갖게 하고, 생각하는 대로 살도록 삶을 인도한다. 명품인생은 독서에 달렸다.

4
지혜는 독서에서 생긴다

세상에서 가장 위대한 일은 나 자신이 되는 법을 아는 일이다. 스스로 세운 계획에
따라 책을 읽는 것이야말로 나 자신이 되는 가장 중요한 첫걸음이다. - 몽테뉴

독서를 해야 하는 두 가지 이유를 『읽어야 이긴다』의 저자 신성석은
"왜 책을 읽고 끊임없이 자기계발을 해야 할까? 하나는 독서를 하는 것
이 미래를 위해서 자신을 준비하는 과정이 될 수 있기 때문이다. 미래는
자신의 의지와 노력으로 변할 수 있기 때문이다. 둘째는 독서를 통해 현
실에 더욱 충실할 수 있기 때문이다. 실패에 대처할 수 있는 지식과 지
혜를 쌓을 수 있다"고 말한다. 서양에 '성공한 사람은 모두가 독서가(All
leaders are readers)' 라는 말이 있다. 충고나 다른 사람으로부터의 배움
은 쉽게 다가오지 않지만 스스로 체득하고 깨달은 것은 자신의 것이
된다.

자기 분야에서 일가를 이룬 대다수의 사람들은 다독가였으며, 책에

서 존재의 의미를 발견한 독서가들이었다. 책을 통해 얻은 다양한 지식과 경험, 그리고 자기 성찰이 성공의 밑바탕이 되었다 시대를 앞서가는 사람들은 어떤 순간 한 권의 책이 운명처럼 다가와 인생의 방향을 결정하고, 삶의 변화가 시작되었으며 독서가 인생을 바꾸었다고 말한다.

젊은 날 존재의 의미를 물으며, 삶에 대한 고민으로 방황할 때 만난 책 속의 지혜가 막막한 앞날을 헤쳐갈 수 있는 이정표가 되기도 한다. 책을 읽지 않으면 자기가 아는 사고의 범주 내에서 세상을 바라본다. 장님이 코끼리를 만지는 세상과 같다. 책은 더 넓은 세상과 만나게 하고 더 큰 이상을 갖도록 의식을 확장시켜 준다. 병아리가 달걀의 껍질을 깨고 나오듯 변화는 한 세계를 깨고 새롭게 거듭나는 것이다. 변화는 기존의 질서에서 벗어나 새 길을 모색하는 것이다. 정형화된 삶의 틀에서 벗어나 새로운 자신과 만날 때 삶은 새로워진다.

독서와 관련하여 뇌신경학에는 본능을 다루는 뇌간 척수계와 학술 적응 부분을 다루는 대뇌변연계 그리고 목표와 창조를 다루는 신피질계 세부분으로 나눈다. 일반 동물은 세 가지 중 뇌간척수계와 대뇌변연계만 가지고 있다. 인간에게는 목표와 창조를 다루는 신피질계가 따로 존재한다.

선천적 본능을 다루는 뇌간척수계와 학습 적응을 다루는 대뇌변연계에 의존하여 삶을 살아가는 것은 지극히 낮은 동물적 삶의 단계다. 인간에게만 신이 부여해준 특별한 기능의 신피질계를 활용하여 동물이 아닌 인간의 지능으로 살 수 있게 확장시켜 주는 것이 독서다.

시간이 지날수록 동물과 인간의 격차가 벌어지고, 생각에 따라 사람과 사람의 차이도 벌어진다. 이유는 신피질계를 개발하려고 적극적으로 노력하는 사람과 본능에 충실한 삶을 사는 사람과의 차이에서 온다. 인간답게 살 수 있는 신피질계를 개발시킬 수 있는 것이 독서다.

새로운 삶을 위해 동기를 제공하는 외부의 자극이 바로 독서다. 현 상황에 안주하려는 것을 거부하고 새로운 것에 대한 자극에는 독서만 한 것이 없다. 책에서 치열한 열정으로 무장한 그들을 만나면서 현재와 미래에 대한 올바른 삶의 방향을 확인할 수 있다. 몽테스키외는 그의 저서에 대해 친구에게 말했다. "자네는 몇 시간 만에 그 책을 읽겠지만 나는 그 책을 쓰느라고 머리가 하얗게 셌다네." 그는 『영국사』를 쓰면서 하루 13시간씩 글을 썼다.

책 속 수많은 사람들의 삶에서 존재의 소중함과 위대함을 깨닫는다. 그들의 삶이 스스로의 삶을 되돌아보게 하는 자각의 거울이 되기도 한다. 자각이란 현실에서 나 자신을 명징하게 들여다보고 깨닫는 것이다.

책을 읽는다는 것은 삶의 아름다운 향기를 잃지 않는 길이다. 마음의 양식을 쌓는 일이다. 그렇다면 책은 어떻게 읽어야 할까?

효과적인 독서법

1. 목적을 알아야 한다. 왜 책을 읽는가?
2. 원하는 분야를 선택한다.
3. 분야에 관한 책을 집중적으로 읽는다.

4. 추천 받은 책과 사람들의 입에 오르내리는 책을 읽는다.

5. 감동 있는 내용은 주변 사람과 나눈다.

6. 독서 후 기록으로 남긴다

독서를 할 때 먼저 해야 할 일은 자신의 관심사나 필요에 적합한 주제를 정하는 것이다. 동일한 주제와 관련하여 여러 권의 책을 읽다 보면 해당 주제에 대한 다양한 견해와 만날 수 있고, 객관적인 안목을 기를 수 있다.

책을 읽을 때 "왜 이 책을 읽는지" 목적이 있어야 한다. 시장에서 물건을 하나 살 때에도 이유가 있다. 독서도 예외가 아니다. 목적의식이 분명해야 중간에 그치거나 한 권의 독서로 그치지 않고 지속적으로 독서할 수 있다. 자기계발, 재테크, 취미, 교양 등 분야를 선택한다. 자신이 원하는 분야를 선택해야 지속성을 유지할 수 있다.

목적과 분야가 정해지면 집중해 읽는다. 유사한 내용들이 우리 뇌의 해마를 지속적으로 자극하여 자연스럽게 장기 기억창고에 저장되어 선명한 기억으로 남는다. 같은 분야의 지식을 다각도에서 조명할 수 있도록 집중적으로 읽어야 그 분야에서 자기주장에 대한 나름대로의 가설을 세울 수 있다.

책을 선택함에 있어 다른 사람이 추천하는 책은 일차 검증을 거친 것이다. 책이 사람들의 입에 거론될 정도라면 거론 가치가 있다. 책과 가까워지기 위해서는 책에 대한 정기적인 투자가 필요하다. 투자한 것에 대한 애착심과 함께 책이 있으면 책을 읽어야 한다는 강박도 작용한다.

중국 오경(五經)의 하나인 『예기(禮記)』의 「학기(學記)」편에 나오는 교학상장(敎學相長)은 "가르치고 배우면서 더불어 성장한다"고 했다.

『서경(書經)』「열명(說命)」의 하편에 보면, 은(殷)나라 고종(高宗) 때의 재상 부열(傅說)이 효학반(敎學半)이라 하여 가르치는 것은 배움의 반으로 보았다. 선생도 가르치면서 배운다고 했다. 혼자 아는 것보다 아는 것을 주변 사람들과 나눌 때 다시 학습하는 효과가 있다.

효율적인 독서를 위해서도 기록은 중요하다. 어떤 저자는 책에 줄 긋기, 기록 남기기, 페이지 접기 등으로 흔적을 남길 필요가 있다고 말한다. 기억은 사라지지만 기록은 남아있다. 독서에서 시기에 따라 30대와 40대와 50대의 생각이 다르고, 환경에 따라 다가오는 느낌이 다르다. 기록은 과거와 현재를 연결하는 가교로서 시공간을 뛰어넘는다. 책을 고르는 것도 중요하다. 목적 없는 책 선택은 아까운 시간을 낭비하는 것이며 남는 것이 없다.

책을 고를 때

1. 목차를 읽어본다.
2. 저자의 서문을 읽어본다.
3. 맺음말을 읽어본다.
4. 책의 서평을 읽어본다.

책의 목차는 책 전체 줄거리의 핵심을 요약한 것이다. 사람으로 치면 인체의 골격과 같다. 소제목이 뼈라면 소제목을 중심으로 저자가 쓴 글은 피와 살이다. 글의 전체적 흐름을 볼 수 있는 것이 목차로서 책의 내용을 가늠할 수 있다. 독자에게 먼저 다가가는 것이 목차이가 때문에 저자는 목차를 정하는 데 신중을 기한다.

서문은 저자가 책에서 독자에게 꼭 하고 싶은 말이 요약되어 있다. 책을 쓰게 된 동기나, 책에서 강조하고 싶은 말 그리고 저자의 생각과 마음이 담겨 있다. 서문을 보면 저자의 저술에 대한 생각을 읽을 수 있다.

맺음말은 책의 마무리 하는 글에서 저자가 전하고자 하는 의도를 알 수 있으며 독자가 저자에게 한 발짝 더 다가설 수 있게 한다.

다음은 괴테의 말이다. "너무나 많은 사람들이 읽는 법을 배우는 데 시간이 얼마나 걸리는지를 알지 못한다. 나는 80년을 배웠지만 아직도 내가 다 배웠다고 생각하지 않는다."

자신에게 적합한 독서법을 찾아야 한다. 독서를 생활화하고 습관으로 만들어야 한다. 몽테뉴는 "독서로 인해 당신의 미래가 조금씩 바뀌고 있지만 그 변화 속도가 너무 느려서 인식하지 못할 뿐이다"라고 말한다. 독서시간이 축적될수록 삶에 변화가 쉽게 찾아온다. 독서를 하다 보면 어느 순간 달라져 있는 자신과 만날 수 있다. 독서에는 그런 힘이 있다.

독서습관이 삶을 변화시킨다

책을 가볍게 생각해서는 안 된다. 지금까지의 세계 전체가
결국은 책으로 지배되어왔기 때문이다. - 볼테르

마크 트웨인은 말한다. "인간의 지능은 창고에 보관된 화약이다. 화약은 자체적으로 점화할 수 없다. 반드시 외부에서 제공되는 불꽃이 있어야 한다."

그 불꽃은 여러 가지가 있을 수 있지만 책은 가장 강력한 불꽃이 될 수 있다. 좋은 독서 습관이 있을 때 꺼지지 않는 불꽃이 될 수 있고 쌓였을 때 폭발하는 힘을 갖출 수 있다. 모든 습관의 시작은 자기 자신을 설득하는 데서 출발한다. 독서를 왜 해야 하는지? 하지 않으면 안 되는 이유를 자신에게 설명할 수 있을 때 습관으로 정착시킬 수 있다. 독서가 습관이 되기 위해 배움에 대한 기대와 새로운 것과 만남이 즐거워야 한다. 다음은 독서를 하는 세 가지 이유이다.

독서의 세 가지 이유

첫째, 지식과 교양을 위한 독서

둘째, 자기계발을 위한 독서

셋째, 전문지식을 위한 독서

독서의 이유는 삶의 지혜를 배워 나다운 삶을 살기 위해서다. 지식의 수명은 점점 빠른 속도로 짧아지고 있으며 인간의 수명은 한계가 있다. 유한한 시간으로 살면서 시간을 연장하고 확장시킬 수 있는 것이 독서다. 독서에서 다양한 지혜의 전형을 배우고, 사고의 폭을 넓혀 세상을 깊고 넓게 볼 수 있어야 한다. 책은 사람을 변화시킬 수 있는 힘이 있다. 선순환의 변화를 위해 독서는 중요하다.

책을 읽으면서 깊이 몰입할 수 있을 때 변할 수 있다. 독서는 저자와 자신이 만나는 시간이고, 자신과 자신이 만나는 시간이다. 독서를 위해 혼자가 되는 시간은 자신만의 시간이다. 내면으로 깊이 침잠하는 순간이다. 옛사람은 출세를 목적으로 한 위인지학(爲人之學)을 경계하면서 자기 수양을 위한 위기지학(爲己之學)을 더 중요시했다. 즉 독서를 자신의 내면을 닦아 인성을 바르게 하고, 행동을 가려서 하며, 인간으로서의 품성을 갖추는 것을 더 중요시했다.

자신을 닦는 수신독서가 바르게 정립되면 저절로 인품이 빛을 발하는 경지에 다다라 큰 그릇이 된다. 명품인품과 인생은 독서가 만든다.

내면적 성찰 없이 욕망을 쫓는 성공은 한 순간이다. 채울수록 더욱 갈증을 느끼는 것이 욕망이다. 채울 수 없는 욕망으로 마음이 갈등할 때나 삶이 허무하게 느껴질 때 독서가 위로가 되고 마음의 평화를 준다. 풍선처럼 부풀어 오르는 욕망을 통제하게 한다.

인간의 욕망에 대해 『새처럼 자유롭게 사자처럼 거침없이』의 저자이며 수도자인 장휘옥 박사의 말이다. "갈애에 불이 당겨지면 아무리 소유해도 만족은 잠깐 뿐, 끝없이 더 소유하려고 들고 그렇게 소유한 것을 영원히 붙들고 있으려 한다. 그러나 갈애는 원하는 대로 다 소유할 수는 없으며 이미 소유한 것은 언젠가는 내 곁을 떠난다는 것이 만고불변의 진리다. ……내 삶의 주인은 나이지 갈애가 아니다. 내가 내 삶의 주인이 되고 싶으면 그것이 과연 나에게 꼭 필요한 것일까? 진정 가치가 있는 것인가? 를 스스로에게 물어야 한다. 경전에서는 히말라야산맥 전체를 황금으로 바꾸고 또 그것을 두 배로 한다 해도 한 사람의 갈애를 만족시킬 수 없다"고 했다. 독서는 자신을 찬찬히 관조할 수 있는 여유와 팽창하는 욕망을 다스릴 수 있는 지혜를 준다.

2,500여 년 전 그리스 델포이 신전에 새겨진 "너 자신을 알라"란 말은 모든 사상과 철학의 근간이다. 진정한 나를 알기 위해 자기인식이 선행되어야 하고 삶에 대한 자각이 있어야 한다. 그것을 가능하게 해주는 것이 독서다. 독서의 유용함을 중국 『고문진보』에서는 "책을 읽으면 만 배의 이익이 있다"고 말한다. 시대가 변하고 세상이 달라져도 독서의 중요성은 변함이 없다. 자기 분야에서 성취를 이룬 사람들은 독서를 바

탕으로 실천함으로써 삶에 전환기를 만들었다. 성공하기까지의 이면에는 치열한 독서가 있었다.

우연한 성공은 없다. 손정의 회장은 3년간의 입원 생활에서 4,000여 권의 책을 읽으면서 사업의 아이디어를 구상했고, 마이크로 소프트의 빌 게이츠는 "하버드 졸업장보다 독서하는 습관이 더 소중했다"며 독서의 중요성을 말한다. 나폴레옹은 이집트 원정길에 오르면서 마차에 1,000여 권의 책을 싣고 출정했으며, 에디슨은 미시간주 디트로이트시 도서관의 책을 다 읽었다고 한다. 불우한 환경에서 여성 명사로 거듭 난 오프라 윈프리는 "책을 통해 나는 인생에 가능성이 있다는 것과 세상에 나처럼 사람이 또 있다는 걸 알았다. 독서는 내게 희망을 줬다. 책은 내게 열려진 문과 같았다"고 말했다.

중국 공산당을 창설한 모택동은 장개석의 군대를 피해 생명이 경각에 달려 도망 중이었던 대장정 기간에도 늘 책을 가지고 다녔다. 모택동은 독서로 휴식을 대신했다. 역대 대통령 중 가장 스피치를 잘한다는 오바마 대통령도 사실은 엄청난 독서량이 뒷받침되었다. "사람은 자기가 읽는 대로 만들어진다." 독일 문호 마르틴 발저의 말이다. 투자 없이 생산이 없다. 입력이 있어야 출력이 있다. 지적 인프라를 구축하기 위한 투자가 꾸준한 독서다.

"나는 걷지 않을 때는 책을 읽는다. 책들이 나를 대신해서 생각해주기 때문이다." 영국의 작가 찰스 램의 말이다. 책을 읽음으로써 에너지를 재충전하기도 한다. 에너지가 떨어지고 지치고 늘어져 있던 자신이 책을 읽음으로서 자극받고 다시 새롭게 마음을 다잡게 된다. 공병호 박사는 "명품 인생의 길은 책 읽기다. 그것의 활용에 달려 있다"고 말한다.

윈스턴 처칠은 영국의 유명한 정치가이다. 2차 세계대전을 승리로 이끈 영국 국민의 영웅으로서 노벨상을 받았다. 노벨평화상이었을까? 아니다. 노벨문학상을 받았다. 대문호 셰익스피어를 제치고 영국인들에게 가장 존경받는 인물 1위로 선정되기도 했다. 어릴 때 하루에 200페이지의 책을 읽도록 교육받았고, 하루도 책을 읽지 않은 날이 없었다고 한다. 어릴 때 독서가 위대한 인물로 만들었다. 지식이 자본이자 생산력이 되는 지식권력시대에 우리는 살고 있다. OECD국가 중 1인당 월평균 독서량이 미국이 6.6권, 일본이 6.1권, 프랑스 5.9권, 우리나라는 0.9권으로 가장 책을 읽지 않는 국가 중의 하나다.

강요한다고 독서가 습관이 될 수 없으며 독서 습관을 만드는 것은 더 어렵다. 독서보다 현실이 우선이기 때문이다. 성찰의 계기가 필요하다. 살면서 좋은 책과 만나는 것은 인생의 축복이고 기회다. 사고의 확장과 무한한 상상력을 갖게 해주며 눈에 보이지 않는 힘으로 삶을 변화시킨다. 소를 물가에 끌고 갈수는 있어도 강제로 물을 먹일 수는 없다. 스스로 변화의 욕구에 목말라 할 때 독서는 갈증을 해소하는 청량감으로 삶을 변화시킨다.

성공한 사람들의 두 가지 공통점이 있다. 첫째는 지독한 독서광들이었으며, 두 번째는 항상 긍정적 사고로 무장되어 미래에 대한 희망을 잃지 않았다. 책을 읽으면서 목표의 중요성과 삶의 목적을 갖게 되었으며, 비전을 품게 되었다. 또한 실천의 중요성을 알게 되고, 세상을 보는 안목을 키웠다. 가스통 바슐라르는 "책은 꿈꾸는 법을 가르쳐 준다"고 말한다.

꿈을 이루기 위한 4가지 조언

1. 사고가 긍정적인 사람들과 사귀라.
2. 성공한 사람들과 가까이하라.
3. 좋은 멘토를 만들어라.
4. 성공한 사람들을 따라하라.

사고가 부정적인 사람들은 미래에 대한 비전과 희망이 부족한 사람들이다. 부정적 사고는 의욕과 잠재된 자신의 에너지를 잠식한다.

안타까운 것은 본인은 그런 사실을 모른다는 것이다. 가능하면 부정적인 사람은 피하고 긍정적인 사람들과 긍정적 사고를 주고받으며 서로의 부족함을 채워주는 상생의 관계가 발전하게 한다.

"굽어지기 쉬운 쑥대도 삼밭 속에서 자라면 곧아진다 : 봉생마중 불부직(蓬生麻中 不扶直)" "먹을 가까이하면 검어지고 인주를 가까이하면 붉어진다 : 근묵자흑 근주자적(近墨者黑 近朱者赤)" 선인들의 충고처럼 환경에 따라 우리의 사고도 영향을 받는다.

가장 좋은 방법은 성공한 사람들과 어울려 그들의 사고와 행동방식을 배우는 것이다. 하지만 성공한 사람들은 그렇게 한가하지 않다. 만나기란 더욱 어렵다. 책을 읽어야 하는 이유 중 하나가 책에서 멘토를 만날 수 있다는 것이다. 모방은 창조의 어머니이고 출발점이다.

멘토의 삶을 자신의 역할 모델로 삼아 노력한다면 반드시 좋은 결과와 만날 수 있다.

변화란 갑자기 오는 것이 아니라 서서히 온다. 물은 온도는 100도가 되어야 끓는다. 임계점에 이르면 변화가 온다. 중간에 중지하면 이때까지의 수고가 허사가 되고 만다.

독서를 하다 보면 자신의 사고가 어느 순간 바뀌어 있음을 느낄 수 있다. 마인드의 변화와 함께 삶이 바뀐다. 변화는 서서히 찾아와 한순간 다른 모습으로 드러난다. 엄중하게 말해 독서를 하지 않는다는 것은 자신의 미래를 포기하는 것이다.

독서의 힘을 믿고, 독서 습관을 만들어 미완의 삶에서 완성을 위해 노력해야 한다. 긍정의 습관, 감사의 습관. 건강을 지키는 습관, 비전을 만드는 습관, 미래를 향해 꿈꾸는 습관 등, 좋은 습관을 만들 수 있는 방법이 책 속에 있다. 발전해가는 자신의 모습을 본다는 것은 삶의 기쁨이다. 작은 기쁨들이 많이 모였을 때 삶은 행복하다. 행복한 나의 삶을 위해 독서습관은 중요하다.

제2장

목표

목표가 없으면 성공도 없다

1
목표가 사람을 이끈다

배우고 성장할수록 더욱 배우고 성장하고 싶은 욕구가 생긴다.
이것은 자연의 섭리다. 그러므로 끊임없이 성장하고 배우는 과정자체가
바로 스스로를 돕는 방법이다. - 보도 섀퍼

목표! 아무리 강조해도 부족한 말이다. 매일 집을 나서지만 나서는 이유가 있다. 친구와의 약속에서부터 은행 업무에 이르기까지 이유가 있다. 이런 소소한 일조차 행동하는 동기를 가지고 하루의 목표가 된다. 인생에 목표가 없다는 것은 인생에 희망이 없다는 말과 같다. 희망은 내가 바라고 원하는 것이다. 목표가 그것을 이루게 한다. 인생이란 장기 레이스에서 멈추지 않는 목표를 갖는 것은 희망을 갖고 사는 것과 같다.

인생은 단거리 경주가 아니라 마라톤 경주와 같다. 장거리의 풀코스를 뛰기 위해 연습과 준비운동은 기본이며 지치지 않도록 체력 안배를 하고 코스에 맞춰 속도 조절이 필요하다. 살면서 이루고 성취해야 할 장기 목표는 마라톤에서의 도달해야 하는 골인지점이다. 작은 성취로 현

상에 만족하며 안주하는 단기 목표가 아니라, 현실에서 불가능해 보이는 장기 목표를 향해 나아갈 때 삶이 발전한다. 목표를 향해 멀리 내다볼 때 장애와 고난을 인내하고 극복할 수 있다.

사람들이 저지르는 실수 중 하나가 목표를 세우면서 자신의 현실에 근거하여 목표를 갖는다는 것이다. 5년, 10년 뒤의 목표를 지금의 위치에서 재단하고 계획한다는 것이다. 5년, 10년을 지속적으로 노력할 때 기하급수적으로 발전해가는 자신의 능력을 감안하지 않았기 때문이다. 시간이 쌓일수록 당초의 생각보다 훨씬 높게 자신이 성장하고 능력은 몇 배로 확장된다는 것을 생각하지 않는다. 복리로 예금의 이자가 불어나듯 능력도 급격히 향상된다. 당시에는 할 수 있을까? 과연 가능할까? 의구심이 들던 목표가 시간이 지날수록 현실이 된다. "나는 모든 면에서 하루가 다르게 좋아지고 있다"는 쿠에의 믿음처럼 자기긍정으로 노력하는 날들이 쌓여갈 때 성장해가는 자신과 만날 수 있다.

이것이 목표의 힘이고 시간의 힘이다. 미래는 누구도 모른다. 미래에는 그만큼 변수와 기회가 많다. 가슴에 품은 열정의 크기에 따라 미래가 달라지고 인생은 달라진다. 목표가 그렇게 만든다. 나이 5~60대에 이르면 어떤 사람은 성공한 사람으로 남고, 어떤 사람은 평범하거나 더 후퇴해 있다. 그것은 목표의 있고 없음과 목표의 크기 차이다.

폴란드의 유명한 음악가 아서 루빈스타인은 지독한 연습광이었다. "어떻게 세계 정상까지 오를 수 있었느냐?"는 기자의 질문에 루빈스타인은 "자기 세계를 다른 사람에게 인정받기 위해서는 피나는 연습을 해야 합니다. 하루를 연습하지 않으면 자신이 알고, 이틀을 연습하지 않으면 동료가 알게 되고, 사흘을 연습하지 않으면 청중이 알게 됩니다. 성공의 비결은 바로 끊임없는 연습입니다"라고 말한다. 정상을 오르기도 힘들지만 정상을 지키는 것도 이처럼 노력이 필요하다. 최선을 다한다는 것은 목표를 향해 쉬지 않고 나아가는 것이고 노력하는 것이다.

많은 사람들이 이 순간에도 정상을 향해 도전하고 있다. 성공한 사람은 모두 노력가였다. 어떠한 방식으로든 노력에 대한 보상은 있다. 인생을 살면서 더 큰 실수는 한 번도 실수를 하지 않는 것이라고 말한다. 실수하지 않는다는 것은 모험하지 않는 것이며, 도전하지 않는 것이며, 위험이 없는 안전한 길을 선택하는 것이다. 혹독한 겨울이 있어 봄꽃이 더 아름답고 따뜻한 계절의 고마움을 안다.

목표는 내가 원하는 바람이다. 간절한 바람이 있어야 원하는 목표와 만날 수 있다. 내가 원하지 않았는데 무엇이 어떻게 나타나는지 알 수 있겠는가? 설령 기회의 모습으로 나타난다 해도 그것이 기회라는 것을 어찌 알 수 있겠는가? 스쳐 가도 그것이 기회였는지조차 알 수 없다.

지금은 기업이나 개인이나 브랜드의 시대이다. 자기만의 브랜드가 있어야 한다. 이름을 이야기하면 그 사람의 브랜드가 떠오를 수 있도록 자신의 이미지를 가치 있게 만들어야 한다. 그것을 목표가 만들어준다. 개인의 브랜드는 특화되어야 인정을 받고 영속성이 있다. 나만이 잘 할 수 있는, 자신만의 브랜드가 있어야 한다.

앤더스 에릭슨은 10년 법칙에서 "어떤 분야에서 최고 수준의 성취와 성과에 도달하려면 10년 정도는 집중적인 사전준비를 해야 한다"고 말한다. 그렇게 해야 자신의 브랜드를 만들 수 있다. 브랜드가 자신의 가치가 되었을 때 존재의 의미가 확연하게 드러난다. 남이 만든 브랜드를 지켜보는 사람이 아니라, 나의 꿈이 만든 나의 브랜드가 필요하다. 세상에 필요한 브랜드로써 세상을 더 아름답게 만들 때 진정한 가치가 있다.

꿈을 이루기 위해서는 목표설정이 우선이다. 그것은 자신의 길을 스스로 만드는 것이다. 목표는 끊임없이 변하고, 달성된 목표는 이미 목표가 아니다. 목표는 양파와 같아 하나의 목표가 실현되면 다시 새로운 목표를 향해 앞으로 나아가야 한다. 그릇이 커지면 안에 담기는 내용도 더 많이 담을 수 있다. 꿈의 크기가 목표의 크기를 만든다.

목표가 있다는 것은 희망이 있다는 것이다. 목표가 없는 인생은 미래에 대한 기대치가 없다는 것이다. 목표가 있는 사람은 하루가 소중하고 매 순간이 소중하다. 미래가 있는 삶, 의미 있는 삶을 위해 가져야 할 세 가지 마음가짐이다.

첫째, 미래를 위해 명확한 목표를 가진다.
둘째, 내가 변해야 세상이 변한다.
셋째, 지금 시작한다.

목적지 없이 항해하는 배를 보았는가? 있다면 그 배는 난파선이거나 고장 난 배일 것이다. 제대로 된 삶을 살기 위해 중요한 것은 분명한 목표설정이다. 끝이 없어 보이는 하늘에도 비행기가 다니는 하늘길이 있고, 망망대해의 바다에도 배가 다니는 바닷길이 있다. 미래를 위해 명확한 목표가 앞으로 나아가야 하는 길을 밝히고, 원하는 방향으로 삶을 인도한다.

자신의 비전과 꿈에 대해 왜 그것이 필요한지 질문과 답할 수 있어야 하고, 종이에 적을 수 있어야 한다. 그리고 그것을 이루기 위해 어떻게 할 것인지 계획이 있어야 한다.

꿈이 있고 꿈을 관리할 계획이 있다면 시간 관리는 자연스럽게 따라온다. 모든 실행에는 시간 관리가 선행되기 때문이다. 생산재를 만들기 위해 재료가 필요하듯 목표를 이루기 위해 시간 관리가 필요하기 때문이다 목표를 정하고, 계획을 세워 실행에 옮길 때 꿈은 이루어진다. 중단하지 않는다면 내가 원하는 결과와 만날 수 있다. 중요한 것은 지금 시작해야 한다는 것이다. 시작이 있어야 끝이 있고 출발이 있어야 도착이 있다. 오늘은 당신에게 주어진 유일한 하루다. 내일은 내일의 일이 있다. 오늘이야말로 꿈과 목표를 향해 앞으로 나아갈 기회이며 행복할 수 있는 날이다. 오늘은 살아있는 첫날이고, 마지막 날이다.

영국 버진그룹 CEO 리처드 브랜슨의 『내가 상상하면 현실이 된다』에서 "무슨 일이든 잘하고 싶으면 빈틈없이 계획을 짜서 철저히 준비해야 한다는 것은 앞으로도 영원히 변하지 않을 원칙임에 틀림없다"고 주장한다. 목표를 종이에 적고, 철저히 계획하여 포기하지 않고 실천해나 간다면 기적과 만날 수 있다. 불가능을 가능으로 만드는 것도 사람의 일 이다. 불가능으로 포기하는 것도 사람의 일이다. 『종이 위에 쓰면 기적 이 이루어진다』에서 기록을 두고 말한다.

첫째, 기록은 꿈을 실현시키는 힘이 있다. 자신만의 목표를 종이에 기록하라.

둘째, 기록함으로써 행동해야 한다는 인식의 전환이 이루어지고 삶 을 변화시킨다.

셋째, 기록을 통해 목표를 재확인하고 행동하게 하며 행동이 기적을 부른다.

기록은 보이지 않는 생각을 시각적으로 확인하는 것이며, 눈으로 본 것은 뇌로 전달되어 구체적으로 실행할 방법을 모색하게 한다. 인식은 의식을 활발하게 움직이게 하고, 간절히 원할 때 잠재의식은 잠을 자지 않고 자신의 목표에 대해 생각하고 방법을 찾는 데 집중한다. 의식과 무 의식 속에서 간절히 원하면 이루어지는 이유다. 자신의 목표를 기록할 수 있어야 한다. 기적은 멀리 있는 것이 아니라 내 가까이에 있다.

목표를 향해 노력하는 시간에는 후회가 없다. 과정에 최선을 다했기 때문이다. 자신을 변화시킬 수 있는 사람은 자신뿐이다. 현실에 안주하 는 만족한 돼지가 아니라 새로운 것을 향해 도전하는 불만의 인간으로 존재가 가치가 있다. 『승자의 심리학』에서 데니스 웨이틀리는 말한다. "패자는 '언젠가는 되겠지' 라는 불가능의 땅에서 구태의연하게 살아간다. 승자는 미래도 과거도 아닌 지금 이 순간이 마지막인 것처럼 하루하루 최선을 다한다"

성공한 사람들은 목표를 가지고 노력해야 할 원인을 만든다. 좋은 일이든 나쁜 일이든 모든 결과는 오늘 나의 생각과 행동이 만든 것이다. 오늘은 어제의 생각의 결과이고 내일은 오늘의 생각의 결과다.

2
인생은 선택이다

인생은 B(Birth=출생)와 D(Dead=죽음) 사이의 C(Choice=선택)이다.
- 장폴 사르트르

삶에서 기쁨과 고난은 동전의 양면처럼 함께한다. 시련이 있으면 기쁨도 있다. 시련뿐인 인생도 없고, 기쁨만 있는 인생도 없다. 다 같은 시련 앞에서 그것을 슬기롭게 극복하여 더욱 강해지는가 하면 어떤 사람은 좌절하여 포기한다. 처음부터 강한 사람은 없다. 시련과 고난을 극복하면서 강해진 것뿐이다.

도전을 회피하고 시련을 두려워하여 현실에 안주하는 인생은 흐르는 시간과 함께 삶의 의미도 희미해지고 만다. 결국 의미 없이 보낸 시간은 덧없고 때늦은 후회는 삶을 초라하게 만든다.

존재의 의미를 생각하는 사람은 신념을 만들고 희망을 스스로 만든다. 선한 목적을 생각하고 어제보다 나은 오늘을 살고자 한다. 자신이 선택한 결정을 믿고 미래를 향해 당당하게 앞으로 나아간다. 그것이 후회를 줄이는 하나의 선택이다. 살아있다는 것은 펄떡이는 물고기처럼 역동성이 있다는 것이다. 안주는 정지가 아니라 후퇴다. 흐르는 강물을 따라 흐르는 것은 무생물이거나 생명이 없는 물체다. 살아있는 물고기는 함께 흐르는 것이 아니라 거슬러 오른다. 오늘이 어제와 같다면 나은 내일을 기대할 수 없다. 새로운 세상, 새로운 자신과 만나기 위해 변화와 마주 설 수 있는 용기와 도전이 있어야 한다.

삶의 의미가 존재의 이유가 된다면 행복한 삶이다. 나치의 강제수용소에서 내일을 기약할 수 없는 생사의 순간에도 삶의 의미를 생각하면서 혹독한 수용소의 고난을 견뎌낸 인간존엄성의 승리를 보여준 빅터 프랭클린 박사는 자전적 체험수기 『포로수용소에서』는 삶의 의미에 대해 많은 질문과 함께 답을 던진다. 프랭클린 박사는 강제수용소의 체험을 바탕으로 자신의 독특한 정신분석 방법인 '로고테라피(logotheraphy : 의미치료)' 체계를 정립했다.

그는 포로수용소에서 수많은 사람들이 삶의 의미를 상실하여 죽어가는 걸 보면서 삶의 의미에 대해 생각했다. 프랭클린 박사의 말이다. "정말 중요한 것은 우리가 삶에서 기대하는 것이 아니라 오히려 우리 삶이 우리에게 기대하는 것" 이라든지 "왜 살아야 하는지를 아는 사람은 그 어떤 상황도 견뎌낼 수 있다"는 말은 진정한 삶의 의미가 고통스런 삶을 견디게 하는 존재 이유가 된다고 보았다. 삶을 포기하지 않은 이유에는 삶의 의미를 생각했기 때문이었다.

인도의 창조신화에는 신이 조개를 창조하여 바다에 살게 했다. 하루 종일 입만 닫았다 열었다 하는 무미건조한 행동을 하루 종일 했다. 다음은 독수리를 창조했다. 무한 창공을 비상하는 날개를 주었지만 굶어 죽지 않기 위해 하루 종일 사냥을 해야만 했다. 독수리는 기꺼이 자유의 대가를 지불했다. 마지막으로 신은 인간을 창조했는데 한 가지 결정을 내리도록 했다. 신은 조개와 독수리의 삶 중 어떤 것을 살 것인지 결정하라고 했다. 인간에게 선택의 기회를 주고 거기에 대한 책임을 주었다. 당신이라면 어떤 삶을 선택하겠는가? 이런 선택이 삶의 매 순간마다 우리에게 주어진다.

『사기』의 저자 사마천은 자신이 해야 할 일을 위해 죽음보다 더 수치스러운 삶을 선택하여 『사기』를 완성했다. 서역을 정벌하던 도중 투항한 이능 장군을 변호했다는 이유로 한무제의 미움을 받았다. 한무제는 사형과 궁형(거세) 중 양자택일을 하라고 했다. 당시의 시대 상황은 궁형을 죽음보다 더 수치스럽게 생각했다. 어명 앞에서 사마천은 궁형을 선택한다. 사마천은 자신이 해야 할 일과 소명이 있었기에 수치를 선택했다.

그는 삶의 의미를 생각했기 때문이다. 나중에 사기를 완성하고 다시 한무제에게 재등용된 그가 수치스러운 궁형을 선택하면서 한 말이다. "내가 사형을 당한다면 구우일모(아홉 마리 소 털 중 하나)의 죽음밖에 안 될 것이니, 하찮은 개미나 땅강아지의 죽음과 무엇이 다르겠는가. 사람은 한 번은 죽게 되어 있지만 어떤 사람의 죽음을 태산보다도 소중한 가치를 지니고 어떤 사람의 죽음은 기러기 털보다도 가벼운 죽음이 된다. 이것은 결국 내가 어떻게 내 목숨을 사용하느냐의 차이에 달려 있다." 순간의 치욕을 참지 못하면 큰일을 이루기 어렵고, 존재의 의미를 생각하지 않으면 순간의 치욕을 참기 어렵다.

미국의 심리학자이며 "행복해서 웃는 것이 아니라 웃어서 행복한 것이다"란 말로 유명한 윌리엄 제임스는 "인생을 무서워해서는 안 된다. 인생은 살아갈 만한 가치가 있다고 믿어야 한다. 그렇게 믿으면 인생은 정말로 살아갈 만한 가치가 있는 것이 된다"고 말한다. 인생은 살 만한 가치가 있다고 믿는다는 것은 믿지 않는 것에 대한 반대개념이다. 자신을 믿고 미래를 믿어야 한다.

좋은 차도 연료가 없으면 움직일 수 없다. 연료가 없어 서 있는 차가 무슨 소용인가. 목표는 삶에 동기를 부여할 수 있는 연료나 마찬가지다. 가치 있는 삶을 위해서는 목표에 대한 분명한 이유를 설명할 수 있어야 한다. 미래를 내다보며 오늘을 투자할 수 있는 꿈이 있어야 한다. "최초의 승리와 최고의 승리는 자신을 정복하는 것이다. 자신에게 정복당하는 것은 가장 수치스러우면서도 비열한 일이다." 플라톤의 말이다. 자신의 생각을 조절하고 자신의 행동을 제어할 수 있을 때 자신이 주인이 되는 삶을 살 수 있다.

현실과 타협하는 평범한 삶이 아니라 주인 되는 삶을 살기 위해 선택할 수 있는 용기와 결단의 단호함이 있어야 한다. 목표를 세우고 그 목표를 향해 흔들림 없이 나아갈 수 있다면 미래에 대한 성공의 약속 어음을 미리 받은 것이나 마찬가지다.

세상은 변화를 원한다

지금은 변화의 시대다. 글로벌 시대에 살아남기 위해 개인도 변해야 하고 기업도 변해야 한다. 세계 구석구석에서 일어나는 일들이 실시간으로 전 세계로 전달된다. 155년의 역사를 자랑하는 스위스 시계업체 태그 호이어는 인텔과 구글 3각 협력으로 스마트워치를 준비하고 있다. 구글의 운영체계와 인텔의 프로세스를 탑재하고 분침 구동은 기계식으로 한 상품을 만들겠다는 것이고, 120년 필름을 팔던 코닥은 스마트폰을 내놨다. 78년간 카메라로 명성을 쌓은 캐논은 유전자를 진단하는 의료장비 사업에 뛰어들었다. 이처럼 사업에 고유영역이 없어진 것은 생존하기 위해 변하지 않으면 안 되기 때문이다.

개인도 변화가 필요한 세상에 살고 있다. 교과서적인 삶으로 세상의 변화를 따라가기 어렵다. 자신의 창의성으로 세상을 새롭게 바라보는 안목을 키워야 한다. 철저한 전문가 근성이 필요한 시대가 되었다. 안이한 현실 인식은 뒤처질 수밖에 없고 뒤처지면 남에게 예속될 수밖에 없다. 남에게 저당 잡힌 삶이 아니라, 자기가 주인이 되는 삶을 찾아야 한다. 평범한 삶의 유혹에서 벗어날 수 있어야 한다. 그래야만 나다운 삶을 살 수 있다.

우리는 흔히 내일을 이야기하며, 오늘의 일을 내일로 미룬다. 오늘 할 일을 다하지 못하면 오늘을 어제처럼 살 수밖에 없다. 새날은 새로운 일을 해야 한다. 새로운 일이 나를 변화시킨다. 오늘 변화하지 않는다면 변화는 기대할 수 없다. 지금 이 순간에 최선을 다해야 한다.

무감각과 무관심은 타성이 되어 일상적 습관의 덫에 걸리기 쉽다. 매너리즘에 빠진 삶에서 탈출하기 위해 새로운 것에 주목하고 도전하는 자세가 필요하다. 변화의 시작은 평범한 일상을 바꿀 때 시작된다. 오늘은 어제 내가 선택한 결과이고 미래는 오늘 내가 선택한 결과다. 변화 없이 새로운 것을 찾는 것은 우물가에서 숭늉을 찾는 것과 같다. "한 인간의 궁극적인 가치는 편안하고 안정된 순간에 평가되는 것이 아니라 도전이나 시험을 받을 때 평가된다." 마틴 루터 킹의 말이다.

가치 있는 선택이 가치 있는 삶을 만든다. 사랑하는 삶. 배려하는 삶, 감사하는 삶, 기뻐하는 삶, 세상에 유익이 되고자 하는 삶을 살겠다고 선택해야 한다. 그렇게 선택했을 때 변할 수 있다. 이 모든 것을 내가 선택하지 않으면 누가 한단 말인가.

3
공동묘지에 이유 없는 죽음은 없다

당신이 상상하는 모든 것은 현실이 된다. 상상은 행동을 위한 것이다.
행동이 없다면 상상은 무의미한 것이다. 상상은 행동을 구체화하기 위해서 있고
행동을 현실화하기 위해 있다. 모든 성공의 기본 열쇠는 행동이다. - 피카소

미국의 심리학자인 윌리엄 제임스의 말이다. "우리 시대의 가장 위대한 발견은 자신의 마음가짐을 바꾸는 것으로 해서 자신의 인생을 바꿀 수 있다는 것이다." 마음가짐을 바꿈으로서 삶을 바꿀 수 있다는 말은 얼마나 큰 희망의 말인가. 남은 통제할 수 없어도 내 마음은 내 의지에 의해 통제가 가능하다.

마음가짐을 바꾼다는 것은 자기가 선택하는 변화의 출발점이다. 사람은 누리고 있는 안정을 원하며 불확실한 미래에 대한 두려움이 있다. 변화를 쉽게 받아들이지 못하는 것은 변화에 따른 스트레스를 원하지 않기 때문이다. 익숙함에 길들여져 지금 누리고 있는 편안함에 안주하려 한다. 새롭게 시작한다는 것은 기존의 질서에 대한 도전이고 부담이다. 그래서 사람은 변화를 꺼려한다. 마음이 내키지 않으니 변화는 요

원하기만 하다. 힌두교 경전에서 "인간은 자기가 생각하고 있는 것과 같은 인간이 된다"라고 말한다. 그 사람의 생각이 그 사람 자체이다. 오늘의 나는 어제의 내 생각의 결과다.

마음이 원하는 목표는 삶의 나침반이다. 목표가 있어야 원하는 목적지에 도달할 수 있다.

목표와 관련하여 하버드대학교 졸업생들을 상대로 네 가지 포인트를 두고 관찰했다. 25년 동안 추적 관찰한 결과에서 졸업 당시에 하나는 목표 없음과 다른 하나는 희미한 목표 그리고 세 번째는 단기 목표와 마지막은 명확한 목표의 기준이었다.

물음에 답한 학생 중 목표 없음이 27%, 희미한 목표 60%, 단기목표 10%, 명확한 장기목표 3%였다. 25년간 추적 관찰한 결과에서 목표 없음의 27%는 취업과 실직을 반복하며 최하위 생활 수준으로 살고 있었으며, 희미한 목표의 60%는 평범한 중하위 계층에서 평범한 삶을 살고 있었다. 단기 목표 10%는 그 분야 전문가로서 중상위층 생활을 하고 있었으며, 명확한 장기목표를 가진 3%는 사회 각계각층의 유명인사로 성공한 삶을 살고 있었다. 세계의 수재들이 모여드는 하버드대학교 출신들도 목표의 선명도에 따라 삶이 엄청나게 달라진다는 것을 알 수 있었다.

목표의 있고 없음의 차이는 엄중하다. 목표가 없다는 것은 삶이 물위에서 흔들리며 떠다니는 부초와 같다. 삶이 나아가고자 하는 방향성을 나타내는 것이 목표다. 오늘을 사는 마음의 자세가 자신의 미래를 가늠하게 한다. 목표는 잊지 않았는가? 오늘 하루 최선을 다했는가? 후회하지 않는 하루를 살았는가? 수시로 물어야 한다. 목표가 있고 희망이 있는 삶은 아침이면 다시 시작되는 하루가 새롭다. 새로움은 내일에 대한 기대와 설렘을 준다. 그런 삶을 위해서는 어제와 오늘이 달라야 한다. 오늘과 내일이 달라야 한다. 목표는 삶에 역동성과 활력을 주고 행동의 기쁨을 준다. 이런 나날이 쌓였을 때 삶은 발전하고 행복하다.

제5공화국 시절 평균 IQ 142의 3~6세 어린이 144명의 영재를 발굴했다. 그리고 15년이 흐른 2001년 신문사에서 그 영재들을 추적하여 66명을 확인할 수 있었다. 18~21세가 된 그들의 대다수가 평범한 범재로 변해 있었다. 성공과 IQ는 크게 관련이 없었다. 성공은 뛰어난 지능이 아니라, 하고자 하는 열정과 목표가 좌우한다. 생계만 생각한다면 생계는 해결할 수 있지만 생계 이상의 것은 기대하기 어렵다. 더 큰 미래를 생각할 때 더 큰 미래가 온다. 더 나은 미래를 위해 장기적인 목표가 필요한 이유다. 머리 좋은 사람은 열심히 노력하는 사람을 못 당하고, 열심히 노력하는 사람은 그 일을 즐기며 하는 사람을 못 당한다. 자신의 일을 즐기면서 할 수 있다면 즐기는 자체가 행복이다. 돈과 명예를 떠나 삶이 행복해진다.

미래를 위해서 지금 시작해야 한다. 우연이란 결코 없다. 모든 현상은 필연에 의한 결과다. 원인 없는 결과란 없기 때문이다. 자신의 인생을 후회하며 변명으로 일관할 것인가? 아니면 스스로의 삶에 책임지는 자세로 살 것인가는 본인의 선택이다.

인생은 누가 대신 살수 없다. 오롯이 자신이 주인이다. 세상에 오기까지 정자와 난자가 만나기 위해 약 5억대 1의 경쟁을 뚫었다. 치열한 경쟁을 거쳐 세상에 온 유일무이한 존재가 바로 나란 존재다. 존재에 대해 세상에 온 이유를 묻고 답을 찾아야 한다.

1. 진정 소망하는 건 무엇인가?
2. 존재 이유는 무엇인가?
3. 삶에 대한 분명한 목표는 있는가?
4. 날마다 새로운 날로 만들기 위해 노력하는가?
5. 내일 삶이 끝난다 해도 후회하지 않겠는가?

소망을 갖고 살아야 한다. 소망이 간절한 목표가 되었을 때 희망이란 이름으로 의미 있게 살 수 있다. 미래에 대한 목표가 없다는 것은 존재의 의미를 유기하는 행위와 같다. 소망이 목표가 되고 희망이 되었을 때 강한 추진력이 되어 앞으로 나아갈 수 있다. 나란 존재가 이유 없이 세상에 오지는 않았다는 것을 믿어야 한다. 자신 만의 성찰의 시간으로 나만의 소명을 찾아야 한다.

3개 고시를 패스한 고승덕 전 의원은 자신의 성취과정을 말한다. "누구나 간절히 되고자 하면 간절한 노력이 나옵니다. 과거는 중요하지 않아요. 현실에 충실한 것도 성공에 도움이 안 돼요. 좋고 입에 단것만 찾는 현실이 미래를 보장하지 않잖아요. 미래가 가장 중요해요. 10년 뒤의 자신의 비전을 보고 준비한 사람은 분명히 차이가 납니다. 그래서 꿈이 중요합니다. 꿈을 찾는 자율형 인간이 되세요."

미래를 준비하는 삶이 중요하다는 것은 변하지 않는 원칙이다. 현실에서 사소한 일에서도 준비는 중요하다. 이탈리아 토리노박물관에 조각상이 있다. 동상의 주인공은 제우스의 아들인 기회의 신, '카이로스(kairos)'이다. 기회의 신은 앞머리는 무성하지만 뒷머리가 없고, 발뒤꿈치에 날개가 있다. '앞머리가 무성한 이유는 사람들로 하여금 내가 누구인지 금방 알아차리지 못하게 함이며, 또한 나를 발견했을 때 쉽게 붙잡을 수 있도록 하기 위함이고, 뒷머리가 대머리인 이유는 내가 지나가고 나면 나를 붙잡지 못하도록 하기 위함이며, 발에 날개가 달린 이유는 최대한 빨리 사라지기 위해서이다.'

준비되어 있으면 기회가 왔을 때 앞머리를 잡을 수 있지만 한 번 지나가면 붙잡지 못하도록 빨리 사라지는 것이 기회이다. 준비된 사람만이 찾아온 기회를 알 수 있고 잡을 수 있다.

준비는 우리 삶에서 시작이고 마무리이다. 기회를 자신의 것으로 만들기 위해 준비가 필요한 이유다.

실패에서도 변명보다는 그것을 인정하고 다시 시작할 수 있어야 한다. 그것이 참다운 용기이고, 자신의 인생에 책임지는 자세다. 환경은 변명일 뿐이다. 일본에서 경영의 신으로 불리는 마츠시타 고노스케는 극한의 환경을 오히려 은혜로 생각했다. "하나님은 내게 세 가지 은혜를 주셨다. 저는 집이 가난했기 때문에, 몸이 허약했기 때문에, 초등학교도 못 나와 무식했기 때문에 성공할 수 있었다"고 말한다. 모두가 열악한 환경이었지만 집중과 몰입으로 목표를 정조준 할 수 있었기 때문이다. 시작은 최소한의 경험을 만든다. 후회는 더 잘할 수 있는 방법을 알게 한다. 하지만 시작하지 않으면 배울 수 없다. 현실에 안주하는 삶은 한 번뿐인 삶을 위태롭게 한다. 해보고 후회할 것인지, 하지 않고 후회할 것인지는 선택이다.

공동묘지에는 수많은 무덤이 있다. 그 무덤에 이유 없는 죽음은 없다. 이유를 찾아 변명하면 끝이 없다. 가난해서, 배우지 못해서, 시간이 부족해서, 머리가 좋지 못해서, 몸이 약해서, 환경이 좋지 않아서 등 제나름의 이유가 있다. 이유는 자기기만이고 자기변명일 뿐이다. 안 되는 이유가 백 개라면 되는 이유 역시 백 개가 넘는다. 자기변명은 그것이 정당하다 해도 이유가 될 수 없다. 되는 이유가 백 개도 더 되기 때문이다. 변명은 스스로를 부끄럽게 만들고 삶을 후퇴시킬 뿐이다. "성공하고자 하는 자는 길을 찾을 것이고 그렇지 않은 자는 변명을 구할 것이다." 레오 아킬라의 통찰이다.

영화제작에서 성공하려면 마지막 10분이 중요하다고 한다. 개봉 초기의 관객은 주인공인 스타의 브랜드에 끌려온다. 전체 영화에서 영화가 끝나기 전 10분은 강렬한 기억으로 남는데 기억이 강렬하고 감동적일수록 관객의 입을 통해 입소문을 타면서 관객을 부른다. 우리 삶도 초

반 출발은 학력, 경력, 재력 등에 영향을 받지만 인생 후반은 스스로 강렬하게 만들어야 한다. 인생 후반부의 삶이 인생 전체의 삶을 좌우한다. 목표의 위대함을 믿고 미래에 대한 비전과 소명을 위해 최선을 다하면 꿈꾸는 세상과 만날 수 있다. 어떤 이유로든 변명하지 말아야 한다. 공동묘지에도 이유 없는 죽음은 없다.

4
우물쭈물하다 내 이럴 줄 알았지

위대한 이들이 도달하고 지키는 정상은 갑자기 날아오른 곳이 아니라,
동료들이 자는 한밤에도 한 발 한 발 땀 흘려 올라간 곳이다. - 롱펠로우

젊은 날에는 시간에 대한 자각이 없었다. 시간의 소중함을 알지 못했고 왜 사는지 묻지 않았다. 누구에게나 주어지는 날처럼 하루를 살았다. 생명은 욕망함으로써 가치가 확장되고 발전한다는 사실을 알지 못했다. 목표 있는 삶을 살지 못했다.

미래를 위해 목표를 세우고 목표를 향해 열정으로 살아야 했지만 그것을 몰랐다. 멈추지 않는 시간은 이 순간조차 되돌릴 수 없는 과거가 된다. 삶이 그 자리에 머물 수 없다는 사실을 알았더라면 시간을 더 소중하게 관리했을 것이다.

젊을 때는 생명의 유한함을 눈으로 보면서도, 자신은 예외인 것처럼 생각한다. 건강한 사람이 건강을 의식하지 못하고 사는 것과 같다. 젊

음이 영원하고, 건강이 영원하고, 삶이 영원할 것처럼 산다.

봄비에 꽃이 피고, 봄비에 꽃이 진다. 언제나 아침은 오지만 어제의 아침은 아니다. 끊임없이 바뀌는 시간과 함께 생성과 소멸을 거듭하며 살고 있다. 백 년을 살면 사는 날은 삼만육천오백 일이다. 오늘도 자신의 의지와는 상관없이 하루를 사용한다. 돈은 모이면 목돈이 되지만 시간은 쌓을 수 없다. 은행계좌에서 빠져 나가는 돈처럼 시간은 삶의 계좌에서 하루하루가 차감되어 사라진다. 인식되는 감각으로 쉽게 느껴지지 않아 잊고 산다.

데일 카네기의 말이다. "백 년도 못 되어 우리 모두는 죽거나 잊혀지고 만다. 인생은 짧다." 빅토르 위고도 말한다. "인생은 짧고 우리도 모르는 사이에 시간을 낭비함으로써 인생을 더욱더 짧게 살고 있다."

미래를 잊고 사는 삶은 위태롭다. 미래에 대한 목표 없이 현실에 매몰된 삶은 불완전하다. 미래의 비전 없이 살다 보면 사는 대로 생각하게 된다. 학교를 졸업하고, 군대를 갔다 오고, 직장을 구하고, 결혼을 하고, 가족이 생기면서 삶의 전반부가 지나가버렸다. 문제는 언제나 눈앞의 당면 목표가 가장 큰 일이었다. 내용은 달라도 당면한 일 하나가 지나가고 나면 다른 하나가 찾아와 삶은 현실의 굴레에서 벗어날 수 없었다. 변하지 않은 것이 있다면 한순간도 쉬지 않고 문제는 있으며 시간은 지나간다는 것이었다.

아이들이 장성하고 이제 한숨 돌리니 삶의 후반부가 되었다. 전투에서 조국을 위해 바다에서 승전보를 올리던 군함이 시간의 흐름과 함께 퇴역 군함이 되어 고철로 사라지듯 시간이 흐르면서 세상에서 자신의 역할이 희미해진다. 젊을 때 왜 좀 더 자신다운 삶으로 살 수 없었을까? 한 번뿐인 삶을 이렇게 살아도 되는 것일까? 삶에 대한 질문이 늘면서 삶이 쓸쓸해진다.

정보는 넘치고 해독할 능력이 따르지 못한다. 새로운 금융정보를 접하고 깜짝 놀라기도 한다. 자본주의사회에서 금융의 흐름을 모른다면 자본가가 되기 어렵고, 세상의 흐름에 보조를 맞추기에도 바쁘다.

아일랜드에 있는 아즈텍 머니는 2013년 설립되어 직원 20여 명을 둔 회사다. 사업내용은 기업들이 상품을 판 다음, 돈을 받을 권리를 팔겠다고 내놓으면, 이것을 투자자들이 사들이는 온라인 장터다. 일종의 기업 매출 채권을 사고파는 것인데 은행이 아닌 온라인으로 거래가 이루어진다는 점이 다르다. 프랑스 소시에테 제네랄은행과 골드만삭스가 아즈텍 머니에게 함께 사업을 하자고 제의했다. 소사에테 제네랄은행은 1864년 나폴레옹 3세가 세워 자산 1900조 원에 직원이 7만 명이며, 미국의 골드만삭스는 1869년에 창업 월스트리트에서 숱한 성공신화를 창조한 투자은행으로 글로벌 기업이다.

세상은 눈부시게 빠른 변화를 거듭하고 있다. 나날이 쏟아지는 신기술과 각종 새로운 정보들은 기존의 사고방식을 순식간에 뛰어넘는다. 개인의 무한능력을 필요로 하는 시대에 살고 있다. 이전의 것에 기대어 안주하다 보면 뒤처지고 만다.

아날로그가 아니라 디지털이고, 초속이 아니라 광속이고, 몸이 아니라 머리로 대응해야 하는 시대에 살고 있다. 개인이나 기업도 치열한 경쟁에서 창의적 발상으로 적응하는 자만이 생존할 수 있는 무한경쟁의 세상이다.

한근태의 『일생에 한번은 고수를 만나라』에서 주도성에 대한 설명이다.

"주도성이란 이런 개념이다. '세상에서 일어나는 대부분의 일은 내 힘으로 어쩔 수 없지만 거기에 어떻게 반응하느냐는 내 힘으로 결정할 수 있다. 주도성이란 내 힘으로 어쩔 수 없는 관심의 원에 대해서는 잊고 내가 할 수 있는 일에 집중하는 것이다.' 그동안 나는 대응적으로 살았다. 내 힘으로 어쩔 수 없는 일에 정력을 낭비했다. 살면서 주도성이란 말처럼 내 삶에 큰 영향을 준 말도 없다. 좋은 습관 넘버 1인 주도성은 지금도 내 삶의 가장 중요한 밑바탕에 깔려 있다"고 말한다. 세상이 아무리 변해도 삶의 주인은 나이고 주체는 엄연히 나 자신이다.

삶의 주도성을 가지고 살아야 한다. "내가 감히" "나 하나쯤은"이란 무리 속의 한 묶음으로 자신을 대수롭지 않게 여기는 삶은 주도성과 거리가 멀다. 존재의 자부심을 잃은 채 시간의 파도에 떠밀려 살 수밖에 없다.

외형적으로 부족함 없는 삶이 행복한 것은 아니다. 삶의 가치 기준은 사람마다 다르다. 중요한 것은 행복은 외형이 아니라 본인의 내면이 판단하는 가치에서 더 큰 영향을 받는다. 권력과 돈, 명예는 영원하지 않고 지속되지 않는다. 주변에서 많은 걸 이루고도 불행한 사람이 있는가 하면, 가진 것 없어도 행복하게 사는 사람도 있다. 삶의 주도성이 주는 마음의 만족감이 삶의 행복을 좌우한다. 나라는 가난해도 국민들의 행복도가 높은 나라가 부탄, 라오스, 미얀마, 네팔 등 동남아시아계였다.

서울과학기술대학교 백욱인 교수는 물질이 지배하는 세상에 사람들은 점점 속물화되어가고 있다고 말한다. 21세기 한국 사회를 통하는 2개의 키워드로 속물성과 잉여문화를 들었다.

그의 속물에 대한 설명이다. "체제 내에 포섭되어 축적하고 소비하는 주체, 재산과 지위의 축적에 일생을 바친다. 정작 자기 주체에 대한 성찰과 반성은 없다. 위선자와 졸부 중에 많았으나 이젠 인구의 다수를 차지한다." 모든 것이 눈에 보이는 것에 가치를 두는 현상이 속물근성이다.

자선구호재단이 물질과 관련하여 세계의 기부지수를 매년 조사한 결과 한국은 134개국 중에 60위였다. 조사 결과 1위가 미얀마, 2위 미국, 3위 캐나다, 4위 아일랜드, 5위 뉴질랜드, 호주가 6위였다. 11위는 부탄이었다. 미얀마의 기부 지수 1위에 대한 분석에서 '전쟁과 경제적 어려움을 겪은 만큼 자신이 할 수 있는 방법에서 최선을 다해 남을 도우려는 것'으로 보았다.

우루과이 무하카 전 대통령은 세계에서 가장 가난한 대통령으로 꼽힌다. 집은 거실과 방, 부엌이 한 개뿐인 농가주택이 전부였다. 취임 당시 재산신고액은 1,800달러였다. 월급이 천삼백여 만 원으로 90%이상을 기부했다.

대통령궁을 노숙인에게 내어주고 농장에서 생활하기도 했다. 재임기간 중 평균 경제 성장율 5%였으며, 당선 당시 지지율 52%였으나 2015년 물러나는 시점의 지지율이 65%였다. 다음은 그의 말이다. "나는 가난하지만 마음은 절대 가난하지 않습니다. 삶에는 가격이 없어요. 인생에 가장 중요한 것은 물질이 아니라 삶이 누릴 수 있는 시간입니다."

사람들이 성공에 목말라 하지만 성공의 가치를 어디에 두어야 하는지, 삶을 어떻게 살아야 하는지 무하카 전 대통령의 말은 우리에게 질문을 던진다.

"나는 세상에서 어떤 존재이며 나의 소명은 무엇인가? 진정한 나만의 삶은 어떻게 사는 것인가?"를 물어야 한다. 내일은 누구도 믿을 수 없다. 순식간에 지나가는 시간을 생각한다면 우물쭈물할 시간이 없다. 잦은 후회는 짧은 인생을 더 짧게 한다.

5
한 번 사는 인생 부초처럼 살 것인가?

인간으로써 가장 위대한 도전은 자기 자신을 변화시키는 것이다.

- 조셉 캠벨

후회는 또 다른 시작이다.

후회는 사전적 의미로 '깨닫고 뉘우침'이다. 후(後)는 '뒤' 회(悔)는 '뉘우치다'의 뜻으로 후회는 뒤에 뉘우치는 것으로 미리 하는 것이 아니라 나중에 하는 것이다. 지나고 나서 깨닫는 것이다. 사람은 후회하면서 산다. 후회 없는 인생은 무미건조하고 단조롭다. 후회함으로써 자신을 새롭게 돌아볼 수 있는 기회를 갖게 되고, 변할 수 있는 계기가 된다.

오행명리에 사주팔자(四柱八字)가 나온다. 완벽한 인생이 되려면 사주가 아니라 오주(五柱)가 되어야 하고, 팔자(八字)가 아니라 십자(十字)가 되어 오행이 골고루 들어 있을 때 완전하다. 태생적으로 인간은 오주에서 1주가 빠지는 사주(四柱)로 구성되어 있고, 2자가 빠지는 8자로 4주 8자로 구성되어 있다. 사주에 원천적 결함이 있는 것이 인간의 사주이다. 그래서 인간은 후회하면서 살게 되어 있다.

아무리 완벽한 삶을 추구해도 부족하고, 후회할 수밖에 없다. 그것을 줄여가는 능력을 인간은 가지고 있다. 자신도 후회하는 삶을 살았고 그 과정에서 발전도 있었다. 다시 시작을 꿈꾸며 행동으로 옮길 수 있었던 것도 후회가 있었기 때문이었다. 후회는 적을수록 좋다. 후회하기 전에 나다운 삶을 살아야겠다는 간절함으로 '십 년 전에 이런 사실들을 알았더라면……' 하는 아쉬움으로 더 나은 내일을 위해 다시 시작한다.

올바른 후회는 사람을 재충전하는 힘이 있다. 제대로 후회할 줄 아는 사람은 다시 시작할 수 있다. 후회하지 않는 사람보다 더 진실한 자신의 삶을 살 수 있다.

젊은 시절 깊은 생각 없이, 뒤처지지 않기 위해 적당히 노력하며 시간을 보냈다. 고민 없는 삶, 건강과 젊음의 패기, 성인으로서 애써 간섭받지 않는 자유, 이런 것들이 어우러져 보낸 시간에 많은 날들이 순식간에 지나가버렸다.

과정에서 작은 목표 달성으로 성취의 기쁨도 있었다. 하지만 목표는 양파와 같아 고정되지 않는다. 삶이 끝나는 순간까지 변화를 계속하며 지속되어야 한다는 사실을 몰랐다. 분명 목표가 있을 때는 몰입하여 목표에 대한 성과를 얻었다. 하지만 삶의 빅 픽처를 그리지 못했다. 장기적인 삶의 비전이 없었다.

7개의 기사자격증을 취득하면서 대학원에서 석사과정도 밟았다. 그것으로 끝이었다. 작은 꿈에 안주하며 보낸 시간은 삶에서 공백기로 남았다. 그때 미켈란젤로의 다음 충고를 알았더라면 지금의 나의 삶은 달라졌을 것이다. "대부분의 사람들에게 존재하는 가장 위험한 일은 목표를 너무 높게 잡아서 거기에 이르지 못하는 것이 아니라, 목표를 너무 낮게 잡고 거기에 도달하는 것이다." 미켈란젤로의 말이다.

목표는 수정되어야 하고, 더 높은 목표를 향해 쉬지 않고 나아가야 한다는 사실을 몰랐다. 사람이 자라면 더 큰 옷으로 바꿔 입어야 하는 것처럼 목표도 바꿔야 한다는 사실을 몰랐다. 돌아보면 목표의 단절기가 삶의 공백기가 되었다.

인생에서 삶의 목적과 장기 비전은 삶에서 등대와 같다. 인생의 목적과 비전이 있으면 자신의 삶에 집중할 수 있으며 지치지 않고 나아갈 수 있다.

헝가리 출신의 전설적 수학자 폴 에어디쉬는 논문 1,475편을 발표했다. 논리의 정확성을 요하는 수학논문을 하루에 19시간씩 저술활동을 했다.

잠자는 시간 외에는 수학에 푹 빠져 있었다. 뉴턴(Newton)은 만유인력을 발견하기 위해 자나 깨나 그 생각에 골몰했다. 그러다 떨어지는 사과를 보는 순간 만유인력을 발견하였다.

뉴턴은 만유인력 발견의 동기에 관하여 질문을 받자 "그 일을 계속해서 생각하고 있었기 때문이었다"고 대답했다. 아르키메데스(Archimedes)

역시 목욕을 하던 중 목욕탕 안의 물이 사람의 부피만큼 넘치는 걸 보고 법칙을 발견하였다.

리처드 파인만은 침대에서도 미적분만을 생각했다. 이처럼 자신이 구하는 답을 위해 집요하게 몰입하다 보면 답을 구할 수 있다. "머릿속으로 자신이 바라는 것을 생생하게 그리면 온몸의 세포는 그 목적을 달성하는 방향으로 조절 된다." 아리스토텔레스의 말이다. 간절히 원할 때 이루어지는 것이 목표의 힘이다.

황농문은 『몰입』에서 말한다. "어떤 일이건 목적이나 목표를 만들고 강화시키면 그 일의 의미가 생겨난다. 즉 목표 지향 메커니즘에 의한 시냅스 활성화가 증대된다. 우리는 어떤 목표를 정하면 맹목적으로 그 목표를 추구하는 본능적 메커니즘을 가지고 있다. 그래서 꿈을 크게 가져야 한다." 사람이 동물과 다른 점이다. 생각이 바뀌면 행동이 바뀌고, 행동이 바뀌면 습관이 바뀌고, 습관이 바뀌면 결국 인생이 바뀐다는 것이다. 다음은 세계적 성공학 대가이며 성공교과서로 알려진 나폴레온 힐의 4가지 성공철학이다.

1. 확고한 목적의식과 불타는 강렬한 욕망을 갖는다.
2. 명확한 계획을 세우고 꾸준히 실행해나간다.
3. 주변의 부정적인 이야기는 깨끗이 무시한다.
4. 나의 목표와 계획에 찬성하며 항상 용기를 북돋워주는 사람을 친구로 사귄다.

오늘 못하면 내일, 올해 아니면 내년에 하겠다고 계획을 세울 수 있다. 중요한 것은 오늘은 어제와 다르고, 내년은 올해와 다르다는 사실이다. 더 중요한 것은 가버린 날들은 다시 되돌릴 수 없으며 인생의 마지막은 찰나 간으로 오고, 오는 순간을 모른다는 사실이다. 삶에는 내일이나 내년이나 하는 예비 기한이 없다. 하루는 후회할 수 있다. 한 해는 후회하면서, 새 출발을 다짐할 수 있다. 하지만 인생은 다시 시작할 수 없다. 후회하지 않는 인생을 위해 오늘 하루 최선을 다해야 한다.

톨스토이는 "이 세상에서 죽음만큼 확실한 것은 없다. 그런데 사람들은 겨우살이 준비를 하면서도 죽음은 준비하지 않는다"며 준비 없이 사는 삶을 경고했다. 준비 없이 살다 돌아설 수 없는 지점에서 후회한다. 많은 사람들은 그렇게 살아간다. 이것이 성공한 사람과 성공하지 못한 사람과의 사는 방식의 차이다.

삶에 대한 확고한 목적과 가치관이 필요하다. 후회하지 않는 인생을 위해 삶의 빅 픽처, 즉 큰 그림이 필요하다. 주변의 시선에 휩쓸리면 삶도 끊임없이 흔들린다. 벤자민 플랭클린의 말이다. "우리를 망치는 것은 항상 다른 사람들의 눈이다. 만약 나 자신을 제외한 모든 사람이 장님이라면 나는 구태여 고래 등 같은 집도, 번쩍이는 가구도 바랄 필요가 없을 것이다." 그렇지 않은가? 사람들은 자신의 삶도 제대로 감당하지 못하면 남의 삶에 대해 예사롭게 훈수한다. 무엇이 진정한 자신의 삶인지 그 소명을 찾아 집중해야 한다. 외형이 아니라 내면이 만족하는 삶이 되어야 한다.

인도의 희곡 작가 칼리다사의 시 「여명에의 인사」는 또 새롭게 시작되는 아침을 맞으면서 느끼는 벅차게 차오르는 감정을 읊은 시다. 생명의 기쁨과 함께 자신의 삶을 다시 한 번 생각하게 한다. 어느 한순간 이 시가 하루를 시작하는 생명의 기쁨과 환희 그리고 삶의 격려로 다가왔다. 하루의 새벽을 이런 마음으로 맞을 수 있다면 삶은 틀림없이 각별한 의미로 새로워 질 것이다.

여명에의 인사

이 날을 보라

여명이 밝아 오는 아침

이날이야말로 솟구치는 생명의 날

오늘의 짧은 항로 안에

그대 존재의 모든 진실과 현실들이 담겨 있나니

성장의 환희

행동의 영광

성공의 화려

어제는 꿈에 지나지 않고

내일 또한 환상에 지나지 않는다.

그러나 충실하게 지낸 오늘은

어제도 행복한 꿈이라 생각하고

내일은 희망에 찬 환상이라

그대여 이날을 기억하라

이것이 여명에의 인사다.

새벽을 맞으며 새날로 밝아오는 여명에 감사의 인사를 할 수 있을 때 시작되는 하루는 희망과 기쁨으로 가득해진다. 기쁨으로 시작할 수 있는 하루는 희망의 다른 이름이다. 희망과 기쁨을 지속시키는 것은 꿈과 목표다. 내일을 믿고 목표를 향해 쉬지 않는 열정과 노력이 삶을 행복하게 한다. 한 번 사는 인생 부초처럼 살 수는 없지 않은가.

6
우주는 50억 년, 인생은 100년이다

승리도 패배도 없는 회색의 삶에서, 기쁨도 시련도 체험하지 못하는
단순한 정신의 반열에 서기보다는 실패의 길을 걷더라도
위대한 일을 시도해 보고 위대한 승리를 맛보겠다. - 루스벨트

신이 인간들을 지켜볼 때 이해되지 않는 세 가지가 있었다. 첫 번째
는 젊어서 건강을 돌보지 않고 돈을 벌기 위해 몸을 혹사하면서 나중에
병들어 번 돈을 병원에 다 가져다 준다는 것이다.

두 번째는 어릴 때는 빨리 어른이 되고 싶어 하면서 어른이 되면 다
시 어린 시절로 돌아가고 싶어 한다는 것이다.

세 번째는 피할 수 없는 죽음을 자신은 예외라는 듯이 산다는 것이
다. 모두가 인간의 어리석음을 빗댄 말이다. 이러한 것들이 되돌릴 수
없는 현실이 되었을 때 비로소 깨닫는다.

어른이 되어 현실이 고통스러울 때 근심 걱정 없던 유년 시절로 돌아
가고 싶어 한다. 돈을 벌기 위해 건강을 생각하지 않고 항상 건강할 것
처럼 일하다 병들어 병원에 간다. 주변에 수많은 죽음을 보면서도 자신

은 예외이기를 바란다.

　나이가 든다는 사실도 나이가 들기 전에는 느끼지 못한다. 예측 가능한 일이지만 예측하지 못한 현실 앞에서 후회한다. 건강한 젊은 시절에는 병원은 나와 상관없는 것으로 생각했다. 현실에서 마주치는 삶의 고통은 세상에서 나 혼자만이 겪는 것처럼 절망하기도 했다. 모든 걸 포기하고 싶었던 순간도 삼 년이 지나 돌아보면 대수롭지 않은 일들이었다는 걸 깨닫는다. 현실은 늘 벅차고 고통스럽게 느껴진다. 남의 죽음보다 내 눈의 티가 더 아프고 고통스럽다. 눈앞의 현실을 헤쳐가기에도 급급한 지난날이었다.

　시간의 흐름은 인간의 권한 밖에 있다. 지난 시간은 늘 순간인 것은 이 순간도 시간이 멈추지 않기 때문이다. 시간의 변화를 육안으로 확인할 수 있는 것이 자연의 변화다. 자연에서 배우고 깨달아야 자신의 삶을 돌아볼 수 있다. 내일도 오늘과 같은 시간이 무한정 있을 것이란 믿음은 사람들이 빠지는 함정이다. 내일은 오늘의 시간과 다르고 누구도 내일의 시간은 장담하지 못한다. 자연은 겨울이 지나 봄이 오면 다시 꽃이 핀다. 열매를 맺고 내년을 기약할 수 있다. 자연은 순환함으로써 반복되지만 우리 삶은 반복이 없고 재생이 없다. 오늘이 어제와 같다면 삶은 의미가 없다. 아름다운 꽃도 때가 되면 시들고, 영화는 오래가는 법이 없다(花無十日紅 權不十年). 희망의 미래를 위해서는 자신의 꿈이 필요하다. 우리에게 필요한 것은 미래에 대해 꿈꾸는 방법이다. 상상할 수 없는 것은 이루어질 수 없으며, 실천하는 시간만이 꿈이 나에게로 와 현실이 된다.

생각하는 삶을 살아야 한다.

미래에 대하여 꿈을 꾸고 목표를 위해 집중할 수 있어야 한다. 꿈을 향해 집중할 때 인간의 잠재력은 무한대로 확대되어 꿈을 위한 조력자가 된다. 간절함이 기적을 만드는 이유다.

중국 한나라에 활을 잘 쏘는 이광 장군이 있었다. 명사수로서 이름이 높았다. 어느 날 사냥을 나갔다가 숲속에 숨어있는 호랑이를 만났다. 공격당하기 전에 먼저 활을 쏘았다.

움직이지 않아 가까이 가니 호랑이라고 생각했던 것은 바위였다. 바위에 자신이 쏜 화살이 박혀 있었다. 놀라운 마음으로 다시 거리를 두고 바위를 향해 힘껏 활을 쏘았다.

화살은 부러지고 튕겨져 나갔다. 목숨의 위험을 느낀 순간 혼신의 힘을 다해 쏜 화살은 바위도 뚫을 수 있는 것이 잠재력의 힘이다.

자동차 밑에 깔린 자기 아이를 구하기 위해 어머니가 차를 들어올린 사례도 있다. 아이를 구한 후 여인은 기절했다. 양팔의 뼈가 탈골된 상태였다고 한다. 인간에게 감춰진 잠재력의 힘이다. 몇 년 전 중국 쓰촨성 대지진 때의 일이다. 당시 가장 큰 피해를 입은 웬추안에서 작업을 하던 구조대원들은 폐허 속에서 피와 흙먼지로 범벅이 된 채 지붕을 떠받치는 기둥 모양을 한 채로 숨겨 있는 여인의 시신을 발견한다. 놀라운 건 그녀가 만든 기둥 안쪽에는 아기가 곤히 잠들어 있었다는 사실이다. 자신은 척추가 부러지면서 과다출혈로 목숨을 잃었지만, 함께 발견된 휴대전화에는 이런 메시지가 있었다.

"사랑하는 아가야, 만약 네가 살게 된다면 이것만은 기억해주렴. 엄마는 너를 사랑했단다."

건성으로 하는 일과 집중해서 하는 일은 차이가 있다. 몰입하기 위해 필요한 것은 간절함이다. 간절함이 있을 때 잠재력을 끌어 낼 수 있다. 목표를 향해 집중하면 노력은 결코 배신하지 않는다.

'어떻게 하면 짧은 인생을 잘 살 수 있을까? 어떻게 하면 지금부터 덜 후회하는 삶을 살 수 있을까?'를 생각해야 한다. 생각하지 않는 삶은 발전이 없고 현실에서 한 치도 앞으로 나아갈 수 없다.

주어진 시간은 한정되어 있고 이 순간도 시간은 지나간다. 통장의 잔고는 시간이 지날수록 이자를 불리지만 인생의 시간 잔고는 쓰던, 쓰지 않던 사라진다. 새로운 삶을 산다는 것은 어제와 다른 오늘을 사는 것이며 오늘이 바뀌어야 내일이 변한다.

변화를 위해 창조하는 삶을 살기 위해 좋은 습관이 필요하다.

첫 번째, 책을 읽어야 한다. 책 속에 다양한 길들이 있다.

두 번째, 사고하는 습관이 필요하다. 사고과정에서 지혜가 생긴다. 지식보다 중요한 것이 지혜.

세 번째, 행동이다. 말은 공허하다. 행동만이 결과를 만들어낸다. 책을 읽고 사고 하면서 그것을 행동으로 실천할 수 있어야 한다.

"삶을 바라보는 방식에는 두 가지가 있다. 하나는 어느 것도 기적이 아니라는 생각과 다른 하나는 모든 것을 기적이라고 생각하는 것이다." 에디슨이 삶을 바라보는 방식이 필요하다.

기적은 기적을 믿은 사람에게 일어난다. 마음에 간절히 기적을 생각하면 기적이 현실이 된다. 생각하기 전에는 아무것도 없었지만 생각함으로 새롭게 상상하게 되고, 상상을 현실로 만들 수 있다. 존재의 소중한 가치를 생각하고 생명의 기적을 생각해야 한다. 오늘 하루 감사해야 한다. 그렇게 살 때 삶이 풍요로워진다.

위대한 사람이 되고 싶다면 위대한 사람을 생각하고, 성공하고 싶다면 성공한 사람을 생각하고, 행복해지고 싶다면 행복해하는 나 자신의 모습을 생각해야 한다. 삶은 자기 생각의 결과이기 때문이다.

세상에는 두 종류의 사람이 있다. 지배하는 사람과 지배 당하는 사람이다. 생각하지 않는 사람은 생각하는 사람의 지배를 받는다. 스스로 생각대로 살지 않는 사람은 나의 생각을 다른 사람의 생각에 맡긴 채 남의 지배를 받을 수밖에 없다.

삶은 양이 아니라 질이다. 참다운 자신의 삶이 어떤 삶인지 생각해야 한다. 인생의 권리와 의무는 자기 자신이 인생의 책임자라는 인식에서 출발한다. 끊임없이 자신의 목표를 일깨워 나날이 새로운 선택에 대담해져야 한다. 지금까지 인간의 욕구가 세상을 발전시켰다.

불확실성의 미래를 두려워 할 것이 아니라 미래에 대한 희망으로 목표와 신념을 가져야 한다. 선명한 목표로 미래를 예측가능하게 만들어야 한다. 목표가 없으면 시간에 끌려간다. 시간의 소중함을 깨닫고 시간을 주도적으로 관리할 수 있어야 한다. 시간을 아껴 미래에 대비하는 삶을 살 때 더 나은 미래를 기대할 수 있다.

우주는 50억 년이 지나도 그 끝을 알 수 없다. 우리의 삶은 오래 살아도 백 년을 넘기기 어렵다. 우주에 비하면 우리의 삶은 찰나이고, 지극히 작은 시간의 미립자와 같다.

산에서 바위틈에 뿌리 내려 한 그루 분재처럼 자란 소나무를 만났다. 척박한 환경에서도 아름다운 모습은 감동이었다. 자연이 만든 아름다움이었다. 긴 시간을 풍상을 견디며 자란 소나무는 자연의 명품이 된다. 시장통의 명품이 아니라 보아주지 않아도 그 자리에서 묵묵히 소명을 다한다. 우리 삶도 남이 아닌 나만의 명품으로 살 수 있어야 한다.

우주는 50억 년이지만 우리의 인생은 100년이다. 우주에서의 인간의 삶은 하루살이와 같다. 꿈이 있을 때 시간의 소중함을 깨달았을 수 있고 집중할 수 있다. 백년을 사는 것이 중요한 것이 아니라 후회하지 않는 삶을 사는 것이 중요하다.

제3장

신념

신념은 신의 염원이다

1
할 수 있다는 생각이 결과를 만든다

이 세상에서 가장 훌륭한 질문은 바로 이것이다.
내가 이 세상에 살면서 잘 할 수 있는 것은 무엇인가? - 벤자민 프랭클린

원인 없는 결과는 없다. 인생에서 가장 열정적으로 살았어야 할 30~40대를 삶의 공백기로 보냈다. 얼굴의 흉터처럼 삶에 흉터로 남아 후회스럽다. 성공은 선택된 사람들만의 것인 줄 알았다. 책을 읽기 전에는 그랬다. 잠자는 시간을 줄여 가면서 배우고 노력한 결과였다는 것을 책을 보면서 알게 되었다. 모르고 하지 못했으니 무지했고, 노력하지 않았으니 발전이 없었다. 하고자 하는 목표가 없었으니 삶이 지향하는 방향이 없었다. 하지만 몰랐다는 것은 자기변명이다. 머리로는 알았지만 행동에 옮기지 못했다. 원하지 않았고 묻지 않았으니 답이 있을 리 없었다.

"구하라 그리하면 너희에게 주실 것이요 찾으라. 그리하면 찾을 것이

요. 문을 두드리라. 그리하면 너희에게 열릴 것이니." 『마태복음』 7장 7
절의 구절은 우리에게 무엇이든 원하고 시도하라고 말한다.

애초에 날개가 없는 인간이 하늘을 날 수 있다고 누가 생각했겠는가?
라이트 형제의 상상이 지금은 현실이 되어 하늘을 날고 있다. 날 수 있
다고 믿었고 믿음이 날게 했다. 인생의 비밀을 두고 '끌어당김의 법칙'
을 말한다. "끌어당김의 법칙이란 비슷한 것과 비슷한 생각은 서로 끌
어당긴다"는 것이다. 할 수 있다는 생각이 같은 결과를 끌어당긴다는
것이다.

"우리의 생각에는 끌어당기는 힘과 주파수가 있다. 우주에서 생각이
같은 대상을 자석처럼 끌어당긴다. 자신의 생각이 우주에 전송되었을
때 같은 주파수의 생각이 공진하여 자신에게 되돌아온다"는 것이다. 꿈
을 이루는 과정이 그렇다. 목표를 세우고 그 목표를 향해 집중할 때 보
이지 않는 힘이 작용한다. 목표의 대상을 끌어당기는 것이다. 성공을
꿈꿔야 성공에 다가갈 수 있고, 부자의 꿈을 꿔야 부자가 될 수 있다. 건
강하게 살겠다는 생각이 건강에 관심을 갖게 되면서 방법을 찾게 된다.
모두가 생각의 결과로서 끌어당김의 원리다.

김상운의 『왓칭』에서 생각과 관련하여 '관찰자가 바라보는 미립자는
고체 알갱이처럼 움직이지만 그렇지 않은 미립자는 물결처럼 움직였
다' 며 미립자운동설은 관찰자의 생각에 따라 움직인다는 것을, 1998년

양자물리학의 권위자인 이스라엘 와이즈만 과학원에서 '이중 슬릿실험'에서 발견했다.

양자물리학의 울프 박사는 관찰자 효과를 '신이 부리는 요술'로 우리의 말과 생각이 에너지의 형태를 결정한다고 말한다. 모든 생각에는 에너지가 있고 이 에너지는 주파수를 갖는다. 끌어당김의 법칙은 같은 주파수끼리 끌어당기는 것이다.

'말이 씨가 된다'는 속담이 있다. 그 사람의 생각이 곧 그 사람이 하는 말이고 그 사람의 말이 현실이 된다는 것이다. 무엇을 하든 할 수 있다는 믿음과 생각이 중요하다. 병을 생각하면 병을 부르고 가난을 생각하면 가난해진다. 건강과 성공에 대한 반대 개념도 마찬가지다. 행동에서도 할 수 있다고 생각하면 할 수 있고, 할 수 없다고 생각하면 할 수 없다. 마음이 이미 한계를 정했기 때문이다. 울프 박사의 실험에서 사람의 생각에 따라 미립자의 활동이 이루어진다는 사실에서 생각의 중요함을 알 수 있다. '할 수 있다'는 강한 신념으로 자신을 믿는 것이 중요하다. 자신을 믿지 못하면 할 수 있는 것도 믿을 수 없게 된다. 그 한계를 자신이 정했기 때문이다.

사주 명리를 가르치는 선생님의 이야기다. 어느 날 목사였던 지인이 자신의 딸 출산 예정 시기에 대해 물었다. 늦게 시집을 간 딸이라 손자를 기다리면서 친분이 있던 선생님에게 물었다. 그런데 처자의 사주를 보니 쉽게 태기가 있을 사주가 아니었다. 사주 결과를 좋은 방향으로 설명을 했는데 사주가 예측한 시기보다 빨리 출산을 했다.

실제 사주와 차이가 있었다. 선생님은 그 사주를 들고 혹시나 싶어 자신을 가르친 선생에게 찾아가 물었다. 선생의 사주 해석도 자신과 같았다. 왜 이런 일이 생겼을까? 결론은 믿음이었다고 말한다. 깊은 믿음은 사주까지 바꿀 수 있다는 것이다.

사주도 믿음이 깊은 사람, 신념이 있는 사람, 간절히 기도하는 사람은 바꿀 수 있다는 것이었다. 믿음이 신념이다. 신념이 사주까지 바꿀 수 있다는 이야기였다. 신앙이 깊거나 굳건한 신념으로 운명을 개척하기 위해 노력하는 사람은 사주까지 바꿀 수 있다는 이야기였다. 노력이 팔자를 바꾼다는 말을 많이 한다. 신념이 있다면 팔자를 바꿀 수 있다는 것이다.

꿈을 이루기 위해 중단하지 않는 끈기와 포기하지 않는 집념이 있어야 한다. 실패에서도 좌절하지 않고 끝까지 도전할 수 있는 믿음과 신념이 있을 때 운명을 바꿀 수 있다.

우리에게는 두 가지 의식이 있다. 하나는 현재의식이고 다른 하나는 잠재의식이다. 현재의식은 우리가 깨어있는 시간 동안 활동하는 사고와 이성을 담당한다. 잠재의식은 좋은 것이든 나쁜 것이든 가리지 않고 간절히 원하는 것을 받아들이며, 시간과 공간을 초월하여 활동한다. 마음속에 원하는 바를 선명하게 그리면 잠재의식은 그것을 받아들여 24시간 활동한다.

우리의 신념이 위대한 힘을 발휘하기 위해 잠재의식의 힘을 활용해야 한다. 잠재의식은 믿지 않는 사람을 위해서는 움직이지 않는다. 오직 믿는 자를 위해서만 움직인다. 잠재의식은 가능성 여부를 따지지 않는다. 옳고 그름과 좋고 나쁨을 가리지 않고 받아들인다. 반복적인 암시는 잠재의식을 움직이고 마음에 불가사의한 능력을 갖게 한다.

이성적 판단으로 불가능해 보이는 일도 잠재의식은 가능하다고 믿고 실현시키기 위해 움직인다. 신념이 확고하면 잠재의식도 우리의 꿈과 함께 움직이고 응원한다. 간절함이 기적이 되는 이유다.

성공을 기대하는 간절한 마음과 행동으로 옮길 수 있는 실행력, 그리고 원하는 것을 얻기 위한 행동이 따라야 한다. 실천하다 보면 운과 기회가 온다. 씨 뿌린 곳에 꽃이 피고 열매가 열리는 자연의 법칙처럼 자연스러운 것이다. 원인은 결과의 씨앗이다. 모든 결과는 원인이 만든다.

자신의 인생을 살기 위해서는 남의 시선이나 이해가 필요한 것이 아니라, 묵묵히 자신의 길을 갈 수 있는 자신의 이해가 필요하다. 자신의 행위에 믿음이 있을 때 신념이 생긴다.

신념이란 아직 실현되지 않은 일을 가능하다고 믿는 것이다. 확정되지 않은 자신의 미래를 믿는 것이며 불확실을 믿음으로 확신하는 것이다.

"신념을 가지자. 신념은 나의 사고에 생명을 부여하고 힘을 주는 명약이다. 나는 부자가 된다. 신념을 가지는 일이 그 첫걸음이다. 신념은 과학으로 분석될 수 없다. 신념은 기적이다. 신념이야말로 절망에서 일으켜 세우는 흥분제다. 신념은 기도다. 무한한 지성을 번뜩이게 한다.

신념이야말로 나의 고정관념을 파괴하는 다이너마이트다." 신념에 대한 나폴레온 힐의 말이다.

신념은 눈에 보이지 않지만 성취를 가능하게 하는 원동력이다. 믿고 실행하다 보면 어느 순간 현실이 되는 것이 신념의 힘이다. 믿는다는 것은 소망하는 것이고 간절한 소망은 이루어진다. 매일 30분씩 소망이 이루어지는 모습을 상상하는 자기 암시는 꿈을 실현하는 지름길이다. 종이에 적어 눈으로 확인하고, 사진으로 확인하고, 이루어진 것처럼 마음으로 그 순간을 그릴 수 있을 때 믿음은 더욱 확실해지고 잠재의식도 응원한다.

이탈리아 출신으로 세계적 패션디자이너인 조르지오 아르마니는 "나는 매번 1센티미터 앞으로 나아가기 위해 도전한다"고 말한다. 할 수 있다는 신념으로, 1미리라도 나아가는 삶을 살겠다는 마음이 중요하다.

미래를 희망으로 만들어 매일 최선을 다하는 삶을 살아야 한다. 그런 시간이 삶을 발전하게 한다. 안락한 날들로 시간을 소모하는 삶보다 고난에서도 꿈을 꾸고 꿈을 현실로 만들기 위해 행동하는 삶을 살아야 한다. 오늘 내가 이룬 것은 어제 내가 할 수 있다는 생각의 결과이다. 오늘 나의 생각과 행동이 미래의 내 모습이고 내 인생이다.

2
일단 시작해야 한다

삶을 사랑하는가? 그렇다면 시간을 낭비하지 마라.
삶이란 바로 시간으로 이루어져 있기 때문이다 - 벤자민 프랭클린

돌아보면 삶을 치열하게 살았던 기억이 별로 없다. 목표가 있었지만 작은 목표가 성취되면 성취에 만족하여 안주했다. 달성 가능한 목표와 지극히 현실적인 목표에 만족했다. 한계에 부닥치면 거기까지였다. 현실과 적당히 타협하며 살았다. 실패에 맞서 도전하는 용기가 없었다. 첫째는 인생의 목적으로 장기 비전이 없었다. 둘째는 새로운 환경에 도전하기보다 현재에 안주했다. 셋째는 멘토를 만나지 못했다. 원하지 않으니 성취가 없었고 장기 목표가 없으니 지속할 수가 없었다. 변화를 시도하지 않았으니 현상은 변화되지 않았다. 멘토가 없어 기회를 만나지 못해 우물 안 개구리처럼 살았다. 쉬운 삶을 선택하여 장삼이사의 평범한 시간을 보냈다. 이 모두가 스스로 선택한 것이었으니 어쩔 수 없었다.

세상의 진리는 어렵고 복잡한 것에 있지 않다. 사계절 순환하며 생사를 거듭하는 자연의 법칙이 삶의 진리로 우리를 가르친다. 노력은 결과를 배신하지 않는다는 것을 자연에서 뿌린 대로 거두는 원칙이 가르쳐 주고 있다. 어떤 사람은 실패에, 좌절하지만 어떤 사람은 실패를 딛고 재기 한다. 좌절하는 사람은 중도에서 실패를 패배로 인정하며 포기하는 사람이다. 노력한다고 모두 성공하는 건 아니지만 성공한 사람들은 실패를 인정하지 않은 노력가였다.

삶의 의미를 자각한 학생은 더 많은 시간을 배움에 열중하고, 뛰어난 스포츠 선수는 남보다 더 많은 훈련에 땀을 쏟는다. 세상에 노력과 흘리는 땀 없이 그저 되는 일은 없다. 주변에서 우연처럼 일어나는 일도 우연을 가장한 필연의 결과일 뿐이다. 거기에는 원인이 있다.

세계 최강인 우리나라 양궁 훈련 과정은 군사훈련 못지않다. 양궁이 세계 최강이 될 수 있는지를 훈련 과정을 보면 이해가 간다. 양궁 훈련에 임하는 자세를 "인간의 한계에 도전하기"라고 한다. 월요일과 금요일은 웨이트 트레이닝으로 근력운동 16가지를 1코스로 세 번 반복한다. 지친 몸으로 수영장에서 몸의 유연성을 위해 몸 전체의 근육을 골고루 풀어준다. 그래야만 지구력이 생긴다. 수요일은 운동장을 도는 훈련이다. 2시간 반 동안 여자는 30바퀴, 남자는 50바퀴를 돈다. 토요일에는 등산 스케줄이 짜여 있다.

특수훈련도 한다. 해병대 훈련, 번지점프 훈련, 무박 3일 행군도 한다. 체력이 되어야 지치지 않고 기술을 걸 수 있고 흔들리지 않는다는 것이다. 일주일에 반은 체력 훈련에 집중한다. 서거원 감독은 "여기서 이 정도도 해내지 못하면 설령 양궁을 그만두고 다른 일을 하더라도 절대 성공하지 못합니다. 최소 10년간은 내 인생에 승부를 걸어보겠다는 의지가 없으면 선수로 살아남기 어렵습니다." 한근태의 『일생에 한 번은 고수를 만나라』에 나오는 이야기다.

해병대 제대를 했지만 해병대 훈련보다 더 힘들게 훈련한다는 느낌이다. 이런 극기의 과정을 거쳐 세계 최강의 한국 양궁으로 우뚝 설 수 있었을 것이다. 70억 가까운 사람들이 지구에서 산다. 한 분야에서 세계 1위를 한다는 것은 70억대 1의 경쟁관문을 통과하는 것으로 얼마만한 노력이 따라야 하는지 짐작하기 어렵지 않다.

인구와 면적으로 볼 때 세계에서 우리나라는 결코 큰 나라가 아니다. 하지만 세계무대에서 뛰어난 성적으로 세계를 놀라게 하는 근성이 우리 국민에게 있다. 국가가 엘리트 체육을 지원하고 뛰어난 지도자가 있었지만 무엇보다 선수 개개인의 하고자 하는 열정과 노력이 뒷받침되었기에 가능한 일이다. 운동의 결과는 흘린 땀과 눈물에 비례한다.

"인간의 삶과 화학반응은 모두 임계점이 존재한다. 임계점을 넘어서야 원하는 결과물을 얻을 수 있다. 화학반응이 일어나야 내가 원하는 제3의 물질이 만들어진다. 화학반응을 일으키기 위해서는 개시제와 촉매가 모두 필요하다. 온도도 높이고 때로는 압력도 높여야 한다. 모든 실험이 처음에는 아무 반응이 없다. 그러다 일정 시점(임계점)이 되면 부글부글 끓으면서 화학반응이 시작되고 원하는 물질이 만들어진다. 인간의 삶도 그러하다.

공부를 하고, 사람을 만나고, 책을 보는 모든 행위는 의미 있는 미래의 삶을 위해서다. 변화를 위한 것이다." 한근태의 『몰입』에 나오는 말이다. 삶의 변화를 위해 임계점에 이르도록 치열한 노력을 했는가? 자신에게 물어야 한다. 무모하다는 소리를 들을 만큼 임계점을 향해 도전해야 한다.

삶은 결과가 아니라 과정이다. 그 과정이 치열했다면 어떤 결과에도 결코 후회하지 않을 것이다. 나는 그렇게 살지 못했기 때문에 반성문처럼 지금 글을 쓴다. 현재의 내 모습은 어제의 내 생각의 결과였기 때문이었다는 것을 이제는 안다.

오페라 가수 폴 포츠는 어린 시절부터 오페라 가수의 꿈을 가지고 있었다. 비록 말투와 외모는 뒤처졌지만 꿈을 잃지 않았다. 28살 때는 종양수술을 받았고, 2003년에는 오토바이 사고로 쇄골이 부서져 더 이상 노래를 부를 수 없을 지경이었다. 포기하지 않았다. 꿈을 포기하지 않고 핸드폰 판매 세일즈를 하며 이탈리아 오페라 학교에 진학해 음악공부를 계속했다.

'브리튼즈 갓 탤런트'에서 대상을 수상하게 되고 세계적인 오페라 가수로 성공한다.

그는 말한다. "꿈이 있다면 끊임없이 도전하세요. 사람들은 자신이 가진 능력을 과소평가하기 마련이지만 나를 보면 충분히 해낼 수 있다는 생각이 들 것입니다." "할 수 있는 것이라고는 오로지 꿈에 매달리는 것뿐 나중에 후회하는 일이 없도록 매 순간 최선을 다했을 뿐이다. 결코 포기하지 않은 희망이 자신을 지탱한 가장 순수한 힘이자 진짜 기회였다.” 할 수 있다는 믿음과 희망을 버리지 않고 꾸준히 할 수 있는 신념이 중요하다. 난관에서도 굴복하지 않고 당당하게 자신의 꿈을 믿고 도전할 수 있는 용기가 필요하다.

목표를 향해 달려가는 과정에서 좌절의 순간을 극복할 수 있는 촉매제가 라이벌 의식이다. 라이벌 의식은 해야 한다는 동기부여를 준다. 스포츠에서 라이벌 의식은 기록 향상에 도움이 되고 신기록 달성에 결정적 역할을 한다. 라이벌 의식이 의욕을 자극시키고 욕망을 고양시키기 때문이다.

피겨로 유명한 일본의 아사다 마오는 일본 매체와 인터뷰에서 “김연아가 없었다면 나도 성장할 수 없었다. 절차탁마했던 것이 내 동기부여가 되었다”고 말했다. 김연아도 역시 “나 역시 아사다가 없었다면 지금의 내가 없었을 것이다. 서로 피하고 싶은 상대였지만 분명히 동기부여와 자극이 되었다”고 말했다. 우리 삶에도 라이벌은 필요하다. 라이벌은 강한 동기부여의 원동력이다. 라이벌 의식은 도전하게 만들고, 힘든 과정을 극복하게 만든다. 자신을 성장시키는 계기가 된다.

우리의 삶에도 선의의 경쟁 대상으로써 라이벌이 있다면 삶은 긴장을 유지하면서 녹슬지 않는다. 삶의 밀도를 높을 수 있다. 선의의 라이벌은 삶의 역할 모델이 되기도 한다. 더 나아지고자 하는 마음이 삶의 의미를 증폭시켜 목표가 되고 목적이 되기도 한다.

체코의 정치가 마사리크의 말이다. "일한다는 그 자체는 칭찬할 수 없다. 중요한 것은 일하는 목적에 따라 가치가 결정되기 때문이다. 악마도 일을 하지만 그 목적은 그릇된 목적이다."

선한 목표와 목적을 가지고 행동으로 옮길 수 있는 실행이 중요하다. 포기하고 싶을 때 자신을 자극할 수 있는 명확한 동기가 필요하다. 목표를 위해 지속적인 동기부여는 지치지 않는 엔진과 같다. 포기하지 않으면 반드시 결과는 응답한다.

마크 트웨인의 말이다. "성공의 비결은 시작에 있다. 시작의 비결은 복잡한 일이라도 감당할 수 있을 정도의 작은 조각으로 분할해서 첫 조각부터 시작하는 데 있다."

해야 하는 이유를 찾고, 방향을 정하여 나아가다 보면 결과와 만난다. 시작하지 않으면 결과도 없다. 난관에도 포기하지 않고 끈기 있게 시도하다 보면 어떤 형태로든 도착지점이 있다. 영국 수상이었던 처칠은 옥스퍼드대 졸업식 축사에서 단상에 올라 강렬한 세 마디 축사로 유명하다. "포기하지 마라. 절대 포기하지 마라. 절대로 절대로 포기하지 마라."

포기하지 않고 계속 도전하다 보면 문은 열리게 되어 있다. 도전은 하나의 원인을 만들고 결과를 만든다. 지금 시작하는 것, 지금 도전하는 것이 중요하다. 지금 시작하라. 시작이 있어야 끝이 있다. 원인이 결과를 만든다.

3
평범과 비범은 생각의 차이다

자신의 운명은 자기 스스로 만들어가는 것이다.
운명은 용기 있는 사람 앞에서는 약하고 비겁한 사람에게는 강하다. - 우에니시 아키라

실패한 과거에서 배우지 못하면 실패는 반복되고, 경험에서 배우지 못하면 삶은 제자리에서 한 치도 벗어날 수 없다. 발전하는 삶이란 평범한 삶에서 비범함을 추구하는 것이다. 삶이 고통스럽다면 고통을 피할 것이 아니라 극복할 수 있는 방법을 찾아야 한다. 지난 시간이 덧없고 무상을 느낀다면 왜 그런지 생각해야 한다. 타성이 아니라 자각으로 존재에 대한 재정립이 필요하다. 시간으로 목표를 관리해야 한다.

변화는 극한의 순간과 자각의 임계점에서 찾아온다. 존재에 대한 의미를 자각해야 한다. 만족은 발전을 방해하는 최대의 장애다. 열정을 잠들게 하고 노력의 참된 의미를 희석시킨다. 고난에서 힘들게 성취한 것이 오래간다. 지금 부자라도 가난해질 수 있고 가난한 사람도 부자가 될 수 있다. 가난은 가난을 벗어나려는 마음이 있어야 한다. 현실을 자

각할 때 미래를 생각할 수 있다. 과거에서 배우고, 미래를 계획하며, 현재 속에서 살아야 한다.

진정으로 원하는 삶을 위해 현재의 고통을 인내할 것인가? 싫어하는 일을 피해 안락한 삶을 원할 것인가는 선택 문제다. 존재의 의미와도 관계가 있다. 간절한 마음으로 미래를 위해 변화를 시도할 때 자신이 달라지며 세상도 변한다.

하버드대학교에서 '마음이 삶에 미치는 영향'에 대해 실험을 했다. 하버드대학교 두 심리학자가 초등학교 학생들을 상대로 무작위로 시험지를 나눠주고 그중에서 5명에게 천재성이 있다고 발표했다. 그리고 20년이란 세월이 흘렀다. 심리학자는 5명의 학생을 추적 확인 결과, 사회에서 모두 성공한 삶을 살고 있었다. 어떻게 이런 결과가 나왔을까? 기자가 원인을 확인하기 위해 학자에게 시험지를 개봉해줄 것을 요구했다. 학자들이 기자에게 들려 준 말은 "우리는 5명이 누구인지 모릅니다. 무작위로 고른 명단일 뿐입니다"란 대답이 돌아왔다. 이 실험이 말해주는 것은 '천재성'이란 마음의 긍정적 자신감이 삶에 영향을 미친다는 것이다.

타고난 천재는 아니었지만 '천재다'는 말이 자신감으로 마음에 깊게 각인되어 자신의 삶에 영향을 끼쳤다. 긍정적 자아는 삶을 적극적으로 이끈다.

자신감이 마음의 힘이 되어 성공의 길로 안내한다. 평범한 사람과 비범한 사람은 다르지 않다. 다만 그 사람의 생각의 차이일 뿐이다. 성공한 사람과 실패한 사람은 '할 수 있다' 와 '할 수 없다' 는 생각이 서로 다를 뿐이다. 성공을 꿈꾼다면 자신의 마음에 성공을 허(許)해야 한다. 내일을 향해 꿈꿀 수 있어야 한다. "성공한 보통 사람은 천재가 아니다. 평범한 자질을 가지고 있지만 그 평범함을 비범하게 만드는 사람이다." 미국의 루스벨트 대통령의 말이다. 평범을 비범하게 만들기 위해 미래를 믿고 계획하여 자기 주도하에 목표 관리와 시간 관리를 했다.

성공하기 위해 어떻게 해야 할까? 『간절히 원하면 이루어진다』의 우에니시 아키라가 말하는 성공에 관한 8가지 황금률이다.

1. 간절히 원하는 꿈을 꾸어라.
2. 굳은 신념과 열정을 키워라.
3. 늘 생각하고 행동하라.
4. 긍정적인 마음가짐으로 생각하고 행동하라.
5. 자신을 사랑하고 소중히 생각하라.
6. 타인의 삶을 존중하고 배려하라.
7. 사람들에게 즐거움과 기쁨을 주라.
8. 말을 다스리고 안 좋은 뜻의 말은 하지 말라.

간절히 원한다는 것은 간절한 목표가 있어 원하는 바로 그것이다. 간절히 원할 때 마음이 동기부여가 되어 열정을 깨어나게 한다.

신념과 열정이 연료라면 실행은 운전자와 같다. 꿈이 아무리 원대하고 거창해도 그곳으로 달려갈 연료가 없다면 부질없다. 열정이 넘쳐도 실행하지 않는다면 꿈은 공상이다. 포기를 모르는 신념과 식지 않는 열정, 그리고 실행이 어우러져야 목표에 다가갈 수 있다.

목표에 집중하여 계획을 세우고 계획을 행동으로 옮길 수 있어야 한다. 행동 없는 계획은 낙서와 같다. 목표를 향해 행동으로 움직여야 한다. 길을 가다 보면 산도 있고 강도 만난다. 터널도 통과하면서 길은 이어진다. 장애와 마주쳤을 때 이것조차 힘든 경험이라 생각하며 행동할 때 목표에 더욱 가까워질 수 있다. "모든 것이 끝났다고 여겨지는 순간이 있기 마련이다. 그때가 곧 시작이다." 루이 라무르의 말이다.

생각과 관련하여 알바로 파스칼 레온 박사가 세 그룹으로 나누어 이미지 트레이닝을 했다. 첫째 그룹은 매일 2시간씩 목표를 주고 피아노 연습을 했다. 두 번째 그룹은 생각 없이 피아노 연습만 했다. 세 번째 그룹은 머릿속 이미지로 피아노를 치는 연습을 하도록 했다. 결과는 첫 번째 그룹은 뚜렷한 변화와 함께 수행 능력이 향상되었다. 두 번째 그룹에서는 별다른 변화가 없었다. 중요한 것은 세 번째 그룹으로 2시간씩 실제 연습한 그룹과 동일한 효과가 있었다. 지속적으로 생각할 수 있다면 생각이 힘을 발휘할 수 있다는 것을 말해준다. 미래의 자신을 미리 꿈꿀 수 있어야 한다. 계속 생각함으로써 이미지 트레이닝처럼 다가갈 수 있다.

대부분의 사람들이 평범하게 산다. 평범하다는 것은 현대판 노예의 삶이나 마찬가지다. 새벽부터 일어나 남을 위해 종일 일하고, 어두워져서야 집에 돌아온다. 한 달 일한 대가로 급료를 받으면 한 달이 지나간다. 기약할 수 없는 내일의 자유를 사기 위해 지금의 자유를 돈과 바꾸는 것이다. 자신을 위한 삶이 아니라 남을 위한 삶을 산다. 왜? 우리는 자신이 주인 되는 삶을 살지 못하는 것일까? 비범한 사람들은 말한다.

'기회란 만나는 것이 아니라 만드는 것이다'

기회는 우연히 오는 것이 아니라 자신이 준비하고 만들어야 한다. 목표를 가지고 실천하면서 기회를 만나기 위한 준비해야 한다. 선업선과 악업악과(善業善果 惡業惡果)라 하여 '선을 선을 낳고 악은 악을 낳는다.' 콩 심은 데 콩 나고 팥 심은 데 팥 나는 이치와 같다. 기회를 위해 먼저 원인을 만들어야 한다. 남들이 기적이라고 생각하는 것은 그가 이전에 씨앗을 뿌린 결과이다. 기적은 준비 된 자에게 찾아온다. 간절함으로 최선을 다할 때 찾아온다.

현실은 우리의 생각과 행동이 만든다. 생각이 미쳐야 원하는 것을 얻을 수 있고, 현실로 만들 수 있다. 운명은 고정된 것이 아니라 스스로 개척해가는 황무지와 같은 것이다. 생각을 바꾸면 고난도 선물이 될 수 있고, 시련도 축복이 될 수 있다. 어제 죽었던 이가 그렇게 살고 싶어 했던 날이 바로 오늘이다. 오늘 살아있음이 행복이고 축복이다. 그 오늘을 우리는 살고 있다. 시간의 소중함을 알고, 매 순간을 깨어 있는 삶을 살 수 있을 때 삶은 의미를 가진다. 늦은 때란 없다. 지금이 가장 빠른 때다. 내일을 위해 시작해야 한다.

미래에 대한 희망이 없으면 삶이 권태롭고 따분하다. 삶을 무미건조하게 하는 것은 자신의 인생과 생명의 존엄을 무시하는 것이다. 신에 대한 예의가 아니다. 한 번뿐인 인생을 위해 열정으로 삶을 뜨겁게 살아야 한다. 스스로 자신에게 설명할 수 있는 삶을 위해 외부의 가치보다 내면의 충만한 삶을 생각해야 한다.

양자물리학자 데이비드 봄의 말이다. "물질은 에너지의 파동이며 생각은 에너지이므로 물질이나 생각은 결국 같은 원리에 근거한다. 우리의 생각과 그 생각이 표현하고 창조하는 것은 모두 우리 마음의 구조물이다." 우리는 자기 마음의 운전자다. 마음을 어떻게 운전하느냐에 따라 삶이 달라진다. 즐거움과 기쁨, 희망과 긍정을 원하면 그것을 경험할 것이며 실패와 불행, 좌절과 고통을 생각하면 그것을 경험할 것이다. 마음이 그것을 원하기 때문이다. 우리가 말하는 운명이라는 것은 마음의 작용과 반영에 지나지 않는다. 스스로 만드는 것이 자신의 운명이다.

평범과 비범은 마음의 문제다. 평범하게 살고자 하면 평범하게 살 것이고 비범하게 살고자 하면 비범하게 살 수 있다. 어떻게 살 것인지는 선택에 달렸다.

4
지금 아는 것을 10년 전에 알았더라면

이 세상에서 어느 누구도 당신의 승낙 없이는 당신을 실패자나 성공자로 만들 수 없다.
- 지그 지글러

젊은 날에는 왜 이 일을 해야 하는가? 하는 물음이 없었다. 살아있으면 당연히 해야 하는 걸로 생각했다. 직장생활 역시 해야 하는 과정으로 생각했다. 주변 삶에 맞추어 사는 것이 잘 사는 것인 줄 알았다. 그렇게 무난하게 사는 것이 삶의 정석인 줄 알았다. 깊은 생각 없이 평범한 일상에 자신을 내맡겼다. 미래에 대한 비전과 열정도 없었다. 평균선에서 뒤떨어지지 않는 무난한 삶을 선택했다. 시간을 돌아보니 딱 자신의 생각만큼 현실이 되어 있었다. 열정이 빠진 젊음에 무엇을 기대할 수 있겠는가? 자신의 삶이 지극히 평범하다는 걸 깨달았다. 전옥표의 『빅 픽처를 그려라』에서 말은 가슴에 촌철살인의 느낌으로 다가왔다.

'청춘은 청춘에게만 맡겨 두기에는 너무나 소중한 시간이다'

생각 없이 산 젊은 날들이 안타까운 시간으로 남는다. 세상에서 낙오하지 않겠다는 생각 하나로 현실에 부대끼며 아등바등 살았다. 열심히 산 것 같은데도 지난 시간에 아쉬움이 있다. 엠제이 드마코는 『부의 추월차선』에서 말한다. "평범하다는 것은 현대판 노예라는 뜻이다" 존재의 가치에 대한 준엄한 꾸짖음이다. 삶에 대한 무지함이 평범한 인생으로 만들었다. 드마코의 말처럼 현대판 노예의 삶을 살았던 것은 아닌지 자신에게 묻는다. 평범한 사람들은 비범한 사람들을 위해 자신의 시간과 자유를 바친다. 사회가 만들어놓은 규범에 따라 생각 없이 사는 사람들이 평범한 사람들이다. 끊임없이 사라져가는 자신의 시간이지만 스스로를 위해 사용하는 것이 아니라 생존을 위해 자본과 맞바꾼다. 더 크고 더 넓은 세상이 있다는 걸 모르고 산다. 열정을 잃은 채 살고 있다는 사실조차 잊고 산다. 삶에 대한 무지가 그렇게 만들었다.

열정으로 살아야 한다.

열정을 두고 랄프 왈도 에머슨은 말한다.

"열정 없이 성취될 수 있는 위대한 것은 존재하지 않는다."

성취에는 반드시 열정과 자기만의 목표가 있다. 큰 성취는 단시간에 이뤄지는 것이 아니라 많은 시간 투자와 노력의 결과였다. 지속적인 운동이 근육을 단련시키듯 치열한 열정이 꿈을 단련시킨다. 실패하더라도 열정이 있으면 다시 일어설 수 있다.

"행동하는 2%가 행동하지 않는 98%을 지배 한다." "정상에서 만납시다." 지그 지글러의 말이다. 폴 마이어는 "생각하고 말만하는 사람은 97%, 행동하는 사람이 3%이다"고 말한다. 모든 성공에는 행동이 있었다.

땅이 아무리 넓어도 그 땅을 일구어 씨앗을 가꾸지 않으면 잡초 무성한 땅으로 변하고 만다. 운동선수가 획기적인 이론으로 운동방법을 계발했다 해도 새로운 방법으로 시도하지 않으면 의미가 없다. 배움에 행동이 따르지 않으면 배움은 사장된 배움이다. 모든 계획은 실천할 때 가치를 가진다. 배움에서도 자신을 발전시키고 더 나은 목적의 삶을 위해 실천할 수 있을 때 진정한 배움의 가치가 있다. 잘 살기 위한 삶을 두고 노먼 빈센트 필은 두 가지 마음가짐을 설명한다.

"첫 번째는 당신의 삶을 그 어떤 것이든 헤쳐 나갈 수 있는 긍정적인 신념으로 가득 채우는 것이다. 두 번째는 당신의 현재 위치에서 시작하는 것이다"

어떤 경우에도 헤쳐 나갈 수 있다는 긍정적 신념이 있어야 한다. 신념은 자신의 믿음에서 시작된다. 자신감은 부정을 긍정으로 만들고 불가능을 가능으로 만든다. 사랑의 감정이 타인의 마음을 움직일 수 있다면 자신감은 자신의 마음을 움직인다. 자신감이 굳건한 신념을 만든다. 실패에서도 지난 실패를 경험으로 지금 이 순간 새롭게 시작할 수 있어야 한다. 후회와 한탄은 도움이 되지 않는다. 삶의 유효기간이 중요한 것이 아니라 행동으로 옮겨 지금 시도하는 이 순간이 중요하다. 시작이 없으면 유효기간도 의미가 없다.

할 수 있다고 믿으면 할 수 있다. 희망은 행동함으로써 진가를 드러낸다.

나다운 삶을 살기 위해 하나의 수학공식이나 영어단어의 지식보다 내 주변의 작은 것이라 할지라도 실천하고자 하는 마음이 중요하다. 나폴레온 힐은 제대로 된 삶을 사는 데 필요한 네 가지 성공철학을 말한다.

첫째, 확고한 목적의식과 불타는 강렬한 의욕을 갖는다.
둘째, 명확한 계획을 세우고 착실히 실행해 나간다.
셋째, 주변의 부정적인 견해는 깨끗이 무시해버린다.
넷째, 나의 목표와 계획에 찬성하여 항상 용기를 북돋워주는 사람을 친구로 사귄다.

지금 시작하면 늦지 않았을까? 하는 물음에 랠프 왈도 에머슨의 말이다. "우리는 성장할 뿐 늙지는 않는다. 하지만 성장을 멈춘다면 비로소 늙게 된다." 늦은 때란 없다. 지금 시작하는 때가 가장 빠른 때이고 내일을 개선할 수 있는 시간이다. 지나간 과거에 집착하지 말고, 현재에 안주하는 것이 아니라 미래를 위해 희망으로 지금 시작해야 한다. 희망은 무한하여 희망을 선택하는 자가 주인이다. 희망은 많이 가질수록 미래가 풍요롭다. 미래를 위해 오늘 노력하는 시간이 온전한 나의 시간이다. 이 세상의 주인으로서 자신의 미래를 위해 도티 빌링턴의 행동원칙이 필요하다. 그래서 주인답게 살아야 한다.

첫째, 인생의 주인으로서 상황에 반응하기보다 적극적으로 행동하라.

둘째, 미래가 우연이나 다른 사람에 의해 결정되는 것을 거부하라.

셋째, 희생자가 되기보다 인생의 주인이 되라.

넷째, 원하는 일에 목표를 세우고 목표달성을 위해 차근차근 일을 추진하라.

타인의 시선을 너무 의식하지 말라. 자신이 주인이 되는 삶이 중요하다. 내면의 목소리에 충실할 필요가 있다. 말이 아니라 실천으로 존재의 가치를 다해야 한다. 리더의 덕목에서 진정한 리더는 지휘 감독이 아니라, 행동으로 보여주는 것이다. 성공하는 삶을 살기 위해 말보다 행동이 우선이다. 미래의 자신에게 당당해지고 싶지 않은가? 미래의 어느 시간, 웃는 자신과 만나고 싶지 않은가?

다음은 메리케이 화장품의 CEO 메리케이 애시의 어머니가 딸에게 전하는 삶의 비결이다.

"무슨 일이든 하고 싶은 마음이 절실하다면 세상에서 못할 것이 없단다. 그 일을 위해 어떤 희생도 감수할 각오만 있다면 모든 것은 마음먹은 대로 이루어진다는 걸 명심해라."

마음이 진실로 원한다면 마음먹은 대로 이루어진다고 말하고 있다. 자식에게 신념과 열정의 소중함을 가르치고, 할 수 있다는 자신감을 갖게 해야 한다. 부모는 자식이 잡초처럼 아무렇게나 자라 지리멸렬한 삶을 살기를 바라지 않는다. 자신이 못 다 이룬 꿈까지 자식이 이뤄주기를 원한다. 자식을 제대로 가르치기 위해 부모가 먼저 실천해야 한다. 그래서 우리는 끊임없이 배워야 한다. 뛰어난 집안에는 고유한 가풍이 있고, 좋은 훈육이 있다. 부모로부터 좋은 교육은, 삶을 살아가는 데 좋은 토양이 된다.

'지금 아는 것을 10년 전에 알았더라면' 분명한 목표를 갖고 힘을 다해 목표에 도전했을 것이다. 미래를 위해 계획하고, 아낌없이 노력했을 것이다. 젊음으로 배수진을 치고, 몰입하는 삶을 살았을 것이다. 시간은 지금 이 순간에도 사라지고 있다. 살면서 내가 지금 할 수 있는 일이 무엇인지 아는 것이 중요하다. 그래서 최선을 다해 가장 나다운 삶과 후회하지 않는 삶을 위한 삶을 살아야 한다. 짧은 인생에 후회까지 겹친다면 인생이 더 짧아지지 않겠는가?

5
실패가 부족을 메운다

희망은 잠자고 있지 않는 인간의 꿈이다. 인간의 꿈이 있는 한
이 세상은 도전해 볼 만하다. 어떠한 일이 있더라도 꿈을 잃지 마라.
꿈은 희망을 버리지 않는 사람에게는 선물로 주어진다. - 아리스토텔레스

평생을 공무원으로 직장생활하며 한 달에 한 번 받는 월급으로 돈과
자신의 삶을 바꾼 것은 아닌가, 하는 회의가 들 때가 있다. 익숙한 삶에
길들여져 현실에 안주하며 보낸 시간이 어느새 삼십 년이 훌쩍 지났다.
무엇을 원하고 무엇을 이루었는지 돌아보면 후회가 있다.

이미 물릴 수 없는 바둑을 복기하는 것처럼 자신의 지나간 시간에 대
한 복기에서 정해진 수순에 따라 평범한 삶에 대한 쓸쓸함이 있다. "이
세상에서 얻을 수 있는 성공의 대부분은 망설이고 머뭇거리고 주저하
고 동요하는 가운데 놓치고 말았다"는 윌리엄 베넷의 말이 나의 삶과
닮았다는 생각을 한다. 더러는 결심도 하고 목표도 있었다. 눈앞의 목
표를 위해 주경야독의 시간도 있었고 성취도 있었다. 그것은 한순간이
었고 이내 잊혀졌다. 미래를 위해 도전해야 할 비전과 추구해야 할 장기

목표를 가질 줄 몰랐다.

픽 빅처가 아니라 스몰 픽처로 그치고 말았다. 낮에는 직장생활에 밤에는 늦게까지 잠과 싸우는 배움의 순간도 있었다. 중요한 것은 눈앞의 목표에 만족하여 더 이상 앞으로 나아가는 걸 잊었다는 것이다. 목표는 양파처럼 계속 변한다는 것을 알지 못했다. 인생의 빅 픽처가 없었고 장기 비전이 없었다.

성공은 목표를 세우고 그것을 향해 쉬지 않고 노력했을 때 가능한 일이다. "때로는 평범한 능력을 가진 사람들이 커다란 성공을 거둘 때가 있다, 멈추지 않고 끊임없이 노력한 경우가 그렇다. 대부분 성공하기로 굳게 결심한 사람들이다." 조지 엘렌의 말로써 평범한 사람도 커다란 성공을 거둘 때가 있다고 말한다. 분명한 방향성으로 볼록렌즈의 초점처럼 한 곳에 초점을 맞춰 노력할 때 원하는 목표를 이룰 수 있다. 세계 최초로 전화기를 발명하여 상품화한 알렉산더 그레이엄 벨의 말이다.

"그 힘이 무엇이라고 딱히 말할 수는 없다. 내가 아는 것은 그 힘이 분명 존재한다는 것이다. 우리가 자신이 원하는 바를 정확히 알고, 그것을 찾을 때까지 포기하지 않겠다는 결심을 할 때만 그 힘을 사용할 수 있다는 것이다." "어떤 일을 하고 싶은가. 자기 스스로 찾아내고 전력을 다해 몰두하라. 다른 사람보다 한 걸음 앞서고 싶으면 자기 장래의 계획을 자기가 정해야 한다. 알맞게 몰두할 수 있는 일에서 의욕과 힘을 찾아내어 성공을 향한 길로 나아가라."

실패는 성공을 향해 가는 과정이다. 안 되는 방법의 하나를 발견한 것이다. 포기하지 않고 계속할 수 있는 신념이 필요하다. 시험에서 단번에 합격하는 경우보다 몇 번의 실패 끝에 합격하는 경우 더 깊이 더 많이 알 수 있다. 실패의 순간에는 괴롭지만 실패의 원인을 확인하여 한 걸음 더 나아갈 수 있다. 실패는 단지 안 되는 방법을 하나 더 아는 것이다.

뉴질랜드의 등산가로 세계 최고봉 에베레스트를 최초로 정복한 영국의 힐러리 경은 1953년 5월 29일 에베레스트 정상에 올랐다. 그는 히말리아 10개봉 등정과 남극점 도달 기록도 가지고 있다. 두 청년이 에베레스트 등정에 실패하고 돌아오면서 한 청년이 말한다. "에베레스트! 너는 자라지 못한다. 그러나 난 자랄 것이다. 나의 힘도 능력도 자랄 것이다. 그래서 나는 다시 돌아오겠다, 그때 반드시 정상을 오르겠다"며 내일을 기약한 청년이 바로 힐러리 경이다.

그의 어록을 보면 목표가 얼마나 중요한지 알 수 있다. 그의 자서전 『정상으로부터의 조망』에서는 "에베레스트를 정복하겠다는 목표를 세우고 도전하면서 중간에 포기도 하고 주저앉기도 했지만 실패의 경험을 교훈 삼아 도전 끝에 어느 날 정말 그 꼭대기에 올라 있는 나를 발견했다.""모험은 평범한 능력을 지닌 평범한 사람이 할 수 있는 것이다. 내가 바로 그렇다. 꿈을 가지는 것이 무엇보다 중요하다" 한결같이 목표를 이야기 하고 꿈을 이야기 한다.

그의 에베레스트 등정 소감이다. "어떻게 올랐지? 그건 간단합니다. 한 발 한 발 걸어서 올라갔습니다. 우리가 정복하는 것은 산이 아니라 우리 자신입니다"라고 했다. 꿈을 가지고 그 꿈을 향해 포기하지 않는다는 것은 자신을 극복할 수 있다는 것이다. 포기하지 않고 노력하다 보면 언젠가는 현실이 된다.

믿고 기대함으로써 이루어진다는 자기 충족적 예언은 믿음이 되어 꿈을 현실로 만드는 강력한 동기가 된다. 삶은 생각하는 대로 살게 된다. 라이트 형제는 비행기를 만들기 위해 805번 실패했으며, 에디슨은 전구를 발명하기 위해 천 번도 넘게 실패했지만 그것을 실패로 생각하지 않았다. 단지 안 되는 방법을 알아낸 것이라며 좌절하지 않아 결국 전구를 발명했다.

약에 대한 믿음이 없으면 약의 효과를 70%밖에 거둘 수 없지만 약효를 믿는 사람에게는 130%의 효과가 나타났다. 실제 실험에서도 위약 효과라 하여 가짜 진통제로 위약 효과를 실험한 결과 35%의 효과가 있었다. 플라시보 효과에서 감기약을 가지고 환자들을 두고 실험한 결과 가짜 감기약을 진짜로 믿은 환자들이 놀라운 치료 효과를 거뒀다. 할 수 있고, 나을 수 있다는 마음이 현실로 나타난 경우다.

신념은 흔들리는 마음을 바로 서게 하고 의지는 포기하고 싶은 순간을 참고 견디게 한다. 모든 사람이 꿈을 꾸지만 모든 사람이 꿈을 이루는 건 아니다. 좌절하지 않고 끝까지 도전하는 사람이 꿈을 이룬다. 꿈이 선명한 사람은 그 꿈을 자신의 미래와 연관시켜 끌어당긴다. 말도 꿈이고, 글도 꿈이고, 행동도 꿈이 될 때 꿈은 이뤄진다. 성공의 항목에는 실패도 들어 있다. 실패는 성공하기 위한 과정일 뿐이다.

맑은 날이 일 년 내내 계속되면 대지는 사막으로 변할 것이고, 매일 비가 내린다면 세상은 홍수로 물에 잠기고 말 것이다. 모든 것은 상대가 있어 내 존재가 더욱 가치가 있다. 반대의 상황이 때로는 나를 더 성숙시키고 발전시킨다. 성공과 실패는 동전의 양면과 같아 실패하면서 다시 도전할 때 성공은 가까이 다가온다.

가슴을 뜨겁게 적시는 회한의 눈물이 사람을 더 강하게 하고, 패배하면서 쌓이는 실력이 진정한 실력이 된다. 실패하면서 느끼는 깨달음이 절실할수록 신념은 더욱 강해진다. 좌절의 순간을 강한 신념으로 극복할 수 있을 때 꿈꾸는 대상에 가까워진다. 성공 뒤에는 와신상담의 굳은 결의와 집념이 있다. 우연한 성공이란 없다. 노력 없는 행운은 오래가지 못하고 제 것이 되지 않는다. 행운을 지키고 행운을 받아들일 능력이 되어야 진정한 자신의 것이 된다.

오스트레일리아는 날씨가 온화하여 연중 꽃이 핀다. 꽃이 많으니 꿀을 생산하기에 최적의 조건이라 생각한 사람들은 유럽의 꿀벌을 수입하여 방사했다. 첫 해에는 벌들이 열심히 꿀을 모았다. 다음 해부터는 꿀을 모으지 않았다. 이유를 분석한 결과 첫 해에는 꽃이 없는 때를 대비해 부지런히 꿀을 모았지만 주변에 항상 꽃이 피어 있어 굳이 꿀을 모을 필요가 없다는 것을 벌들은 알았다. 생명체는 환경에 적응해야만 살아갈 수 있다. 인간도 마찬가지다. 보다 중요한 것은 물질 못지않게 정신세계의 발전이 중요하다.

동물원에서 사자와 토끼 등을 함께 사육했다. 사자는 토끼가 곁에 와도 사냥할 생각을 하지 않았다. 자꾸만 몸이 불어나면서 움직이는 걸 싫어했다. 백수의 제왕인 사자가 야수 본능을 잃어버린 것이다. 사육사가 걱정을 했다. 이것을 걱정하는 것을 본 농부가 말했다. "늑대를 한 마리 키워보세요. 그리고 먹이를 주지 말아 보세요."

사육사는 혹시나 싶어 그 말을 따랐다. 늑대가 들어 온 뒤 농장의 분위기가 달라지기 시작했다. 토끼들이 긴장하기 시작했고, 배가 고파진 사자는 먹이를 찾기 시작했다. 자기의 왕국에 늑대가 왕처럼 휘젓고 다니는 것을 본 사자는 늑대를 견제하면서, 배고픔에 사냥을 하기 시작했고, 야성이 서서히 살아나기 시작했다. 경쟁상대가 나타나 긴장했고, 배고픔을 해결하는 방법을 찾기 시작했다. 백수의 왕 사자도 노력할 필요가 없으면 노력하려 하지 않는다.

인간은 부족함을 채우기 위한 욕망과 더 많이 소유하려는 욕망이 있다. 동물과 달리 날로 진화하는 이유가 강렬한 욕망에 있기 때문이다. 내일을 향한 꿈이 있어야 개인이 발전하고 세상이 발전한다. 발전은 만족에서 오는 것이 아니라 결핍에서 온다. 부족함을 채우려는 욕망이 더 나은 내일을 만든다.

부족을 채우기 위해 더욱 노력하는 것이 인간이다. 한 번의 실패는 한 번의 부족을 메우는 것이다. 욕망이 부족을 메웠을 때 성공이라 부른다.

6
도전하지 않으면 실패도 없다. 지금 시작하라

행동하는 2%가 행동하지 않는 98%를 지배한다.

- 지그 지글러

후회하지 않고 살 수는 없을까? 고등학교 다니던 시절 태권도를 배우면서 검은 띠를 따기 직전에 포기했다. 공부를 미루다가 시험이 임박해 밤샘 공부를 다짐했지만 깨어나면 날이 훤히 밝아 후회한 적이 한두 번이 아니었다. 후회의 되풀이 속에서 학창 시절이 지나갔다.

도전조차 시도하지 않은 경우도 있었다. 시도하고 중간에 그만둔 적도 있었다. 그러면서도 나아지겠지, 하는 막연한 기대는 버리지 않았다. 지금 생각하면 바람은 있었으나 실천이 따르지 못한 허망한 꿈이었다.

소중한 시간을 낭비하면서 이 세상에 오고 싶어 온 것이 아니지 않느냐는 자기변명의 순간도 있었다. 존재 자체가 덤으로 주어진 것처럼 그럭저럭한 것쯤으로 생각했다. 모험에 도전하지 않았으니 큰 실패도 없었고 결과도 없었던 그렇고 그런 삶이었다. 삶에 대한 자각이 없었다.

지금 생각하면 존재에 대한 모욕이었다. 나를 있게 한 조물주에 대한 모독이고 존재에 대한 기만 행위였다. 그걸 좀 더 일찍 깨달았다면 현실은 다른 모습이 되어 있었을 것이다.

　다음은 소설가 백영옥씨의 이야기다. 그녀는 작가의 꿈을 실현하기 위해 글을 쓰면서 카피라이터, 서점에디터, 패션지 기자 등의 일을 병행했다. 그러다 2008년 1억 원 고료 세계문학상을 받았다. 2006년 문학동네 신인상을 수상하기 전 13년을 신춘문예에 응모했지만 낙선했다. 그녀는 "나는 그래도 운이 좋았다. 기회가 왔을 때 준비돼 있었고 그래서 잡을 수 있었으니까. 그건 열정의 크기랑 관련돼 있는 것 같다"고 말한다. 13년 동안 응모하고 낙선하면서 포기하지 않은 열정이 준비다. 기회는 준비된 자에게 오는 선물이다. 준비란 목표가 있을 때 가능하다. 준비가 없으면 기회가 와도 기회인 줄 모르고, 기회인 줄 알아도 잡을 수 없다. 목표를 세우고 실천하는 과정에서 기회가 온다.
　행운은 누가 주는 것이 아니라 스스로 만드는 것이다. 목표를 위해 실천하다 보면 기회가 온다. 물속에 물고기가 가득해도 잡기 위해 낚시와 그물을 준비하지 않으면 잡을 수 없다. 시도해야 한다. 모든 결과에는 원인이 있고, 사소한 일에도 거기에는 이유가 있다.

　세계적인 명품 브랜드 '샤넬'의 창업자 가브리엘 샤넬은 자신의 이름을 따 '샤넬'을 만들어 세계적 명품브랜드의 반열에 올렸다. 샤넬은 어린 시절 고아원에서 생활하는 등 어려운 환경에서 자랐다. 환경과 상관없이 자신만의 꿈을 위해 좋아하는 일이 무엇인지를 찾다가 패션에 관련된 일임을 알게 되어 집중하였다.

당시에는 별로 알려지지 않았던 디자이너란 직업을 만들어 문화계 코드로 만들었다. 남이 가지 않는 길을 개척하는 사람은 그만큼 차지하는 파이도 많을 수밖에 없다. 창조적인 사고로 자기만의 꿈을 향해 매진하다 보면 기회는 온다. 환경이 중요한 것이 아니라 그 사람이 가슴에 품고 있는 꿈이 중요하다. 무엇보다 하고자 하는 간절한 욕망이 있어야 한다. 욕망이 동기를 만들고, 꿈에 도달하게 한다.

로버트 헤이야비치(Robert Herjavec)는 크로아티아 출신 이민자의 자녀로 어릴 때는 무척 가난했다. 식당 웨이터로 일을 하면서 IT 회사를 설립하여 억만장자가 된 전형적인 캐나디안 드림(Canadian Dream)의 주인공이다. 지금은 인터넷 보안업체 '헤이야비치 그룹(THG : The Herjavec Group)'의 수장이다. 자신의 성공 과정을 한 마디로 "행동하라!"란 말에서 찾는다.

"아무것도 하지 않으면 성공과 완전한 실패 사이에서 어중간히 위치할 뿐, 하지 않는 것보다 무엇이라도 하는 게 낫다"고 말한다. 행동의 필요성에 대해 "산에 머무르기만 한 채 아무것도 하지 않는다면 당신은 동사하고 만다. 도전하고 실패하고 배우기를 반복하며 성장하라. 인생은 한 번뿐이다. 변명을 지어낼 시간에 행동하라"라며 행동의 중요성을 말한다.

성공한 사람들은 굽히지 않는 신념으로 자신을 무장하고 치열하게 산다. 삶은 고속도로와 같은 길이 아니라 고지를 향해 땀 흘려 한 계단 한 계단 오르는 산길과 같다. 현실과 타협하며 적당하게 편리를 추구하는 방법으로는 남보다 나은 삶을 기대할 수 없다.

자신을 뛰어넘어 스스로를 극기할 수 있을 때 또 다른 새로운 자신과 만날 수 있다. 삶은 언제나 늦게 알고 후회하면서 깨닫는다. 소중한 시간을 아껴 자신을 위해 전력투구를 하지 않는 것은 자신의 의미 있는 삶을 포기한 것이나 같다.

발레리나 강수진의 발 사진을 보면 가슴이 뭉클하다. 한국인 최초로 로잔콩쿠르에 참가해서 스칼라쉽을 받고 19살의 나이에 슈투트가르트 발레단 역대 최연소 입단이라는 기록과 함께. 1999년도에는 무용계의 아카데미상으로 불리는 '브누아 드 라 당스'에서 최고 여성무용수상을 수상하였으며 2005년도에는 스위스 로잔콩쿠르의 심사위원으로도 활동했다. 삶의 무대에서도 그렇고 발레의 무대에서도 혼신의 힘을 다했다는 것을 그녀의 발은 말하고 있다. 흉터투성이의 발은 '자신의 삶에 최선을 다했다는 증거'가 아니고 무엇이겠는가?

그녀는 말이다. "아침에 눈을 뜨면 늘 어딘가가 아프고, 아프지 않은 날은 '내가 연습을 게을리 했구나' 하고 반성하게 되요. 몸이 피곤한 날 도저히 못할 것 같다는 생각이 들다가도 일단 토슈즈를 신고 연습실에 서면 말할 수 없이 행복했습니다."

"저는 발레에 인생을 바쳤고 지금까지 최선을 다해 발레를 해왔고 그래서 내 삶에 후회는 없습니다. 저는 발레의 테크닉은 두 번째 문제라고 생각합니다. 가장 중요한 것은 자기 자신과의 싸움에서 지지 않는 인내심을 기르는 것이라고 생각합니다."

세계 축구계에 큰 족적을 남긴 박지성 선수의 발도 그렇고, 한때 세계 피겨여왕이었던 김연아 선수의 발도 그렇다. 성한 곳이 없는 그 발에서 자신의 일에 대한 치열한 열정을 엿볼 수 있다. 그만한 위치에 오르기 위한 노력과 가슴 뜨거운 열정이 오늘의 그들을 만들었다. 최선을 다하는 것이 어떤 것인지 보여준다.

『이상한 나라 앨리스』에 나오는 붉은 여왕의 법칙에 나오는 이야기다. 앨리스와 붉은 여왕은 숨을 헐떡이며 달렸다. 앨리스가 말했다. "우리나라에서는 이렇게 열심히 달리면 어딘가에 도착하게 돼요." 그러자 붉은 여왕은 호통을 쳤다. "이런 느림보 같으니! 여기서는 이렇게 달려야 겨우 제자리야. 어딘가에 닿으려면 두 배는 더 열심히 달려야 해." 거기서는 앨리스와 붉은 여왕도 달리지만 주위 사물도 함께 달리기 때문이었다.

인생은 자신이 스스로 창조하는 것이다. 세상에 자신을 드러내는 것은 하루아침에 이뤄지지 않는다. 오랜 시간의 노력과 열정이 있어야 가능하다. 성공을 향해 고난을 견디고 스스로 담금질할 수 있어야 한다. 자기가 꿈꾸는 삶을 위한 치열하게 준비하고 노력해야 한다. 그런 과정에서 삶은 발전한다.

자신이 원하는 것이 무엇인지 물어 선택하고 그 선택에 책임을 져야 한다.

도전하지 않으면 실패도 없다. 실패를 두려워하면 앞으로 나아갈 수 없다. 실패한 사람이 불행한 사람이 아니라 도전하지 않아 실패를 모르고 사는 사람이 불행한 사람이다.

실패든 성공이든 선택은 자신의 몫이다. 중요한 것은 지금 시작해야 한다는 것이다. 늦다고 생각할 때가 가장 빠른 때이다.

제4장

습관

인간은 습관의 노예다

1
좋은 시간 관리 습관이 좋은 인생을 만든다

돈 많이 벌고 사회적 명성을 얻는 것은 남들이 만들어놓은 성공이다.
나만의 성공에 대해 생각하는 게 중요하다. -카카오 회장 김범수

시간의 중요함을 두고 말한다. 세상에서 주워 담을 수 없는 세 가지는 물과 시간, 그리고 말이라고 했다. 쏟아진 물과 가버린 시간 그리고 입 밖으로 나오는 말은 거둬들일 수 없다. 현실은 중요하지 않는 일에도 늘 바쁘다. 시간의 흐름을 무의식에 맡겨서는 안 된다. 오늘이 어제와 다르지 않다면 어제의 선택에 변화가 없었다는 것이다. 시간 관리가 되지 않으면 목표에 도달하기 어렵다. 성공을 위해서 시간 관리는 필수다.

우리는 매 순간 선택하면서 산다. 사람은 태어나는 것이 아니라 만들어진다. 자신의 선택에 의해 달라진다. 새로운 삶을 위해서는 자신이 먼저 새로워져야 한다.

명검은 명장의 손에서 수많은 담금질을 거쳤을 때 명검이 된다. 사람

126

도 시련과 역경을 거치면서 더욱 강해진다. 한순간도 멈추지 않는 시간의 정체를 아는 사람은 자신의 시간 관리에 최선을 다해 의미 있는 삶을 살기 위해 노력한다. 시간 관리는 시간의 소중함에 대한 인식이 있어야 가능하다. 인생은 시간으로 이루어지고 시간을 놓치는 것은 삶의 소중한 부분을 놓치는 것과 같다. 후회하지 않는 인생을 위한 첫 번째가 시간 관리다.

말콤 글래드 웰의 『아웃 라이어』에서 말하는 '일만 시간의 법칙'은 하루 3시간씩 꾸준히 10년이 쌓였을 때 일만 시간이 된다. 일만 시간을 꾸준히 실천하면 그 분야에서 전문가가 될 수 있다고 한다. 목표가 있으면 시간을 만들기 위해 자투리 시간부터 새벽 시간까지 시간을 만들기 위해 노력한다. 자신의 변화된 생각에 따라 새로운 창조가 가능하다. 그것을 가능하게 하는 것이 목표의 힘이다. 목표가 있으면 모든 감각과 기능이 목표를 향해 집중한다.

하루는 24시간으로 한정되어 있지만 사용하는 방법에 따라 그 이상으로 활용할 수 있다. 나를 대신해 다른 사람의 시간을 활용할 수도 있다. 하지만 당신에게 뛰어난 능력이나 실력이 없다면, 일만 시간 목표를 만들어 꾸준히 투자할 수 있어야 한다. 재능보다 중요한 것이 노력이다. 노력보다 더 중요한 것은 그 일을 즐기면서 하는 것이다. 성공은 열정을 갖고서 꾸준하게 도전할 때 성취할 수 있는 열매다.

미국에서 활동 중인 김병기(98세) 화가는 아직도 현역으로 활동하고 있다. 한국미술협회 이사장이던 1965년 상파울로 비엔날레 커미셔너로 미국에 간 것이 계기가 되어 미국에 정주한 현역 최고령 화가다. 미국 자택을 방문한 후배 정상화(82세) 씨에게 물었다.

"몇 살이야?"

"여든둘입니다."

"아주 좋은 나이야. 아주……. 내가 70에 첫 전람회를 하고 80에 파리에 나가 있었어, 80대에 중요한 일이 많았지"하며 말했다. 그리고 "우린 장거리 선수예요. 난 실존주의자야. 지금이 제일 행복하며 매일매일 힘을 얻는다. 우리는 뭘 하든 철저하게 살아야 하고, 적극적으로 사랑해야 한다. 예술에 완성은 없다. 완성을 위한 과정이 있을 뿐"이라고 말하는 데서 자신의 인생에 최선을 다하는 그의 모습에서 경건함을 느낀다.

열정을 지속적으로 유지하는 것이 중요하다. 지치지 않는 열정을 유지하기 위해 동기부여할 수 있는 좋은 습관이 필요하다. 가슴 벅찬 감정이라 해도 그 순간일 뿐, 감정은 오래 지속되기가 어렵다. 거창한 이벤트의 기쁨도 한순간이다. 처음에는 큰 즐거움이었지만 잦으면 시들해진다. 그래서 중단 없는 동기부여가 중요하다.

열정을 두고 랄프 왈도 에머슨은 "세계 역사상 가장 위대하고 당당했던 순간들은 모두 열정이 승리했을 때이다"라고 말한다.

열정을 유지하기 위해 좋은 습관이 필요하다. 마음보다 몸이 먼저 반응하는 것이 습관이다. 습관으로 정착 되면 습관이 마음과 몸을 부추기며 삶을 이끈다. 습관은 처음에는 거미줄처럼 가늘고 힘이 없지만 그것이 모이면 밧줄처럼 튼튼해져 우리의 사고와 행동을 묶는다. 좋은 습관이 필요한 이유는 보이지 않는 힘으로 자신의 삶을 이끌기 때문이다. 좋은 습관은 단단한 반석과 같아 튼튼하고 좋은 삶으로 인도한다.

습관에 대해 이규경의 『짧은 동화 긴 생각』에 나오는 글이다. "어떤 이가 작은 습관 하나를 만들었다. 그는 그것을 늘 끌고 다녔다. 그 습관이 자라서 큰 습관이 되었다. 지금 그는 큰 습관에 끌려 다닌다." 좋은 습관을 만들기 위해서는 반복의 과정이 필요하다 꾸준히 끈기 있게 실행해야 한다. 무의식의 견고한 행동으로 굳어졌을 때 습관이 된다.

마크 트웨인은 "훈련해서 안 되는 것은 없다. 훈련보다 더 나은 것은 없다"고 말한다.

계속되는 고난은 없다. 지금 힘들다고 포기해서는 안 된다. 고난조차 지나고 보면 꿈을 이루기 위한 밑거름이 된다. 지금이 바닥이라면 위로 치고 오르는 일만 남았다. 벤처계의 대부라 부르는 한국 엔젤투자협회장인 고영화는 "성공의 반대말은 실패가 아니라 포기입니다. 실패하지 않고서는 성공을 이룰 수 없습니다"고 말한다. 자연의 변화에서 겨울이 오면 봄이 오는 계절의 순환처럼 우리 삶도 고난과 희망이 순환한다. 언젠가는 좋은 때가 온다는 믿음을 가져야 한다. 그것이 희망이다. 미래에 대한 희망으로 꿈이 있어야 한다. 꿈이 많은 사람이 행복한 사람이다.

"미래를 창조하는 데 꿈 만한 것이 없다. 오늘 꿈꾸는 이상향이 내일의 피와 살이 된다."

빅토르 위고의 말이다. 조정래 작가는 "인생이란 자기 스스로를 말로 삼아 끝없이 채찍질하면서 달려가는 노정이다…… 인생이란 두 개의 돌덩어리를 바꿔 가며 건너가는 징검다리다. 내가 정의하는 인생은 자기 인생의 주인공은 자기이며 물결이 아무리 거세도 결국 혼자 헤쳐갈 수밖에 없는 것이다…… 자기 스스로를 항상 바꿔가야 한다"고 말한다.

변화를 위해 대담해져야 한다. 그것이 변화를 추구하는 인생이기 때문이다.

시간 관리를 위해 계획을 세우고 매일 최선을 다한다면 상황은 변한다. 늦고, 빠름의 차이가 있을 뿐 반드시 결과와 만난다. 안일한 일상에서 탈출하고자 한다면 목표가 있어야 한다. 목표는 시간 관리를 유도한다. 목표가 있다면 장애를 만나도 좌절하지 않고 끝까지 시도한다. 포기하지 않는 끈기와 신념으로 당당한 자신의 위상과 만날 수 있다.

치열한 장인정신으로 살다 보면 언젠가 세상이 알고 하늘이 알게 된다. '진인사대천명(盡人事待天命)'이라 했다. 자신의 삶에 최선을 다했다고 자부할 수 있으면 그것이 만족이다. 내면이 충만하다면 스스로에게 당당할 수 있다.

안정을 희구하는 마음은 변화를 두려워하는 마음이다. 익숙하지 않은 것에 대한 적응이 불편하기 때문이다. 변화란 새로운 것을 만드는 것으로 불편함과 마주서는 것이다. 불편을 일상처럼 만드는 것이 습관이다. 기존의 틀을 깨고 새롭게 거듭나게 하는 것이 습관이다. 본성은 원래대로 돌아가려는 관성의 법칙에 취약하다. 그것을 바꾸는 것이 반복된 행동이다.

처음에는 마음이 몸을 지배했지만 습관이 되면 몸이 마음을 인도한다. 습관에는 마음을 지배하는 힘이 있다. 행동함으로써 마음이 따라 움직이는 것이다. 마음먹기에 따라 인생이 달라진다고 말한다. 불가에서 심즉불(心卽佛)이라 하여 마음이 곧 부처라 했다. 마음이 몸을 다스리고 습관화된 몸이 마음을 이끈다.

마음이 몸에 영향을 미치는 사례다. 프랑스 바스티유 감옥에서 있었던 일이다. 사형수의 눈을 가리고 단두대에 앉혔다. 잠시 후 얼음조각을 사형수의 목에 떨어뜨렸다. 놀랍게도 사형수가 죽었다. 얼음조각을 단두대의 칼로 생각한 사형수의 마음이 몸을 죽인 것이다. 칼에 목이 떨어져 죽었다는 생각이 실제 몸을 죽게 만들었다. 마음이 몸을 죽인 것이다.

이미지 트레이닝으로 KBS 다큐멘터리 '마음'에서 미국 클리브랜드 병원에서 젊은 사람과 노인을 상대로 실험을 했다. 실제 근육운동을 하지 않고 마음속으로 근육을 강하게 수축시키는 운동을 4개월 동안 했다. 결과는 놀라웠다. 젊은이와 노인 모두 15%정도의 근육이 강화되었다는 사실을 발견한 것이다. 이처럼 마음은 우리의 몸을 지배하고 삶을 지배한다.

인생에서 목표가 없으면 남의 목표에 지배당한다. 승자와 패자, 부정과 긍정, 만족과 불만, 기쁨과 분노, 절망과 희망, 사랑과 무관심이 모두가 내 안의 마음이 발현한 결과다. 물건도 싸구려는 쉽게 버려지지만 명품은 소중하게 관리한다. 일회적인 인생에서 명품 인생으로 살 것인가, 아니면 평범하게 살 것인가는 자신의 선택이다. 모든 행동은 마음의 결과다. 모든 것은 마음먹기에 달렸다. 말이 마차를 움직이지만 말을 움직이는 것은 사람이다. 어디로 갈지는 사람이 결정한다. 삶의 방향을 결정하는 것은 결국 자신의 마음이다.

2
생각하는 대로 살 것인가,
사는 대로 생각할 것인가

우리는 우리가 반복적으로 하는 행동의 결과 그 자체이다.
그리고 그것은 사실 행동이 아니라 습관이다. - 아리스토텔레스

같은 방식으로 일을 하면서 내일이 달라지기를 바라는 것은 행동하지 않고 기적을 바라는 것과 같다. 변하기 위해 먼저 생각이 바뀌어야 한다. 어쩌다 한 번쯤 놀라운 일을 했다고 해서 삶이 바뀌는 것은 아니다. 어제와 다른 패턴으로 변하고자 하는 마음으로 어떤 행위가 지속될때 변화가 가능하다. 변화를 위해서는 어제의 사고에서 벗어나 새로운 사고가 필요하다. 스스로 변화하고자 하는 마음이 있어야 한다.

눈에 보이는 현상과 물질에 집착하면서 눈에 보이는 것만 믿는 삶은 정신의 성장에 한계가 있다. 세상은 눈에 보이는 것보다 보이지 않는 부분이 더 넓고 더 크기 때문이다. 과학으로 증명하는 부분은 우주에서 아주 작은 일부분이다. 눈에 보이지 않는 세계를 깊이 사유할 수 있을 때 사고의 확장과 더불어 변화를 기대할 수 있다. 마음의 힘은 자신을 바꾸

고 세상을 바꿀 수 있으며 인생을 바꾼다.

눈에 보이지 않는다 해도 마음의 작용인 신념은 믿고 행동할 때 변할 수 있다. 습관은 마음을 움직이고 마음의 힘을 더욱 강력하게 한다. 습관은 타고나는 것이 아니라 반복적인 노력에 의해 습득되는 것이다. 습관에 대해 오그 만디노는 말한다.

"인간은 습관의 노예다. 누구도 이 명령자에게는 저항 할 수 없다. 좋은 습관을 만들어 스스로 그 노예가 되라." 좋은 습관의 노예가 되라고 했다. 처음에는 자신이 습관을 만들지만 나중에는 습관이 자신의 삶을 만든다. 좋은 삶을 위해 좋은 습관이 필요한 이유다.

부족함을 크게 느끼지 못했던 시절에는 눈앞의 현상에 매몰된 채 하루를 살았다. 시간의 탕진도 있었다. 지금의 10년이 미래의 30년 40년을 좌우한다는 것을 알지 못했다. 사는 대로 생각하면서 젊은 날에는 습관의 힘을 알지 못했다. 알지 못해 실행할 수 없었고 실행이 없으니 결과도 없었다. 인생에서 자신의 삶을 돌아보는 성찰이 없었다. 시간은 머물지 않고 지나가는 시간과 함께 삶의 기회도 점점 줄어든다. 모든 것에는 때가 있다. 그때를 놓치면 더 많은 노력에도 불구하고 성과는 떨어진다. 주자의 『권학문』은 우리에게 시간의 소중함과 멈추지 않는 시간의 덧없음을 통해 인생의 지혜를 전하고 있다.

朱子勸學文

勿謂今日不學 而有來日(물위금일불학이유내일)

오늘 배우지 않아도 내일이 있다고 이르지 말며

勿謂今年不學 而有來年(물위금년불학이유내년)

금년 배우지 않아도 내년이 있다고 이르지 말며

日月逝矣 歲不我延(일월서의 세불아연)

날과 달은 가고 해는 나와 함께 늙어지지 않으니

嗚呼老矣 是誰之愆(오호노의 시수지건)

슬프다 늙어서 후회한들 이것이 뉘 허물이겠는가

少年易老學難成(소년이노학난성)

소년은 늙기 쉽고 배움은 이루기 어려워

一寸光陰不可輕(일촌광음불가경)

일초의 시간인들 가볍게 여기지 말라

未覺池塘春草夢(미각지당춘초몽)

연못가의 봄 풀 꿈을 미처 깨어나지 못하였는데

階前梧葉已秋聲(계전오엽기추성)

뜰 앞의 오동나무 잎은 벌써 가을 소리를 전한다

주자십회는 짧은 인생에서 후회하지 않는 삶을 살기 위해 어떻게 살아야 할 것인지를 말한다. 순식간에 지나가는 시간의 흐름을 두고 어떻게 시간을 소중하게 관리해야 하는지 경종을 울린다. 선인들은 글로써 충고하며 글로서 삶의 지혜를 남겼다.

朱子十悔

1. 不孝父母 死後悔(불효부모 사후회)

부모에게 효도하지 않으면 돌아가신 후 후회한다.

2. 不親家族 疎後悔(불친가족 소후회)

가족에게 화친하지 않으면 헤어진 후 후회한다.

3. 不接賓客 去後悔(불접빈객 거후회)

손님 대접을 잘못하면 떠난 뒤에 후회한다.

4. 醉中妄言 醒後悔(취중망언 성후회)

술에 취해 망언하면 술 깬 뒤에 후회한다.

5. 小不勤學 老後悔(소불근학 노후회)

젊어서 부지런히 배우지 않으면 늙어서 후회한다.

6. 安不思難 敗後悔(안불사난 패후회)

편할 때 어려움을 생각하지 않으면 실패 뒤에 후회한다.

7. 色不謹愼 病後悔(색불근신 병후회)

성욕을 절제하지 않으면 병든 뒤에 후회된다.

8. 不治垣墻 盜後悔(불치원장 도후회)

담장을 잘 쌓지 않으면 도둑맞은 뒤에 후회한다.

9. 富不節用 貧後悔(부불절용 빈후회)

잘 살 때 아끼지 않으면 가난해진 뒤에 후회한다.

10. 春不耕種 秋後悔(춘불경종 추후회)

봄에 씨 뿌려 밭을 갈지 않으면 가을에 후회한다.

『권학문』과 주자십회는 후회하지 않는 삶에 대해 말한다. 수시로 마음이 변하는 것이 인간이다. 오만가지 생각이라 하여 아침과 저녁의 마음이 다르고 어제와 오늘의 생각이 다르다. 습관은 이런 마음의 흔들림을 잡아준다. 시간 관리에서부터 자기관리와 인간관계에 이르기까지 좋은 습관으로 관리할 수 있다면 세상은 살 만한 가치가 있다. 알면서도 실천하기 어렵고, 절실하지 않으면 만들기 어려운 것이 습관이다.

차이콥스키는 시간의 소중함을 누구보다 일찍 깨달았다. 그는 젊은 시절부터 하고자 하는 일에 집중하는 모습을 보였다. 1863년 안톤 루빈시테인이 지도하는 음악교실에 행색이 초라해 보이는 20대 청년이 들어왔다. 행색은 초라했지만 청년의 눈빛은 형형하게 살아있었고 열의가 가득했다. 누구보다 열심히 음악 공부를 하여 나중에 세계적 작곡가로 변신한 그가 차이콥스키이다. 다음은 그의 말이다.

"정신을 차리고 서두르자. 시간이 없다. 내 영혼이 있는 이 아름다운 선율을 그대로 놔둔 채 죽을 수는 결코 없다"

세계적 음악가가 되기 위한 시간에 대한 빠른 자각이 있었다. 시간을 관리하면서 미래에 대한 선명한 비전과 삶에 대한 포기하지 않는 열정이 꿈꾸는 걸 이룰 수 있다. '무엇이 되겠다'는 막연한 바람보다는 "하지 않으면 안 된다"는 절박함이 있어야 하고 간절함이 있어야 한다. 그것이 목표가 되었을 때 원하는 방향으로 나아갈 수 있다.

"당신이 이루거나 이루지 못하는 것들 모두는 당신이 품은 그 생각들의 직접적인 결과물이다. 오늘 당신은 당신의 생각들이 데려다 준 그곳에 있고 내일 당신은 당신의 생각들이 데려다 줄 그곳에 있을 것이다"

생각의 중요함을 제임스 앨런은 말하고 있다. 하지만 생각만으로 현실이 달라지는 것은 아니다. 정말 중요한 것은 그 생각을 행동으로 옮길 수 있을 때 변할 수 있다. 괴테는 생각과 행동의 차이를 말한다.

"생각하는 것은 쉬운 일이다. 행동하는 것은 어려운 일이다. 생각한 대로 행동하는 것은 더욱 어려운 일이다."

목표를 세우고 집중하여 몸과 마음을 다해 행동할 때 우리 삶은 변한다. 생각하고 그 생각을 행동으로 옮길 수 있을 때 우리의 삶은 원하는 것을 이룰 수 있는 가치 있는 삶으로 변한다.

3
좋은 습관이 왜 필요한가

사람은 반복적으로 행하는 것에 따라 판명된 존재다.
따라서 우수성이란 단일 행동이 아니라 바로 습관이다. - 아리스토텔레스

사람이 습관을 만들고, 나중에는 습관이 사람을 만든다. 좋은 습관이 행복한 인생을 만든다. 하루를 보내면서 돌아보면 대부분의 시간이 일정한 형태의 습관에 의해 움직이고 있음을 알 수 있다. 하루를 살면서 의미 없이 하는 일은 없다.

밖으로 드러나는 행동은 습관에서 비롯된 것이 대부분이다. 행동하는 90%가 습관에 의해 움직이고, 어제의 습관이 오늘 나를 여기까지 오게 했다. 그런 습관을 통제할 수 있을 때 진정한 자신의 삶에 주인이 될 수 있다.

"나는 모든 위대한 사람들의 하인이고 또한 모든 실패한 사람들이 하인입니다. 위대한 사람들은 사실 내가 만들어준 것이지요. 실패한 사람

들도 내가 실패하게 만들었구요. 나를 택해주세요. 나를 길들여주세요. 엄격하게 대해주세요. 그러면 세계를 제패하게 해 드리겠습니다. 나를 너무 쉽게 대하면 당신을 파괴할지도 모릅니다. 나는 습관입니다." 습관에 대한 작자 미상의 글이다.

좋은 습관을 만들기 위해 희망이 있는 긍정적인 생각으로 의식적 행동이 따라야 한다. 긴 안목으로 미래를 생각할 수 있어야 한다. 사물을 바라보는 긍정적 시선은 삶의 태도를 좌우한다. 부정은 긍정보다 강한 힘이 있어 그대로 두면 의식은 부정에 잠식되어 부정적 방향으로 기운다. 좋은 습관을 위해 긍정적 의식에 적극 반응할 수 있도록 반복적인 연습이 필요하다.

습관이 되면 무의식이 의식을 통제한다. 습관이 그 사람을 만드는 이유다. 습관을 바꾸는 것이 변화이고, 변화는 의식적 노력 과정에서 찾아온다. 습관이 되면 무의식에서 몸이 반응한다. 마음보다 몸이 먼저 반응하는 것이 습관의 힘이다. 습관을 만들기 어렵고 변화를 위한 시도가 지속되기 어려운 것은 변화가 불편과 스트레스로 다가오기 때문이다.

인생의 승자가 되고 싶으면 우선 좋은 습관이 있어야 한다. 새벽시간 활용습관, 독서습관, 운동습관, 감사습관, 배려습관, 감동습관, 미루지 않는 습관 등, 좋은 습관은 성공한 삶을 위해 필요하다.

세계 제일 기부가인 빌 게이츠는 현실에 안주하지 않고 젊은 나이에 하버드대학교를 중퇴하고 자신이 하고자 하는 일에 뛰어들었다. 창의

적이고 새로운 것에 도전하여 세계 제일의 부자가 되는 과정에서 독서 습관이 있었다.

투자의 귀재 웨런 버핏은 독서광이었다. 항상 책과 함께 하는 일상으로 관련 매체의 책을 읽으면서 거기에서 정보를 얻었다. 독서습관이 세계적인 투자가로 만들었고 투자의 마이더스 손이 되었다.

작심삼일이라는 말이 있다. 결심이 삼 일을 넘기기 어렵다는 뜻이지만 새로운 습관을 만들기가 그만큼 어렵다는 뜻이다. 좋은 습관을 만들기 위해 초기에는 습관과 관련하여 이행여부를 확인하는 과정이 필요하다. 하루의 실천 계획 목록을 만들어 매일 점검하면서 육안으로 확인 가능하도록 기록한다. 기록하다 보면 실행에 대한 추진력을 얻을 수 있다. 스스로 변화가 어려운 이유는 자신의 행위에 견제장치가 없기 때문이다.

스타벅스의 하워드 슐츠 회장은 다양한 인간관계를 위해 항상 다른 사람들과 점심식사를 하는 습관이 있다. 거기에서 배운 인간중심의 경영을 사업에 접목했다.

오프라 윈프리는 불행한 유년 시절을 보냈지만 그것을 교훈 삼아, 모든 사람을 포용하는 능력을 키웠다. 사람과의 관계에서 그녀는 "나는 교황과도 쉽게 포용할 수 있다"고 자신감을 보였다. 그녀가 진행하는 토크쇼 출연자들은 우선 윈프리의 포용을 받아야 한다. 그런 그녀의 습관은 다른 사람과의 정서적 교감을 형성하면서 자연스럽게 토크쇼의 여왕 자리로 밀어 올렸다.

좋은 습관이 만들어지면 나쁜 습관은 좋은 습관에 묻힌다. 강점이 강해지면 약점이 가려진다. 좋은 습관이 나쁜 습관을 가리기 때문이다. 좋은 것이 많으면 나쁜 것은 줄어들기 때문이다. 나쁜 습관을 고치는 것보다 더 좋은 것은 나쁜 습관을 만들지 않는 것이고 좋은 습관을 많이 만드는 것이다. 에너지 불변의 법칙에서 삶의 총량은 변함이 없다. 불행과 행복이 각 절반이라면 행복에 1%가 더해지면 행복한 삶이 된다. 49%의 불행과 51%의 행복에서 단연 행복으로 저울추가 기운다. 49개의 나쁜 습관보다 51개의 좋은 습관이 결국은 좋은 삶으로 인도한다. 좋은 습관이 행복한 삶을 만든다.

사람은 습관의 동물이다. 몸에 배인 습관의 힘은 승리자로 만들기도 하고, 낙오자가 되게도 한다. 도박이나 마약 등 잘못된 습관에 빠지면 삶이 망가진다. 의지와는 달리 습관이 그 사람의 몸과 마음을 견인하기 때문이다. 스포츠에서 잘못된 기초는 그것을 고치는 데 몇 배의 노력이 필요하다. 애초부터 좋은 습관이 필요하다. 운동선수는 좋은 습관을 위해 좋은 스승을 만나 올바른 기초와 함께 체계적인 지도를 받는 것이 중요하다. 슬럼프를 만났을 때도 극복하는 데 탄탄한 기초가 도움이 된다고 한다. 타고난 재능보다 더 중요한 것은 좋은 습관이다.

"성공하는 사람은 성공하지 못한 사람들이 하고 싶어 하지 않는 일을 하는 습관을 가지고 있다. 물론 그들도 그런 일들이 하고 싶지 않기는 마찬가지다. 그러나 그들은 목적의식이라는 힘으로 그것을 극복하고 하기 싫은 일을 하고 싶은 일로 만든다." 알베트 그레이의 말이다. 좋은 습관은 성공하는 중요한 원인이다. 남이 보아도 좋은 습관은 인정받는 첫걸음이다.

습관이 중요하다는 것은 자신의 하루 일과를 돌아보면 알 수 있다. 일상이 습관에 의해 움직이고 있음을 알 수 있다. 좋은 습관이란 이론이 아니라 지금 이 순간 시도해야 할 발전적 행동이다. 시도하지 않으면 아무것도 달라지는 것은 없다. 시도하지 않고 바뀌지 않으면 변하지 않는다. 과거와 상관없이 습관이 바뀌면 미래가 달라진다.

변화를 위한 좋은 방법의 하나는 독서다. 독서는 사주팔자까지 바꿀 수 있다고 말한다. 사주명리 선생이 말하는 운명을 바꾸는 방법으로 독서가 있다. 책을 읽으면서 마음이 자극받아 동기부여를 갖게 된다. 새로운 습관을 만들기 어려운 이유에서 예측할 수 없는 미래로부터 현실의 안정을 지키려는 속성을 갖고 있다. 용수철의 원리처럼 원래대로 회귀하려는 본능이 있다. 안정의 욕구이기도 하다. 강력하게 습관으로 만들지 않으면 다시 제자리로 돌아간다.

바꾸고자 하는 마음이 습관을 만드는 첫 번째 조건이다. 두 번째는 지금 시작해야 한다는 것이다. 실행이 없으면 공허한 메아리처럼 사라지고 만다. 세 번째는 지속적으로 몸이 반응할 때까지 시도해야 한다는 것이다. 부자는 부자의 습관이 있고, 가난한 사람은 가난하게 살 수밖에 없는 습관이 있다. 원하는 것을 성취하고자 한다면 습관을 바꾸어야 한다. 습관을 바꿀 수 있는 시간은 현재 이 순간뿐이다. 자신을 통제할 수 있는 시간은 과거가 아니라 오늘 이 순간이다. 오늘 내가 결심하고 실행하여, 그것이 1년이 되고 10년이 되면 습관이 그 사람의 삶을 바꾼다.

좋은 습관을 만들기 위해 미래에 대한 명확한 꿈을 가지고 자신의 행위에 강렬한 동기부여가 필요하다. 지속적으로 동기부여를 관리해야 한다. 동기는 근육과 같아 꾸준히 관리하지 않으면 느슨해지고 만다. 꿈을 향해 나아갈 수 있는 힘을 위해 꾸준함이 있어야 하기 때문이다.

『법구경』에 나오는 말이다. "천명의 적군과 단신으로 싸워 이기기보다 하나의 자기를 이기는 것이 진정한 용사다." 자신을 통제한다는 것이 이처럼 어렵다는 말이다.

하루를 대하는 마음가짐을 두고 차동엽 신부는 말한다.

"당신의 오늘은 당신이 살아온 과거의 총 결산이며 당신이 맞이할 미래의 담보다. 당신이 오늘 하루를 어떻게 사느냐가 당신의 과거와 미래를 죽일 수도 있고 살릴 수도 있다."

참으로 엄중한 경고다. 좋은 습관은 행복한 미래, 의미 있는 삶과 연결되어 있다.

4
시간 관리 습관이 우선순위다

습관은 제 2의 천성이다. 본래 가지고 태어난
천성의 10배에 이르는 힘을 가지고 있다. - 웰링턴 장군

젊은 시절에는 현실의 틈새에서 생각 없이 많은 시간을 보냈다. 현실은 늘 벅찼고 꿈은 멀리 있었다. 비전이 없으니 목표가 없었고, 목표가 없으니 절박함과 절실함도 없었다. 성공한 사람들의 이야기는 위인전에서 나오는 이야기처럼 나의 삶과는 무관했으며 모험과 도전은 남의 일처럼 느꼈다.

주변 사람들의 삶도 비슷비슷한 것처럼 보였다. 실수도 성취도 없었다. 이 나이면 인생에서 가시적인 성과를 내놓아야 할 나이가 아닌가? 나이 오십이 넘어서야 정신이 번쩍 들었다. 한낮의 꿈처럼 지나간 시간에 허무가 있었다. 가을인데도 거둘 것 없는 텅 빈 벌판을 바라보는 것처럼 삶이 허전하고 막막했다. 되돌릴 수 없는 시간이 후회로 다가왔다.

여러 가지 이유가 있었지만 제대로 시간 관리가 되지 않았다는 것이

아쉬웠다. 삶을 주도적으로 이끌 시간 관리가 되지 않았다.

솔로몬왕의 「전도서」에서는 시간을 두고 말한다.

"모든 것에는 때가 있으며, 하늘 아래 모든 목적에는 그에 맞는 시기가 있다. 태어난 시간과 죽는 시간, 심는 시간과 뿌리째 뽑히는 시간, 허물어지는 시간과 쌓아올리는 시간, 눈물을 흘리는 시간과 웃는 시간, 슬퍼하며 애도하는 시간과 기쁨으로 춤추는 시간……"

제대로 된 인생을 살기 위해 시간 관리는 중요하다. 시간 관리가 될 때 자기가 원하는 삶을 살 수 있다. 시간 관리 습관은 빨리 시작할수록 좋다. 스스로 시간 관리를 하지 않으면 남이 대신 당신의 시간을 관리해 줄 것이다. 목표와 비전을 내가 주도하지 못한다면, 남의 대신할 것이며, 남의 지시를 받을 수밖에 없다. 약한 사람은 강한 사람의 지배를 받는다. 목표가 없는 사람은 목표가 있는 사람의 지배를 받는다. 돈이 없는 사람은 돈 있는 사람의 지배를 받는다.

인생을 남의 의지에 저당 잡힌 채 지배를 받으며 산다는 것은 슬픈 일이 아닐 수 없다. 그래서 목표 있는 삶과 주인 되는 삶을 살아야 한다. 노예처럼 살 것인지, 세상의 주인으로 살 것인지는 목표가 있고 없음의 차이다. 목표 있는 삶이 의미 있는 삶을 만든다. 그것은 노력하는 삶을 만들기 때문이다. 성공도 목표를 위해 투자한 시간과 노력이 만든 결과다.

인생에서 하고 싶은 일, 중요한 일이 무엇인지 아는 것이 중요하다. 가치를 위해 헌신할 수 있을 때 삶은 의미를 지니게 된다. 가치 있는 시간이 쌓였을 때 충만한 인생이 된다. 뿌려야 거두는 자연의 법칙처럼 투자하지 않고 얻을 수 있는 것은 아무것도 없다.

성공한 사람들의 삶에는 그 사람만의 특별한 습관이 있었다. 간절히 성공을 원하는 이유와 이루기 위한 행동하는 습관이 있었다. 성공도 결국은 좋은 습관의 산물이다.

씨앗이 있어야 파종하여 열매를 기대할 수 있다. 목표는 그렇게 할 수 있도록 동기를 만들고, 행동하게 하며 목적지로 이끈다.

브라이언 트레이시는 『잠들어 있는 시간을 깨워라』에서 시간 관리의 중요성을 두고 말한다. "시간 관리는 고도의 성취와 만족으로 정의 내릴 수 있는 '위대한 삶'을 영위하는 데 필요한 하나의 도구로 볼 수 있다. 또한 현재 있는 곳에서 당신이 가고 싶은 곳으로 이동시켜 줄 수 있는 수단으로도 볼 수 있다. 시간 관리는 한 번 습득하면 당신 인생에서 최고의 기쁨과 행복을 주는 성공을 이루는 데 필요한 그 무엇인가 될 수 있는 개인원칙이라고 볼 수 있다."

이처럼 시간 관리 습관은 중요하다. 시간 관리 습관은 원하는 걸 이루게 하는 지름길이다. 피터 드러커는 "시간은 가장 희소한 자원이다. 따라서 시간을 관리하지 못하는 사람은 아무것도 할 수 없다"고 단호하게 말한다. 시간 관리는 인생 관리와 직결되며 재생되지 않는 시간에 대한 소중한 자원 관리다.

우리는 외면의 변화는 통제할 수 없어도 내면의 변화는 통제할 수 있다. 나의 시간 관리는 내가 주도할 수 있다. 시간이 인생이고, 시간 관리가 인생 관리이다. 브라이언 트레이시는 성과 향상을 위한 3가지를 삶의 기준으로 삼아 삶을 가치 있게 바꿔야 한다고 말한다.

첫째, 자신의 가치를 결정하고 그 가치와 부합하는 삶을 살고자 다짐한다.

둘째, 자신이 하는 일에 탁월해지도록 충분히 숙련될 때까지 헌신적으로 노력한다.

셋째, 자신의 목표와 활동이 자신의 진정한 가치와 확신에 일치하도록 분명히 해야 한다.

가치 있는 삶을 위해 다짐하고, 헌신적으로 노력하며, 목표가 진정한 가치와 일치하도록 하는 삶을 살아야 한다고 말한다. 평범한 삶은 절실하지 않으면 움직이려 하지 않고, 당장 필요로 하지 않으면 시도하려 하지 않는다. 중도 포기와 좌절 과정에서 절실함에 대한 자기 합리화와 변명으로 물러서고 만다. 성공은 적극적인 태도로 그런 과정을 극복한 사람들이 이뤄낸 결과다. 그들은 자신의 삶을 위해 변명하지 않는다. 좌절의 순간에서조차 포기하지 않고 열정과 신념으로 자신을 관리하며 시간을 창조한 사람들이다.

시간 관리와 관련하여 브라이언 트레이시는 '최고의 성과를 위한 검증된 원리 11가지'를 다음과 같이 말하고 있다.

1. 시간은 성취의 가장 귀한 자원이다.

2. 모든 영역에서 이룬 성취나 달성의 정도는 내가 얼마나 훌륭하게 시간 관리를 했느냐에 달려 있다.

3. 시간 관리를 통해 주변과 나 자신에 더 많이 기여할 수 있다.

4. 시간에 내가 더 많이 투자할수록 더 많이 산출된다.

5. 시간 관리 기술을 실천하면 자신의 성격이나 리더십의 속성인 판단력, 통찰력, 자신감, 자기 수양 등을 계발할 수 있다.

6. 시간 관리의 초점은 나를 성과 지향적인 사람이 되게 한다.

7. 훌륭한 시간 관리는 에너지, 열의, 긍정적인 정신력의 원천이다.

8. 시간 관리는 일을 무조건 열심이가 아닌 현명하게 할 수 있게 한다.

9. 자신의 요구에 부응하는 사람으로 성장한다.

10. 성취감만이 지속적으로 동기부여한다.

11. 지금 흐른 1분이 내가 지닌 모든 시간이다.

시간을 소중히 하고 귀중한 자원으로 활용할 수 있을 때 꿈꾸는 곳으로 다가갈 수 있다.

팻 라이거의 말이다. "당신이 더 나아지는 것이 아니라면 당신은 더 나빠지고 있다." 세상은 앞으로 진보해 가는데 멈춘다는 것은 정지가 아니라 후퇴를 의미한다. 발전하는 삶이란 끊임없이 배우며, 새로운 것에 도전하는 것이다.

지식에는 반감기가 있어 지식의 주기가 점점 더 짧아지고 있다. 전에 알고 있는 지식은 해마다 절반이 쓸모가 없어지는 시대에 우리가 살고 있다. 지식 반감기 시대에 부응하며 살기 위해서는 자신에게 새롭게 투자할 수 있는 시간 관리가 필수다.

시간은 멈추는 법이 없다. 시간을 방치하는 것은 자신의 미래를 방치하는 것이며 결국에는 삶을 방치하는 것이다. 믿었던 미래마저 시간에 휩쓸려 사라지고 만다. 시간에 대한 무관심과 계획 없이 보낸 시간을 허송세월이라 한다. 시간을 낭비하는 것은 인생을 허송하는 것과 같다. 시간을 관리하는 일은 미래에 대한 희망의 씨앗을 뿌리는 행위다.

좋은 습관이 좋은 삶을 만들고 행복하게 한다. 좋은 습관은 그 자체로 샘물처럼 하루를 늘 새롭게 한다. 시간 관리 습관은 다른 어떤 습관보다 우선순위 습관이다. 존재에 대한 책임을 다하기 위해서도 시간 관리는 중요하다. 재물은 낭비하면 없어지는 것으로 끝이 난다. 하지만 다시 모을 수 있다. 시간을 낭비하면 회수할 수가 없다. 낭비된 시간은 되돌릴 수 없다. 가치 있는 인생을 위해 시간 관리 습관은 무엇보다 중요하다.

시간 관리가 성공 관리의 지름길이다. 어떤 영광과 어떤 성취도 노력 없이 된 것은 없다. 노력의 중심에 시간 관리가 있다. 평범한 사람들은 타인의 성공을 부러워 할 뿐 그 이면을 들여다보려 하지 않는다. 성공한 사람들의 보이지 않는 노력까지 볼 수 있을 때 비로소 성공에 대한 눈을 뜰 수 있다. 드러난 영광이 아니라 숨은 노력을 헤아리는 안목이 생겨야 새로운 지혜가 생겨 삶을 새롭게 시작할 수 있다.

5
행복은 좋은 습관이 만든다

다른 모든 창조물은 수동적인데 반해 인간만이 홀로 능동적이다.
다른 동물들은 창조되었지만 인간은 스스로 창조할 수 있는 힘을 가지고 있다.
- 피코 델라미란돌라

아리스토텔레스는 "사람은 반복적으로 행하는 것에 따라 판명된 존재다. 따라서 우수성이란 단일 행동이 아니라 바로 습관이다"고 말한다. 우수성이 습관이라고 말한다. 좋은 습관을 두고 하버대학교 총장 엘리엇 박사는 말한다. "한 사람이 하루에 15분씩 고전 작품을 읽는다면 10년 후에는 하버드대학교를 졸업한 사람보다 더 많은 교육을 받은 것이다."

이것이 독서습관의 힘이다. 지속적으로 하는 행위는 예상외의 결과를 만든다. 노벨상 수상자를 최다 배출한 이스라엘 민족은 어릴 때부터 부모가 아이의 적성을 찾아 발전시키는 자식교육을 시킨다. 태어날 때 갖고 태어난다는 자신만의 달란트를 찾아 교육을 시키는 것이 유대인 교육이다. 달란트의 비유는 사람마다 타고난 능력이 다 다르다는 데서 출발한다. 입시를 위한 성적 위주의 우리나라 교육과 달리 유대인 부모들은 자식이 가진 고유의 재능을 찾아 개발시킨다.

습관에는 목표가 필요하다. 왜 이 습관을 만들어야 하는지 이유가 분명해야 한다. 행동에 대한 당위성이 있어야 한다. 동기부여가 명확할 때 행동하게 만들고 습관으로 만들 수 있다.

습관을 만들면서 잘못된 습관은 고치는 것이 훨씬 어렵다. 모차르트가 음악을 가르치기 위해 연습생을 상대로 잘못된 습관을 고치기 위해 관찰한 결과 기학습자의 습관을 고치는 데 두 배의 노력이 필요하다는 것을 알았다. 처음부터 좋은 습관을 만드는 것이 중요하다. 좋은 습관 만드는 방법으로 다섯 가지가 필요하다.

첫째, 왜 습관을 만들어야 하는지 생각한다.
둘째, 습관을 만들기 위해서 어떻게 하는지 계획을 세운다.
셋째, 습관이 생활에 일부가 되어야 한다.
넷째, 매일 기록을 유지하여 실천 여부를 확인한다.
다섯째, 지금 당장 실천한다.

중요한 것은 왜 이 습관이 나에게 필요한지 이유가 분명해야 한다. 건강이든, 능력계발이든 뚜렷한 이유로 자신의 행동을 설명할 수 있어야 한다.

어쩌다 필요할 때 하는 단일 행동으로 습관이 될 수 없다. 단기간의 계획이 아니라 인생이란 긴 시간을 두고 실천할 수 있어야 한다. 반복하여 지속할 수 있을 때 습관이 되고 강력한 힘이 된다. 정해진 시간에 식사를 하는 것이 자연스러운 일처럼 일상에서 자연스럽게 몸에 배어야 한다.

자신도 습관을 만들기 위해 시간 관리와 습관 관리를 기록하면서 이행 여부를 체크했다. 측정하지 않으면 오래 행하기 어렵고, 지속적으로 행하지 않으면 습관이 되기 어렵다. 측정한다는 것은 자신의 계획에 대한 확인이다. 그런 과정에서 습관으로 정착된다. 습관이 되면 습관이 나의 삶을 이끌어 간다.

미국의 철학자이자 심리학자인 윌리엄 제임스는 "생각이 바뀌면 행동이 변하고, 행동이 바뀌면 습관이 변하며, 습관이 바뀌면 성격이 변하고, 성격이 바뀌면 인생이 변한다"고 했다. 습관을 바꾼 사람의 뇌는 습관을 담당하던 신경계 패턴이 새로운 패턴으로 변한다. 이전의 습관들과 관련된 신경활동이 여전히 남아있지만 새로운 습관 충동에 의해 밀려나 있다. 새롭게 만들어진 습관은 뇌에 저장되어 뇌까지 바뀌게 한다. 습관이 정착되면 사용하지 않아도 어떤 계기가 되면 다시 활성화되어 이전처럼 활동한다. 운전자가 오래도록 운전하지 않아도, 다시 핸들을 잡으면 운전할 수 있는 것과 같다. 우리의 뇌는 자주 반복하는 것을 기억하는 구조로 되어 있다. 뇌는 좋은 습관과 나쁜 습관을 구별하지 못한다.

'수영 황제'라 불리는 미국의 수영천재 마이클 펠프스를 수영 천재로 키운 밥 바우먼 코치의 습관지도 방법이다. 그가 펠프스를 처음 만났을 때 주의력 결핍증을 가진 아이였다. 바우먼 코치는 이를 개의치 않고 수영하기에 완벽한 신체조건을 가진 그를 지도했다. 펠프스만의 시각명상 훈련교재를 만들어 잠들기 전 보도록 했고, 다음날 이를 실제 행동으로 옮길 수 있도록 고도의 집중훈련을 시켰다.

올림픽 경기에서 신호와 함께 스타트를 한 순간 펠프스의 물안경에 물이 스며들어 앞이 보이지 않았다. 당황하지 않고 눈을 감은 채 비디오 시청에서 수없이 본 영법으로 침착하게 결승점에 먼저 도착했다. 대회에서 8개의 메달을 목에 걸었다. 훈련에 따른 습관의 결과였다. 습관이 된 몸은 자연스럽게 습관을 따른다. 좋은 습관은 좋은 결과를 부르고 나쁜 습관은 나쁜 결과를 부른다.

"당신이 생각하고 느끼고 행동하고 성취하는 모든 것의 95%는 습관의 결과이다. 성공하는 사람은 성공하는 습관을, 실패하는 사람은 실패하는 습관을 가지고 있다. 성공하는 습관은 많은 노력과 시간이 소요된다." 경영컨설턴트이자 동기부여가인 브라이언 트레이시의 말이다. 다음은 그가 말한 성공한 인생을 만드는 강력한 10가지 습관이다.

첫 번째, 꾸준한 배움
두 번째, 긍정적 사고
세 번째, 규칙적 건강 관리

네 번째, 목표설정

다섯 번째, 우선순위 설정

여섯 번째, 자산 관리

일곱 번째, 조기기상

여덟 번째, 재능강화

아홉 번째, 네트워킹

열 번째, 좋은 성품

꾸준한 배움에서 독서는 중요하다. 워런 버핏과 빌 게이츠는 한 가지 초능력을 가질 수 있다면 무엇을 원하느냐는 질문에 똑같이 세상에서 가장 빨리 책을 읽는 능력을 원한다고 했다. 독서는 다른 사람의 지식과 경험을 통해 인생의 시행착오를 줄이고 자기가 갖지 못한 새로운 지식을 접할 수 있다.

긍정적 사고는 모든 가능성의 시작이다. 된다고 생각하면 할 수 있지만 못한다고 생각하면 할 수 없다. 긍정적 사고를 위해 자기긍정이 중요하다.

목표설정은 우선순위의 앞에 있다. 눈으로 확인 가능한 목표를 적어 수시로 확인해야 한다. 목표만큼 확실한 안내표지판은 없다.

매코맥은 『하버드 경영대학원에서 가르쳐 주지 않는 것들』에서 다음과 같은 조사 결과를 소개했다. 1979년에 하버드 경영대학원 졸업생들에게 명확한 목표를 세웠는지 조사했다. 3%는 목표를 세워 기록했고

13%는 머릿속으로만 목표를 세웠다.

84%는 구체적인 목표가 없었다. 10년 후 이들을 다시 조사하니 목표를 마음으로만 세웠던 13%는 목표가 없었던 84%보다 소득이 평균 두 배 더 많았다. 목표를 글로 적어뒀던 3%는 나머지 97%보다 소득이 평균 10배 더 많았다. 인생에서 무엇이 중요한지 우선순위를 정해야 한다. 중요하지 않아도 바쁘기는 마찬가지다. 모두가 이유가 있고 중요해 보이기 때문이다.

79세까지 산다고 가정하면 25년은 잠으로 보내야 한다. 20대에 자수성가하여 백만장자가 된 타이 로페즈는 한 사람이 위대한 일에 바칠 수 있는 시간은 5만 시간에 불과하다고 지적했다.

나머지 시간은 잠을 자는 데 소비해야 하고, 너무 어리거나 늙거나 병이 들어서 위대한 일에 쓸 수가 없다. 매일 잠자는 시간과 밥 먹고 이동하고 기다리는 시간 등에 12시간을 쓴다. 5만 시간은 11.4년이다. 위대한 업적을 이루는 데 쓸 수 있는 시간은 80년 가까운 인생에서 10년 남짓뿐이다. 좋은 인생을 위해 쓸 수 있는 시간은 한정되어 있다. 시간은 소비재다. 관리하지 않으면 사라진다. 시간 관리를 위해 좋은 습관이 필요한 이유다. 잠을 줄이지 않더라도 일찍 일어나 하루를 일찍 시작하는 것만으로도 시간을 벌 수 있다.

습관의 정착을 위해 24시간 활동하는 잠재의식을 활용할 수 있어야 한다. 『당신의 소중한 꿈을 이루는 보물지도』의 모치즈키 도시타카는 잠재의식의 활용을 두고 "잠재의식은 가슴 뛰는 이미지를 잊지 않는다. 하루 24시간 동안 현재의식이 10%라면 잠재의식은 90%다. 빙산과 같다. 잠재의식을 최대한 활용하라"고 말한다. 성공의 요인은 사소한 습관들이 쌓여 큰 결과를 만든다.

6
욕망이 발전하게 한다

변화를 원하지 않는 사람은 운명이 있다고 믿고,
변화를 원하는 사람은 기회가 있다고 믿는다. - 벤자민 디즈레일리

미래는 그냥 오는 것이 아니라 자신이 만드는 것이다. 생물학적 변화
는 미래가 아니라 사라지는 시간의 과거다. 꿈을 가지고 온 힘을 다해
노력하는 과정에서 찾아오는 변화가 자신이 만든 미래다. 사람은 죽지
않기 위해 사는 것이 아니라 잘 죽기 위해 살아야 한다. 잘 죽는다는 것
은 잘 산다는 것이다. 삶의 목적을 갖고 가치를 실현하기 위해 살아야
한다. 생존 자체는 동물의 차원과 다름없지만 존재의 소명은 인간의 차
원으로 최선을 다할 때 인간다운 삶이 된다.

『네 안에 잠든 거인을 깨워라』의 앤서니 라빈스는 성공한 인생을 위
해서는 '인생에서 다음의 5가지를 정복' 해야 한다고 말한다.

첫째, 감정 정복

둘째, 건강 정복

셋째, 인간관계 정복

넷째, 경제력 정복

다섯째, 시간 정복

자신의 감정을 정복할 수 있다는 것은 자신을 콘트롤 할 수 있다는 것이다. 이를 정복할 수 있다면 성공의 8부 능선에 올라선 것이나 다름 없다. 감정 정복은 극기할 수 있을 때 가능하다. 자기 극복이 어려운 이유 중 하나가 남과의 비교심리다. 비교는 비교함으로써 끝없는 욕망을 양산하고 욕구에 허덕이게 된다. 욕망은 만족한 삶을 방해한다.

비교와 관련해서 살리에리증후군이 있다. 살리에리는 이탈리아 음악가로서 하이든과 교류하며 빈 궁정의 궁정 음악가로 생을 마친 음악가다. 같은 시대에 모차르트가 있었다. 어렸을 때부터 천재적 재능을 보였던 모차르트는 5살 때 이미 작곡을 할 정도로 재능을 드러냈다.

살리에리는 우연히 모차르트의 공연을 보고 감탄한다. 한편으로 그의 오만하고 방탕한 생활에 천재성을 부여한 신을 저주하고 그를 증오한다. 천재 모차르트와 비교하면서 열등감을 느껴야 했던 당대의 음악가 살리에리를 비유한 것이다.

"아무리 노력해도 천부적 재능을 타고난 사람의 벽을 넘지 못하는 상태"가 '살리에리증후군' 이다. 자신에게 주어진 재능과 존재에 감사할 수 있을 때 삶이 행복하다. 경쟁대상은 생이 끝날 때까지 없어지지 않는다. 눈에 보이는 경쟁이 아니라, 진정한 경쟁자는 자기 자신이다. 비교는 비교하는 순간부터 만족과 멀어진다.

욕망은 쉽게 통제할 수 없어, 99개를 가진 사람이 100개를 채우기 위해 1개를 가진 사람의 몫을 빼앗는 것이 욕망의 다른 모습이다. 욕망은 내리막길을 달리는 브레이크가 고장 난 차와 같다. 살리에리는 궁정 음악가로서 이미 많은 것을 가졌지만 모차르트와 비교함으로서 자신의 행복을 놓친 것이다.

건강정복은 건강한 육체에 건강한 정신이 깃든다는 평범한 진리다. 정신이 건강해야 미래에 대한 꿈을 꿀 수 있다. 건강한 몸과 건강한 정신은 분리되는 것이 아니라 동일체다.

병원에 있는 중환자가 무슨 꿈을 꿀 수 있겠는가. 건강은 음식의 재료처럼 꿈의 재료다. 건강한 삶은 건강한 육체에서 만들어진다.

인간관계 정복은 끝없는 연구와 배움의 대상이다. 다양한 사람들의 수만큼 다양한 인간관계는 정답이 없다. 성공한 사람들은 성공하기까지 85%가 좋은 인간관계가 있었다고 말한다. 실패한 사람은 95%가 인간관계였다고 말한다.

경제력 정복은 물질이 중요한 자본주의 사회에서 자신의 삶을 사는데 중요하다. 경제적 자유가 있고 없음에 따라 주인의 삶과 하인의 삶으로 나뉜다. 가난은 남을 위해 자신의 시간을 사용해야 하고, 짧은 인생을 더욱 짧게 한다. 경제적 자유가 있을 때 우리는 인간다운 삶을 추구할 수 있다.

시간으로 구성된 인생은 시간정복이 삶의 정복이다. 시간의 주인이 될 수 있을 때, 삶의 주인이 될 수 있다. 성공한 사람들은 똑같은 하루 24시간을 사용하지만 그들만의 시간 관리 방법으로 성공했다. 그들의 시간 관리 방법을 새워야 한다. 시간을 정복할 수 있을 때 원하는 삶을 살 수 있다.

프로야구 감독으로 숱한 기록을 가진 김성근 감독의 시간에 대한 말이다.

"인간이 극복하지 못할 것은 없다. 하지만 단 하나 시간을 거스를 수는 없다. 때문에 어떻게 노력하느냐가 중요하다. 오늘이란 시간은 다시 오지 않는다. 이제 좀 힘들다고 정신적으로 지쳤다고 하루를 그냥 보내면 그걸로 끝이다. 그렇게 보낸 하루가 나중에 너무나도 큰 시련으로 다가올 수 있다. 어떤 핑계도 대지 말고 오늘 하루에 모든 걸 쏟아부어라"고 말한다. 오늘 하루에 최선을 다해야 한다. 내일은 내일의 일이 있다.

한학자인 정민 교수의 『세설신어』에 나오는 내용이다. 조선시대 실학자 이덕무는 수만 권의 책을 읽으면서 "하나의 고금(古今)은 큰 순식간이요 하나의 순식간은 작은 고금이다. 순식간이 쌓여서 어느새 고금이 된다. 또 어제와 오늘, 내일이 만 번 억 번 갈마들어 끝없이 새로운 것을 만들어내니 이 가운데 나서 이 속에서 죽는다. 그런 까닭에 군자는 사흘을 염두에 둔다." 사흘이라는 시한부 삶을 생각하며 오늘 하루를

162

후회 없이 살아야 하고, 절박함으로 살아야 한다는 말이다.

이용휴의 「당현일기」에 "사람이 오늘이 있음을 알지 못하게 되면서 세상의 도리가 잘못되게 되었다. 어제는 이미 지나갔고 내일은 아직 오지 않았다. 하는 바가 있으려면 다만 오늘에 달렸을 뿐이다. 이미 지나간 것은 돌이킬 수 없고, 아직 오지 않는 것은 비록 3만 6000일이 잇달아 온다고 해도 그날에는 각각 그날 마땅히 해야 할 일이 있어 실로 이튿날에 미칠 만한 여력이 없다. 참. 이상하다. 저 한가로움이란 말은 경전에 실려 있지 않고 성인께서 말씀하지도 않았건만 이를 핑계 대고 날을 허비하는 날들이 있다…… 공부는 오직 오늘에 달린 것이어서 내일에 대해서는 말하지 않는다. 아! 공부하지 않은 날은 살지 않은 것과 한가지니 공친 날이다. 그대는 모름지기 눈앞에 환한 이날을 공친 날로 만들지 말고 오늘로 만들어야 한다"고 쓰고 있다. 공부는 자신의 탁마다.

한 가지 일을 해도 꾸준하게 할 수 있는 습관이 필요하다. 대부분 사람들은 시작은 창대하지만 끝이 용두사미가 되는 경우가 많다. 같이 꿈을 꾸지만 어떤 사람은 그 꿈을 현실로 만들고, 어떤 사람은 그 자리에 머물려 있다. 집중하여 꾸준히 할 수 있는 능력의 차이다. "아무리 약한 사람이라도 단 하나의 목적에 자신의 온 힘을 집중한다면 무엇인가 성취할 수 있지만 아무리 강한 사람이라도 힘을 많은 목적에 분산하면 어떤 것도 성취할 수 없다." 프랑스 사상가 몽테스키외의 '집중'에 대한 말이다.

식지 않는 열정을 위해 왜 그렇게 하지 않으면 안 되는지, 반드시 해야 하는 이유가 있어야 한다. 그것이 소명이 되고 동기가 된다. 막연한 목표나 생각은 오래가지 못한다. 소명의식이 없기 때문이다. 동기부여는 사람을 스스로 움직이게 하는 동력이다. 시련을 견디게 하고 난관을 극복하게 한다.

1973년 레피 그린 네스빗의 연구에서 아동들의 그림 그리기에 대한 연구를 했다. 참여 아동들을 세 그룹으로 나누고 첫 번째 그룹에 '훌륭한 화가 인정서'를 보여주면서 그림을 그리면 상을 주겠다고 했다. 두 번째 그룹에서는 아무런 언질 없이 그림을 그리도록 한 후 나중에 '훌륭한 화가 인정서'를 주었다. 세 번째 그룹에게는 그냥 그림만 그리게 했다. 그리고 아무런 보상도 하지 않았다.

2주 후에 다시 그들에게 그림을 그리게 하고 관찰한 결과, 상을 받기 위해 그림을 그렸던 아이들은 별 흥미를 보이지 않았다. 심지어 그림을 그리다 그만두기도 했다. 나머지 두 그룹의 아이들은 2주 후에도 그림 그리기에 비슷한 수준의 흥미를 나타냈다.

이 실험의 결과에서 포상이라는 동기부여가 첫째 그룹을 움직일 수 있었다면, 동기부여가 사라진 상태에서는 그림 그리기에 대한 의미를 잃어버렸다. 이처럼 동기부여는 사람을 움직이게 하는 동력이다. 태릉 선수촌에서 땀 흘리며 운동하는 선수들에게는 올림픽 메달이라는 명확한 목표와 결과에 따른 포상이 동기부여가 된다. 앞으로 한 발 나아갈 수 있는 이유가 된다. 삶에서 가장 좋은 동기부여 방법은 독서다. 책을 읽음으로써 자극받을 수 있으며 자신만의 동기를 스스로 갖게 한다.

독서는 스스로 동기부여할 수 있는 자가 발전의 힘을 갖는다. 비교하는 욕망이 아니라 극기의 욕망이 인간다운 삶을 살게 한다. 기회는 누구에게나 찾아오지만 누구나 잡을 수 있는 것은 아니다. 미래를 향해 꿈을 꾸고 비전을 기질 때 기회가 온다. 미래를 맞이할 준비된 사람만이 기회를 잡을 수 있다.

미래가 설레는 삶이 행복하다. 미지에 대한 기대가 희망이다. 희망은 장애를 장애로 여기지 않는다. 즐겁게 하는 일은 이미 일이 아니라 놀이다. 행복의 기준은 다른 사람과의 비교가 아니라 자신의 내면이다. 꿈을 꾸고 그 꿈을 이루기 위해 욕망할 때 삶은 나아간다.

제5장

감사

인간의 품격은 감사와 배려가 만든다

1
삶을 빛나게 하는 긍정과 감사 그리고 배려

비관론자는 매번 기회가 찾아와도 고난을 본다.
낙관론자는 매번 비관이 찾아와도 기회를 본다. - 처칠

사물을 보는 두 가지 기준으로 긍정과 부정이 있다. 같은 사물을 보면서 어떤 사람은 긍정적인 면을 보지만 어떤 사람은 부정적인 면을 본다. 부정적인 사람들은 사소한 것에서도 반응하고, 매스컴의 온갖 부정적 사건에 민감하게 반응한다. 외부에서 일어나는 자극적인 일에 관심이 많고 부정적인 사건에 더 집중한다. 감정이 부정적 외부 현상에 쉽게 노출된다.

연구에 의하면 부정적인 감정이 긍정적 감정보다 2.9배로서 3배 가까이 강하다. 긍정적 감정을 위해 의식적으로 노력하지 않으면 사고는 서서히 부정적 패턴으로 변한다. 이와 관련해 '부정 편향'이라 하여 "사람은 열개의 긍정적 정보보다 한 개의 부정적 정보에 더 민감하게 반응

한다"고 한다. 나에 대해 95%가 지지하더라도 반대하는 5%가 나를 괴롭게 하고 갈등하게 한다. 사람들에게 부정적 성향이 긍정적 성향보다 강해 쉽게 영향을 받기 때문이다.

방송, 신문, 잡지 등 온갖 매체로부터 받는 자극적이고 부정적 사건은 부정을 확대 재생산시킨다. 외부로부터 부정적 정보의 반복 주입은 점점 부정적 사고로 기울게 한다.

사물을 긍정적으로 볼 수 있다는 것은 행복한 삶을 위한 능력 중 하나다. 긍정적 사고를 위해서는 의식적 노력이 필요하다. 긍정적 사고가 중요함은 미국 예일대학교 베카리버 박사의 연구에서도 드러났다. '자기 예언 효과'에서 "나이가 드는 것에 대하여 부정적으로 생각하는 사람보다 긍정적인 생각을 가진 사람이 기대 수명을 7년 6개월 더 살게 한다"는 것을 박사의 연구에서 밝혔다. 긍정적인 생각은 사람의 수명에까지 영향을 미친다.

긍정적인 생각과 말, 긍정적인 행동은 스스로 행운을 부르는 부적과 같다. 생각이 긍정적으로 바뀌면 말과 행동이 긍정적으로 바뀌면서, 삶도 긍정적 방향으로 바뀐다.

부정적 의식은 가만 두어도 자란다. 긍정이 부정을 누르고 좋은 습관으로 자리 잡기 위해 의식적 노력이 필요하고 그 중심에 감사하는 마음, 배려하는 마음, 만족할 줄 아는 마음이 있다. 긍정이 긍정을 부를 수 있는 선순환구조가 되어 긍정적 사고로 바꿔야 한다. 자신이 변해야 삶이 변하고 세상이 변한다. 희망적이고 긍정적인 말은 놀라운 힘을 가진다.

기도에서 긍정의 기도는 긍정으로 나타난다. 감사의 기도, 축복의 기도를 해야 하는 이유다. 의식에 작용하여 자기 예언이 되어 간구한 일들이 실제 현실이 된다. 긍정적인 믿음의 힘이다. 긍정적 사고를 위해 마음가짐이 중요하다. 이타적인 마음, 배려하는 마음, 감사하는 마음이 긍정적 삶을 만든다.

삶을 행복하게 살 수 있는 첫째가 감사하는 마음이다. 감사하는 마음은 자기 사랑과 마음의 여유에서 온다. 불행 앞에서 감사하기란 어렵다. 마음의 여유가 없기 때문이다. 작은 것에 감사할 줄 아는 사람은 행복한 삶을 위한 절반의 조건을 갖췄다. 진실로 감사하는 마음이 충만할 때 삶이 행복하다. 감사할 일이 많은데 어찌 행복하지 않겠는가? 기도에서도 요구의 기도보다 감사의 기도가 먼저다. 감사의 기도를 하면 감사할 일이 생기고 감사할 일이 많아져 인생이 행복하다. 기적도 감사하는 마음이 충만할 때 찾아온다.

제1차 세계대전 당시 비행사였던 에디 리켄베커는 태평양에 추락했다. 망망한 태평양에서 뗏목을 타고 21일 동안 표류했다. 매 순간이 삶과 죽음의 교착점이었다. 삶과 죽음의 경계를 넘나들면서 깨달은 그의 말이다. "내가 그 경험을 통해 배운 최고의 교훈은, 목이 마를 때 마실 물이 있고, 배고플 때 먹을 것이 있다면 어떤 일에도 결코 불평을 해서는 안 된다는 것이다." 극한의 상황에서는 생명 자체가 감사고 축복이다.
생명의 기쁨과 존재의 경이에 감사하고, 가슴을 감사로 채울 수 있다면 삶은 행복하다. 살아있다는 자체가 기적이다. 내 앞의 기적을 두고 특별한 곳에서 기적을 찾는 것은 내 앞의 행복을 두고 다른 곳에서 행복을 찾는 것과 같다.

"우리가 인생을 소중하게 여길수록 인생은 더 풍부해지고 아름다워지며 행복해진다. 그렇게 되면 우리는 인생을 그저 단순하게 사는 것이 아니라 제대로 경험할 수 있다"

중앙아프리카에서 41년간을 의료와 봉사활동을 하며 생애를 마친 슈바이처 박사의 말이다. 그는 인류 사랑으로 노벨평화상을 수상하기도 했다. 인생을 소중하게 생각한다는 것은 자신의 삶을 사랑한다는 말이다. 자신을 사랑하는 마음이 있어야 남을 사랑할 수 있고, 남을 사랑할 수 있는 사람은 자신의 인생을 사랑할 수 있다. 자신에게 웃을 수 있는 사람이 남을 향해 웃을 수 있다.

미국 행동주의 심리학자인 윌리엄 제임스는 "우리 세대의 가장 위대한 발견은 인간이 자신의 태도를 바꿈으로써 인생을 바꿀 수 있음을 알게 된 것이다"라고 말한다. 자신의 생각과 태도를 바꾸면 인생이 바꾸어진다는 말은 우리가 자신의 변화를 택함으로써 선택할 수 있는 희망이다. 인생에서 고난과 고통을 만나도 고통 속에서 희망을 발견할 수 있다면 절망에도 희망을 만들어낼 수 있다.

흐린 날에도 구름 위의 태양을 생각할 수 있는 것이 긍정이다. 긍정과 부정의 차이는 동전의 양면과 같다. 어떤 불행도 희망 없는 불행이 없고, 어떤 희망도 고난 없는 희망이 없다. 희망을 무성하게 하는 것이 감사다.

할 어반의 『인생의 목적』에서 팀 헨젤은 선택으로 희망을 말한다. "여러분이 선택만 한다면 나이나 환경에 상관없이 인생의 황금기가 바로 여러분 앞에 펼쳐질 것이다. 왜냐하면 여러분의 잠재력 중 90%가 아직 개발되지 않았으며 사용되고 있지 않을 뿐 아니라 발견조차 되지 않고 있기 때문이다. 이는 우리에게 믿어지지 않을 만큼 아주 좋은 뉴스이다."

개척되지 않은 90%의 잠재력을 희망으로 만들어 삶을 진보시켜야 한다.

욕망은 만족을 몰라 더 많은 것을 갖기를 원한다. 욕망은 비교에서 오고 비교에는 끝이 없다. 철학자 쇼펜하우어는 "사람은 자신이 소유하고 있는 것에 대해서는 좀처럼 생각하려 하지 않고 늘 부족한 것에 대해서만 생각한다"고 말한다. 인간의 속성은 가진 것에 대한 만족보다 가지지 못한 것에 대한 불만이 더 크다. 이미 가진 것에 대해서는 잊고서 가지지 못한 것에 대해 항상 부족함에 시달리며 산다.

앨버트 엘리스의 비교 이론에서 행복과 불행은 우리의 삶에서 일어나는 사건들보다 그에 대한 인지적 해석에 달려 있다고 말한다. 즉 인간은 자신의 상태를 어떤 기준에 비교해 우월한 감정을 느낄 때 행복감을 느낀다는 것이다.

비교 대상에서 자신의 현재 상태를 타인과의 비교에서 존재감이 우월했을 때 더 높은 행복감을 느낀다. 중요한 것은 비교에서도 상향 비교가 아니라 하향적 비교가 자신의 행복을 위해 더 도움이 된다는 것이다.

미국 노스캐롤라이나대학교 바버라 프레드릭슨 교수팀이 만든 '행복의 방정식'에서 "삶의 긍정적 요소와 부정적 요소의 비율이 2.9대 1이상이 되어야 한다"고 말한다. 즉 기분 좋은 일이 나쁜 일보다 3배는 되어야 행복감을 느끼며, 좋은 일보다 나쁜 일이 훨씬 오랫동안 영향을 미친다는 것이다.

긍정적 사고를 위해 감사와 배려가 일상이 되어야 한다. "사람이 얼마나 행복한가는 감사의 깊이에 달려 있다." 존 밀러의 말처럼 감사하는 마음이 삶을 여유롭게 한다. 정신치료전문가인 뉠러. C. 넬슨도 말한다. "감사는 가정이나 직업에 대한 만족함과 기쁨을 증가시킴으로써 인간관계를 향상시키고 사랑이 넘치도록 만들며 갈등을 해소하고 협력을 도모하도록 한다. 진심으로 하는 감사는 아무리 힘든 상황도 견디게 하는 힘이 있다. 따라서 삶을 획기적으로 마치 기적처럼 불가능한 것을 가능하게 만든다."

세상은 보는 관점에 따라 우리 앞에 나타나는 세상은 달라진다. 부정과 긍정은 마음의 창으로 비치는 반영이다. 대상은 자신이 보고자 하는 대로 보인다. 부정적으로 보면 부정이 되고, 긍정적으로 보면 긍정이 된다.

현실은 내 마음의 반영이다. 행복한 삶을 위해 내가 먼저 긍정적으로 변해야 한다. 긍정과 감사의 마음으로 세상을 볼 때 그렇게 변한다. 감사와 긍정은 행복한 삶을 위한 꼭 가져야 할 덕목이다.

2
감사는 마음이 하는 화장이다

🌿

"인간의 매력 중 가장 큰 매력은 웃는 얼굴이다"

- 브라이언 트레이시

사람과의 좋은 관계는 삶을 즐겁게 한다. 관계에서 인사는 상대에 대한 인정과 관심의 표현이다. "동물 중에 웃는 것은 인간뿐이다." 아리스토텔레스의 말이다. 하루에도 수없이 인사를 나누며 산다. 마주침에 대한 인사에서부터, 전화, 이메일, 편지, 문자 등 다양한 방법으로 인사를 나눈다. 진심이 담긴 인사는 호감을 주고, 호감은 긍정적 피드백이 되어 관계를 두텁게 한다. 다음은 미소와 관련된 격언이다. "아무리 주어도 줄지 않는다. 그러나 받는 자는 풍부해진다. 어떤 부자라도 이것 없이는 결코 풍요로울 수 없으며, 어떤 가난뱅이도 이것으로 하여금 풍부해진다."

첫인상을 결정짓는 인사는 그 첫인상이 바뀌는 데 60일 걸린다고 한다. 만남에서 첫인상이 얼마나 중요한가를 알 수 있다. 무표정의 화장

174

한 얼굴보다, 화장하지 않아도 환하게 웃는 얼굴이 보기 좋고 아름답다. 뉴욕에 있는 한 백화점에서는 여점원을 채용할 때 학력이나 조건보다 사랑스러운 미소를 지닌 여성을 택한다고 한다.

미소 띤 얼굴은 상대를 편안하게 하고 열쇠 없이 상대의 마음을 열게 한다. 미소가 담긴 인사는 긍정적 삶을 사는 훌륭한 기술이다. 마음을 밖으로 표현하지 않으면 서로의 마음을 알 수 없다. "활짝 핀 꽃도 인간의 미소만 못하다. 미소 짓지 않는 얼굴은 줄기에 매달린 채 말라버린 꽃봉오리와 같다." 헨리 워드비처의 말이다.

감사 습관을 위해 필요한 다섯 가지다.

첫째, 긍정적인 사고를 갖는다.

둘째, 작은 것에 감사한다.

셋째, 내 주변에 감사한다.

넷째, 연습이 필요하다.

다섯째, 습관으로 만들어야 한다.

성공한 사람들은 자신의 성공에 '좋은 인간관계'가 있었다고 말한다. 나에게 관심을 보이고 나에게 호의적인 사람을 누구나 좋아한다. 자기에게 관심을 가져주는 사람에게 호감을 느낀다. 종업원의 친절이 매출을 결정한다는 말이 있다. 종업원의 친절이 단골고객을 만든다. 감사란 삶을 행복하게 만드는 가장 쉬운 방법이다. 감사습관을 만드는 것은 삶을 윤택하게 사는 지름길이다. 이벤트성 행사에 대한 감사가 아니라 사소한 것에 대해 감사할 수 있을 때 삶이 행복하다.

감사가 뿌리내리면 생활 자체가 감사가 되고 점점 감사할 일이 많아진다. 삶의 만족감도 높아진다.

감사에는 연습이 필요하다. 감사하다 보면 감사에 익숙해져 자연스러워 지고 몸에 밴 습관은 삶을 건강하게 만든다.

나의 이미지를 짧은 시간에 잘 드러내는 것이 감사다. 감사하는 습관이 몸에 배인 사람은 행복한 사람이다. 가진 것에 감사하고, 사소한 것에 감사할 줄 아는 마음의 여유가 삶을 풍요롭게 한다. 마음이 삶의 의미로 충만할 때 행복하다. 감사는 더 많은 감사와 만나게 하는 행복으로 가는 연결 통로다. 오늘 하루를 경이롭게 바라볼 수 있는 순수한 호기심과 새날에 가슴 설레는 감정으로 시작할 수 있다면 삶은 늘 새롭다. 행복의 반대가 나태와 불만이다.

지금의 삶이 만족스럽지 않다면 나를 돌아봐야 한다. 왜 그런지 내 마음을 살펴야 한다. 마음을 두고 데일 카네기의 말이다.

"똑같은 부자로써 조건이 비슷해도 한 사람은 행복하고 한 사람은 불행하다. 그것은 이들의 마음가짐이 다르기 때문이다."

대상을 어떤 마음의 시선으로 바라보느냐에 따라 행복이 되고, 불행이 되기도 한다. 행복은 자신의 마음의 창에 따라 달라 보이기 때문이다.

보이는 세상은 마음의 창에 비치는 거울이다. 부정과 긍정은 마음의 선택에 따라 결정된다. 내가 행복하고 불행한 것은 내 마음의 반영에 지나지 않는다.

부정적으로 보면 부정의 이유가 있고, 긍정적으로 보면 긍정의 이유가 있다. 어떤 방향으로 볼 것인지 마음이 중요하고, 긍정의 이유를 찾아야 한다. 마음을 다스릴 수 있을 때 좋은 인생을 만들 수 있다. 로빈 샤르마는 『나를 발견한 하룻밤 수업』에서 말한다.

"마음을 지속적으로 단련시키지 않으면 약해진다. 근육을 단련하려면 지속적으로 운동을 해야 하듯 마음이 놀라운 일을 하려면 훈련을 해야 한다." 긍정적 마음을 위해 단련해야 할 필요가 있고 그는 말한다.

"인생에서 교훈만 있을 뿐 실수 따윈 없다. 부정적인 경험 같은 건 없고, 성장하고 배우고 자기 극복의 길을 나아갈 기회만 있을 뿐, 고생에서 힘이 나오고 고통까지도 훌륭한 스승이 될 수 있다." 긍정적으로 보려는 마음이 중요하다. 그렇게 되기 위해 나와 대척한 상황을 어떻게 긍정적으로 바라볼지 주관적 긍정의 시각의 힘이 필요하다.

남보다 더 나은 것이 우월한 것이 아니라 진정한 우월은 예전의 자신보다 지금의 자신이 우월해지는 데 있다. 외연의 변화가 아니라 내면으로부터 변화가 중요하다. 타의에 의한 인위적 변화가 아니라, 자발적 동기에 의한 내면의 변화가 오래 지속할 수 있고 자신의 것이 될 수 있다. 변화한다는 것은 살아있다는 것이고, 살아있는 것은 모두 변화한다.

시간의 흐름에 따른 변화는 쇠락이다. 앞으로 나아가지 않으면 쇠락할 수밖에 없다.

변화는 두려움의 대상이 아니라 스스로 맞서 극복해야 할 과정이다.

"자신이 주인이 되지 못하는 사람은 그 누구도 자유롭지 않다." 에픽테
토스의 말이다. 자신이 주인 되는 삶을 위하여 자신과 경쟁할 수 있어야
한다.

내일이 있다는 핑계로 오늘을 낭비해서는 안 된다. 내일 잘 사는 것
을 기다릴 것이 아니라, 오늘 하루 온 힘을 다해 살아야 한다. 오늘 하루
생의 마지막 날처럼 살 수 있을 때 생의 마지막 순간에서도 후회하지 않
는다. 죽음조차 준비된 사람에게는 축복이 될 수 있다. 감사는 사랑이
자라는 비옥한 대지라면 행복은 거기에서 핀 꽃과 같다. 척박한 땅에서
는 생명이 자라기 힘들지만 비옥한 땅에서는 온갖 생명들이 자란다. 감
사로 가슴을 채울 때 삶이 비옥해지고 행복해진다.

"행복해지는 일이 인생의 유일한 목적이다. 그리고 하루 몇 번 미소
짓느냐가 인생의 유일한 척도다." 스티브 잡스와 함께 창업 시절 인생
의 동반자였던 스티븐 워즈니악의 말이다.

자신의 감정을 드러내어 감사할 때와 상대를 진정으로 칭찬할 때 스
스로도 기쁨을 느낀다. 자신의 마음을 찬찬히 들여다보라. 감사와 함께
칭찬은 마음을 기쁘게 한다. 거짓이든 진실이든 칭찬을 받으면 뇌가 쾌
락을 느낀다는 것을 인제대학교 서울병원에서 발표했다.

거짓인 줄 알면서 칭찬을 받은 뇌와 진짜라고 믿고 칭찬을 받는 뇌의
비교연구에서 쾌락을 관장하는 부위가 똑같이 활성화되었다. 진실과
거짓 관계 없이 칭찬은 마음을 즐겁게 한다. 내 감정이 즐거우면 남에게

전염이 된다. 자신이 만든 기쁨은 혼자이지만 표현하면 모두의 것이 된다. 내가 먼저 감사하며 긍정적으로 좋은 생각과 말을 해야 한다.

뇌과학에서 웃으면 복이 온다는 근거를 발견했다. 표정을 만드는 근육은 뇌신경과 직접 연결되어 있어 '웃음 근육이 수축되기만 해도 뇌는 웃는다'로 판단한다는 것이다. 정서에 있어서도 부정적 정서는 외부 권위에 순응적이지만 잘 웃는 사람은 환경의 지배를 덜 받는다는 것이다.

기쁨과 슬픔, 분노와 짜증 등 모든 감정에는 자신의 해석이 포함된다. 사건에 대한 자신의 해석에 따라 감정이 결정된다. 내가 그것을 어떻게 볼 것이냐에 따라 상황은 달라진다. 감정도 마음의 작용에 의해 생긴다.

단풍이 곱게 물든 산길을 기분이 한껏 고조되어 걷는다. 한눈을 파느라 돌부리에 치여 넘어졌다. 무슨 일이 있었느냐 듯이 손을 털고 보던 단풍을 다시 보며 가던 길을 간다. 만일 누가 뒤에서 밀었거나 발을 걸었다면 어떻게 되었을까?

똑같이 넘어졌지만 자신의 마음에 따라 생각이 달라진다. 감사하는 마음은 부정이 아니고 화가 아니라 사랑과 배려다. 이해로서 응답하는 것이다. 라디오 주파수를 맞추듯 긍정적인 쪽으로 생각을 고정해야 한다. 대상에 대해 그렇게 보려고 연습하면 가능하다. 감사습관은 무엇과도 바꿀 수 없는 무형의 자산이다. 불교에서 무재칠시(無財七施)라 하여 재물 없이 베풀 수 있는 일곱 가지가 있다. 그중 화안시(和顏施)는 밝고 화사한 얼굴이다. 좋은 인상, 웃는 얼굴은 재물 없이 베풀 수 있는 보시다. 마음을 감사와 긍정으로 채울 때 행복하다.

3
행복은 감사에 비례한다

🌿

감사의 크기에 따라 행복의 크기가 결정된다.
- 밀러

경쟁에서 승자와 패자는 있기 마련이다. 생존의 현장에도 경쟁은 항상 있다. 동료가 경쟁 상대가 되기도 하고, 친구가 경쟁상대가 되기도 한다. 경쟁하지 않는 블루오션의 세상에서 살기를 원하지만 현실은 그렇지 못하다. 경쟁에서 밀리고 일에 실패했을 때 실의와 절망에 빠진다. 삶은 눈에 보이는 것이 전부가 아니다. 물질이 행복의 기준이 아니라는 것을 머리로는 생각하지만 현실은 비교 욕구에 목말라 있다.

심리학자 벤 보벤의 연구에서 소유와 삶의 의미에 대해 조사했다.
2,000년, 20대에서 60대에 이르는 1,200명을 대상으로 물질을 두고 조사했다. 스스로 행복해지기 위해서 소유한 옷, 보석, 전자제품 등을 가졌을 때의 행복감은 34%였다. 그런데 티켓이나 여행 등 경험을 목적

으로 구매했을 때의 행복도는 57%였다. 소유자체를 위한 구매보다 새로운 삶의 경험을 위한 행위에서 더 큰 행복감을 느꼈다. 물질이 아니라 행동하면서 몸과 마음으로 느끼는 행복을 더 크게 생각했다.

비교에서 만족은 없다. 부자는 더 많이 가진 부자와 비교함으로써 실제 느끼는 행복감은 크지 않다. 지혜로운 비교는 남과의 비교가 아니라 자신의 과거와 비교다. 과거보다 더 나아진 자신의 모습으로 비교하여야 한다.

영국 〈파이낸셜타임스〉는 행복과 관련해 "행복은 돈의 액수가 아니다, 행복은 본인의 소득보다 다른 사람이 얼마나 버느냐에 더 좌우된다"고 했다. 끊임없이 상대와 비교하여 상대적 우위에서 더 큰 만족감을 느끼는 것이 인간의 속성이다.

로또 복권에 125억 원이 당첨 된 캐나다의 노부부가 전액을 기부했다. 캐나다 노바스코샤주에 사는 은퇴한 노부부는 78세인 바롤렛 라지 여사와 남편은 알렌 씨였다. 2010년 상금을 받을 당시 78세였던 그녀는 암에 걸려 화학치료를 받고 있었다. 남편 알렌은 용접공으로, 바올렛은 소매업을 하며 살았다.

소방서, 교회, 묘지. 적십자, 구세군, 병원 등에 골고루 기증하면서, 그녀가 한 말이다. "한 번도 가져보지 못한 것은 절대 그리워하지 않는다. 우리가 얻은 돈은 아무것도 아니었다. 우리에겐 서로가 있다. 돈은 우리의 건강이나 행복을 살 수 없다."

자신이 가진 것에 만족할 때 삶은 행복하다. 주변에 감사할 줄 아는 마음이 행복이다. 캐나다 국민의 행복 만족도는 세계 5위권이다. 이러한 삶의 기준이 삶의 만족도를 높인다.

생텍쥐페리의 단편 「미소」에서 포로의 이야기가 나온다. 전투 중에 포로가 되어 감방에서 죽음의 순간을 기다리고 있었다. 포로는 담배를 피우고 싶었지만 성냥이 없었다. 미소를 띠며 간수에게 다가가 성냥을 빌리게 된다. 감사의 인사를 하고, 담배를 피우며 가족이 있느냐고 물었다. 품속에 간직한 가족사진을 보여주며 가족에 대해 이런저런 이야기를 나눈다. 감옥 문이 열리면서 포로는 탈출한다. 감사 인사가 마음과 마음을 통하게 했다.

실제 미국 연구기관에서 슈퍼마켓을 털다 잡힌 강도들을 상대로 설문조사를 했다. "슈퍼를 털려고 갔다가 털 수 없었던 경우가 있었던가?" 물었다. 95%의 강도가 "종업원과 눈이 마주쳐 인사할 때 도저히 양심상 그들을 위협할 수 없었다"고 했다.

웃음과 감사는 만국의 언어다. 국적을 가리지 않고 통하는 언어가 감사고 웃음이다.

웃음과 관련 한 조사에 따르면 성인들은 평균적으로 하루에 20회 정도 미소를 짓는 반면 아기들은 400회 정도 방실방실 웃는 것으로 나타났다. 건강정보 사이트 '액티브비트닷컴'에서 미소가 건강에 미치는 효과 5가지가 실렸다.

첫째, 엔도르핀을 솟구치게 만든다. 웃는 행동은 기분을 좋게 하고 천연 진통제로 작용하는 엔도르핀과 도파민, 세로토닌의 방출을 촉발시키는 인지적 반응이다. 뇌와 뇌하수체에서 분비되는 엔도르핀은 진통 효과가 있으며 도파민은 뇌 신경세포의 흥분 전달에 중요한 구실을 한다.

둘째, 웃음은 전염된다. 연구에 따르면 웃는 것은 행복감과 즐거운 환경에 대한 자연적인 반사반응이다. 이는 웃는 행동 자체가 행복하게 만들고 다시 행복감으로 인해 웃게 된다는 것이다. 즉 긍정적 선순환이 이뤄지는 것이다.

셋째, 심장건강을 증진시킨다. 스트레스를 극복하는 데 도움이 된다. 연구팀은 169명의 실험 참가자들을 대상으로 3가지 얼굴 표정 중 한 가지를 지어 보이도록 했다. 그리고 스트레스를 증가시키는 상황에서 심장 박동수를 측정했다. 그 결과 웃는 표정을 지을 때 신체의 스트레스 반응이 감소하고 심박수와 혈압이 현저하게 떨어지는 것으로 나타났다.

넷째, 면역력을 강화시킨다, 웃음은 암과 당뇨나 관절염, 몇 가지 자가 면역질환 등 만성질환의 위험을 낮추는 최고의 약으로 꼽힌다. 연구에 의하면 긍정적인 감정과 행복감과 기쁨, 웃음, 미소 같은 기분 좋은 자극은 면역반응을 증가시키고, 뇌가 느끼는 기분 좋은 감정은 면역글로불린의 분비를 증가시킨다. 면역글로불린은 혈청성분 중 면역에 중요한 역할을 하고, 또 항체 작용을 하는 단백질의 총칭이다.

다섯째, 성공으로 이끈다. 인간관계에서 긍정적 관계를 만든다. 좋은 인상은 좋은 이미지를 만들고 좋은 관계로 발전한다.

미국의 유명한 작가이며 강사이기도 한 잭 캔필드는 "행복도 선택이며 그 가운데 가장 잘 알려지고 가장 오래된 방법은 미소를 짓는 것이다"고 했다. 웃음은 '나는 당신에게 적의가 없으며 마음을 무장해제하여 가까워지고 싶다'는 의미를 내포하고 있다. 말하지 않아도 행동의 언어로 보여주는 것이 웃는 얼굴이다.

작은 친절이 삶을 바꾼 경우도 있다. 네바다사막을 빈 트럭으로 가던 젊은이가 길가의 허름한 노인을 발견하여 태워주게 되었다. 라스베가스까지 태워주면서 25센트의 차비까지 주면서 말했다.

"차비에 보태 쓰세요. 몸조심하시고요."

"참 친절한 젊은이군. 명함 있으면 하나주게나."

노인의 말에 청년은 가지고 있던 자신의 명함을 노인에게 건넸다. "멜빈 다마! 이 신세는 꼭 갚겠네. 나는 하워드 휴즈라고 하네."

청년은 멜빈 다마였고 노인은 하워드 휴즈였다.

헤어지고 얼마의 세월이 흘렀을 때 놀라운 일이 생겼다. 신문에 '세계적인 부호 하워드 휴즈 사망'이란 기사와 함께 '휴즈가 남긴 재산의 1/16을 멜빈 다마에게 증여 한다'는 유언장이 공개되었다. 유언장에는 하워드 휴즈가 일생 동안 살아오면서 만났던 사람 중 가장 친절한 사람으로 기록되어 있었다.

'친절한 사람' 이것이 유산을 남겨 주는 이유였다. 유산 총액 25억불 중 1/16인 1억 5천만 달러 우리 돈으로 1천 6백억이 넘는 금액이었다.

무심코 베푼 친절의 결과였다.

행운과 기회는 항상 준비된 사람에게 찾아온다. 남을 배려하는 좋은 습관과 감사할 줄 아는 마음이 좋은 결과를 만든 것이었다.

하루를 시작하면서 스스로에게 감사와 행복의 최면을 거는 습관은 삶을 행복하게 한다. 자극 있는 놀이가 처음에는 즐거움과 행복감이 크지만 시간이 흐를수록 행복지수가 낮아진다. 행복은 경험의 빈도에 의해 처음의 즐거움이 줄어들기 때문이다. 아이스크림을 처음 먹을 때는 달콤한 맛에 행복감을 느끼지만 두 번째와 세 번째의 아이스크림이 주는 행복감은 떨어진다. 행복은 이벤트가 아니라 일상에서 즐거움을 찾아야 한다.

행복은 요란하게 팡파레를 울리며 오는 것이 아니라, 작은 것에 기쁨을 자주 느낄 때 더 행복하다. 영국 건강보험회사인 '부파(Bupa)'가 2,000명을 대상으로 '일상에서 가장 행복한 순간은 언제인가?' 라는 질문으로 설문조사를 했다.

50가지의 문항 가운데 1위를 차지한 문항은 '새 이불을 덮고 잘 때'가 응답자 중 3분의 2였다. 2위가 '얼굴에 햇볕을 쬘 때' 로써 57%가 그렇게 답했다. '부파' 의 폴라 프랭클린 박사는 "사람들은 자신이 언제 행복한지를 잘 알고 있다. 하지만 불행하게도 실제 행복한 순간을 느끼는 사람은 많지 않다"라면서 "기분이 좋으면 건강이 좋아지고 또 행복해질 수 있다"고 덧붙였다. 이 응답에서 행복은 멀리 있는 것이 아니라 내 주변에 있음을 알 수 있다. 행복해지고자 한다면 주변의 소소한 것에서 대상을 따뜻하게 바라보는 시선과 내 안의 긍정적 감정이 합쳐졌을 때 행복해진다.

4
감사는 마음의 여유다

가장 행복한 사람들은 가장 많이 소유한 사람들이 아니라
가장 많이 감사하는 사람들이다. - 빌헬름 웰러

모든 사람을 아군으로 만들 수 없지만 좋은 인간관계는 적을 만들지 않는다. 10명의 선한 친구보다 1명의 적이 더 큰 영향을 미친다. 사람들과 좋은 관계를 위해 감사와 긍정의 습관이 필요하다.

인간관계와 관련하여 카네기 공대에서 졸업생 중 성공한 사람들을 대상으로 성공 원인을 조사했다. 결과는 뛰어난 두뇌와 재능으로 성공했을 거란 일반적인 믿음과는 차이가 있었다. 전문분야에서 성공한 사람은 15%, 나머지 85%는 인간관계였다.

인터넷 채용정보업체 잡링크에서 3,000명 직장인을 대상으로 '퇴사하고 싶은 가장 큰 이유'를 물었다. 33,2%로 1위가 '직장 내 힘든 인간관계'라고 답했다. 인간관계가 우리 삶에 중요한 영향을 미친다는 것을 알 수 있다.

사랑하는 마음과 감사하는 마음은 바늘과 실의 관계와 같다. 아침에 눈 뜨면 새로운 세상과 만날 수 있음에 감사하고, 건강한 몸으로 하루를 힘차게 시작할 수 있음에 감사할 수 있다면 하루는 생기와 활력으로 넘칠 것이다. 활기찬 나의 마음이 긍정적 정서를 만든다. 감사할수록 감사는 메아리처럼 되돌아온다. 비난이나 불만도 마찬가지다. 의식하는 쪽으로 보이지 않는 힘이 끌어당기기 때문이다. 불평불만이 아닌 감사와 긍정의 마음으로 세상을 바라볼 수 있어야 한다. 설령 그것이 최악이었다 해도 바닥에서 치고 올라올 일만 남았다는 희망을 가져야 한다. 그것이 긍정적 마음이다.

나쁜 일은 홀로 오지 않고 좋은 일 또한 홀로 오지 않는다. 긍정적인 마음은 좋은 일들과 연쇄적으로 만날 수 있지만 부정적 생각은 그 반대가 될 수도 있다. 부정이 부정을 부른다. 양자물리학에서 미립자는 사람의 생각에 따라 형태를 달리한다는 것을 실증했다. 눈에 보이지 않지만 생각이 현실이 된다는 사실을 믿고 긍정적인 사고를 가져야 한다.

영국의 정치가이자 전 총리였던 존 메이저는 16세에 학교를 중퇴하고 생활 전선에서 돈을 벌었다. 성공 후에도 서민 밀집지역의 서민식당을 이용했다. 기자들이 총리가 된 그에게 "어떻게 힘들고 어려운 세월을 이겨낼 수 있었느냐?"고 물었다. "그 어떤 상황에서도 부정적인 생각을 하지 않았습니다. 항상 긍정적 생각과 희망을 갖고 일하면 그와 반대되는 것들은 말끔히 사라집니다. 하늘은, 밝은 표정을 지니고 긍정적인 마음을 가진 자에게 복을 내려준다는 것을 나는 배웠습니다." 일관

된 그의 긍정적 생각이 성공의 밑바탕이었다.

펜실베이니아대학 심리학과 마틴 셀리그먼 교수는 말한다. "긍정적인 태도를 가진 사람들이 비슷한 능력의 비관론자에 비해 훨씬 성공할 가능성이 많다."

제임스 앨런은 『생각하는 그대로』에서 "좋은 생각과 행동은 결코 나쁜 결과를 낳을 수 없다."고 말한다.

존 멕스웰은 『자기 경영법칙』에서 "나쁜 생각과 행동은 결코 좋은 결과를 낳을 수 없다. 나쁜 생각은 일을 불리하게 진척시킨다. 평범한 생각은 일을 진척시키지 않는다. 좋은 생각은 일을 다소 진척시킨다. 위대한 생각은 일을 크게 진척시킨다"고 말한다.

생각이 우리 삶에 미치는 영향을 생각한다면 긍정적 사고를 갖기 위해 연습하고 노력해야 한다. 오늘의 나를 만든 것은 결국 지난 시간 내 생각의 결과이다.

자기를 사랑해야 남을 배려할 수 있다.

자신을 사랑하는 마음이 있어야 의미 있는 자신의 삶을 관리할 수 있다. 나를 사랑할 수 있어야 남도 사랑할 수 있다. "당신의 동의 없이는 아무도 당신에게 열등감을 느끼게 만들 수 없다." 엘리노 루즈벨트의 말이다. 자신을 사랑하는 마음은 삶의 의미를 위해서도 중요하다.

단체사진에서 사진 속 많은 인물 중 자기의 얼굴만 찾는다. 자신이 늘 우선이다. 남을 배려하는 마음은 자기애를 넘어 다른 사람도 사랑할 수 있을 때 더욱 빛나고 자신의 삶도 윤택해진다. 남을 배려할 수 있고 남에게 즐거움과 기쁨을 주는 사랑은 자기애보다 한 단계 높은 차원이다.

남을 기쁘게 하면, 그 기쁨이 배가 되어 내가 즐겁다. 배려는 말을 다스릴 수 있을 때 가능하다. 인격은 말에서 나온다. 절제된 말과 행동이 품격을 만들어 주목을 받게 된다. 인격은 스스로 만드는 것이지만 평가는 남이 한다.

감사는 긍정에서 나오고 감사는 자기 사랑에서 나온다. 분노하면서 감사할 수 있겠는가? 자포자기와 자기 멸시에서 감사할 수 있겠는가? 먼저 자기 사랑의 마음이 우선이다.

웃음이 삶에 미치는 영향에 대해 연구사례가 있다.

미국의 인류학자 폴 에크만은 프랑스의 신경학자 뒤센의 이름을 따 사람의 환한 미소를 '뒤센의 미소'라고 불렀다. 뒤센은 인체의 근육을 지도화해 사람이 웃을 때 광대뼈와 눈꼬리 근처에 사람의 표정을 결정짓는 근육을 발견했다.

하커와 켄트너는 캘리포니아 오클랜드 여자 대학인 밀스칼리지에서 졸업생 중 1958년과 1960년생 사진을 대상으로 미소를 추적 조사했다. 30년 동안 추적 조사에서 졸업생 중 50명의 '뒤센의 미소'를 찾아내어 각각 사진의 주인공들이 27세, 43세, 52세가 되는 해에 인터뷰했다. 결과 사진에서 밝은 미소의 여성일수록 중년에서도 더 만족스런 결혼생활을 하고 있었다. 또한 다른 집단에 비해 건강했으며 생존율도 높았다. 결혼생활에서도 더 높은 만족도를 나타냈으며 이혼율도 낮았다. 또한 평균 소득도 뒤센 미소집단이 더 높았다. 결론은 환한 미소의 사람들이 더 행복한 삶을 살고 있었다.

인간의 본성은 자주 접하는 대상과 닮아가는 성향이 있다. 부부는 닮는다고 한다. 얼굴만 아니라 마음도 닮아간다. 사고를 서로 공유하기 때문이다. 행복한 분위기에서는 행복한 감정을 느끼고, 불쾌한 일들로 긴장해 있는 환경은 주변 사람들마저 불안하게 만들고 긴장하게 한다. 환경에 동화되는 경우다.

미국 캠브리지대학교와 네덜란드 에라스푸스대학교 합동 연구팀이 직장인 400명을 대상으로 연구 조사한 결과 악질 상사와 물리적 거리가 가까울수록 중간 관리자의 성격이 닮아간다는 것을 발견했다. 다시 말해 주변 환경에 영향을 받는다는 것이다. 어떤 형태로든 환경의 영향을 받게 된다. 긍정적 사고를 위해서 긍정적인 사람들과 어울려야 하는 이유다.

사람은 태어나 성인이 될 때 까지 20년 동안 보통의 가정에서 14만 번 이상의 부정적, 소극적, 파괴적인 메시지를 받는다. 하루 평균 20회 정도의 이런 메시지에 자신도 모르는 사이 말하는 습관, 버릇, 사고습관이 된다는 것이 작가 모치즈키 도시타카의 말이다. 이러한 습관을 바꾸기 위해서는 의식적 노력이 필요하다. 자기 주도적 의식전환을 통해 긍정적 습관을 만들어야 한다. 감사의 습관, 배려의 습관, 낙관의 습관이 필요하다.

냉소와 무관심이 꽃이 시든 겨울의 정원 풍경이라면 감사의 마음은 향기 가득한 봄정원의 꽃과 같다. 조정민은 『인생은 선물이다』에서 "무슨 감사할 일이 많아서 감사하기보다 감사하는 마음이 흘러 넘쳐 감사하다. 가장 많은 축복을 받은 사람이 감사하는 것이 아니라 가장 많이 감사하는 사람이 가장 큰 축복을 받은 사람이다"고 적고 있다.

감사는 활력과 에너지를 만든다. 좋은 인간관계를 만들고, 스트레스를 완화시켜 면역체계를 강화시킨다. 작은 일에 행복을 느끼게 한다. 내가 먼저 감사하는 마음은 주변에 행복 바이러스를 전파하는 것과 같다. 감사하는 마음은 세상을 밝고 아름답게 한다.

긴 흐름의 인생에서 내가 행복하고 내 이웃도 행복해질 수 있는 세상을 만들기 위해 노력해야 한다. 결국은 나 자신을 위하고 내 이웃을 위하는 일이다. 감사는 마음의 여유에서 온다. 감사할 줄 아는 사람은 마음의 여유가 있는 사람이다. 긍정적인 마음으로 감사하는 순간이 즐겁고 삶이 행복하다.

5
감사는 행복의 다른 이름이다

감사하는 마음은 가장 고귀한 미덕일 뿐만 아니라 다른 모든 미덕의 근원이다.
- 마르쿠스 키케로

정여울 문학평론가의 감사와 관련된 글이다. "그저 늘 거기에 있을 것만 같은 정든 사람들이 사라져버렸을 때 우리는 깊은 상실감을 느낀다. 상실감이라는 질병에 대비하기 위한 최고의 예방접종은 바로 감사다. 평소에 더 많이, 더 깊이 감사할수록 우리는 갑작스런 상실감에 시달리지 않을 수 있다. 감사는 강녕하다고 믿었던 존재들에 스민 무한한 축복을 일깨워준다. 감사는 평범한 식사를 성대한 만찬이 되게 하고 쳇바퀴 같은 일상을 눈부신 기적으로 만든다." 감사할 줄 아는 사람은 행복하다. 고통과 슬픔 속에서도 내가 나에게 감사하고 너에게 감사할 때 세상이 아름답게 보인다. 그래서 감사는 행복의 다른 이름이다.

2015년 유엔에서 발표한 '2015년 세계행복보고서'에서 조사대상 세계 158개국 중에서 한국이 47위였다. 2013년 41위에서 6단계나 후퇴했다. 상위 5위 속에 캐나다를 제외한 유럽의 4개국인 스위스, 아이슬란드, 덴마크, 노르웨이, 캐나다 순으로 1위에서 5위권에 포함되었다. 경제는 세계 13위권이면서 국민이 느끼는 행복만족도는 경제력에 미치지 못한다.

조사에서 개인적 발전, 타인과의 관계, 사회참여, 건강 등을 목표로 설정한 사람들은 목표에 다가가면서 만족감을 느낀 반면에 부자 되기, 유명해지기, 경력 쌓기, 사회와 가족의 기대에 부응하기 등 외부적 동기가 작용하는 '비본질적 목표'를 가진 사람들은 목표를 이루더라도 더 행복해지지 않았다.

우리나라 사람들이 느끼는 행복감과 만족도가 떨어지는 이유는 추구하는 목표가 비본질적 부분에 치중되어 있다는 것이다. 밖으로 드러나는 성공을 강요하는 사회 분위기와 거기에 부합하려는 개인의 노력 과정에서 좌절과 낭패감 등이 행복을 저해하는 요소가 된다고 보았다. 자신의 원하는 것이 아닌, 타인이 인정하는 목표는 이뤄져도 개인의 만족도는 크게 상승하지 않는다. 도달하고자 하는 목표에 자신이 진정 원하는 것이 없었기 때문이다.

사랑의 말, 긍정의 말, 희망의 말, 감사의 말, 배려의 말은 행복한 삶을 살아가는데 중요하다. 국립생태원장인 최재천 이화여대 석좌교수의 「성공하는 입버릇」에서 "우리 뇌에는 오래된 뇌인 변연계와 새로운 뇌인 신피질이 공존하는데 신피질에서 어떤 생각을 하느냐에 따라 변연 계가 우리 몸의 생리를 그에 맞게 조율한다. 또한 우리는 동물과 달리 생각을 말로 내뱉는 순간 귀가 듣게 되고 다시 뇌로 전해 효과가 가중된 다. 실패하는 입버릇에서 성공하는 입버릇으로 바꾸는 순간 인생이 180 도 달라진다"고 말한다.

속담에 '말이 씨가 된다'는 말이 있다. 좋은 말로 좋은 씨앗을 뿌렸을 때 좋은 열매를 맺을 수 있다. 좋은 말, 성공의 말, 건강의 말을 뿌려 개 인과 세상이 함께 건강해야 사회가 발전한다. '뿌린 대로 거둔' 자연의 법칙은 변하지 않는 준엄한 진실이다. 희망의 씨앗과 비관의 씨앗에서 무엇을 선택할 것인가?

긍정이 환자들에게 미치는 영향을 분당서울대병원 관절센터 공현식 교수팀이 만성 테니스 엘보 환자 91명을 1년간 추적 조사했다. 테니스 엘보는 팔꿈치 바깥쪽 힘줄이 손상돼 통증이 생기는 질환이다. 조사결 과 긍정적인 환자들은 통증도 잘 극복하는 것으로 나타났다. 환자들을 2개 그룹으로 나누어 한쪽은 '힘줄이 일시적으로 약해졌다', '회복 가 능하다'는 등 긍정적인 용어로 질환을 설명하였고, 다른 쪽은 '힘줄이 파열됐다', '영구적이다' 등 부정적인 용어를 사용하여 설명했다. 조사 결과, 부정적 태도를 가진 환자군은 질환 대처능력 지수가 1년간 33% 향상 되었다. 반면에 긍정적인 환자군은 55%나 향상됐다. 통증 개선에 서도 차이를 보였다. 긍정적인 환자군은 50%, 부정적인 환자군은 32%

개선됐다. 긍정적 환자들은 부정적인 환자들에 비해 50%이상 향상되었음을 알 수 있다. 의사들도 '긍정적인 태도를 가지는 것이 필요하다'고 말한다.

짐 스티븐즈는 "고마워하라. 감사하는 태도를 연습하라. 고마움은 주어진 환경보다 자신의 태도에 의해 좌우된다. 가지지 못한 것에 대한 아쉬운 마음이 들 때마다 지금 가지고 있는 것에 대해 신에게 감사하라"고 말한다.

내 안을 긍정적 생각으로 채울 때 감사가 밖으로 드러난다. 우리의 환경은 긍정보다 부정적인 환경에 많이 노출되어 있다. 사고가 부정적이면 기회와 성공이 비집고 들어 올 틈이 없다. 웃음이 전염성이 있듯이 불평과 불만 역시 주변 사람들까지 전염시킨다. 사람이 환경의 지배를 받는 이유다. 삶이 힘들어 부정적인 것이 아니라 부정적인 생각 때문에 삶이 힘들어진다.

인생은 자신이 생각하는 방향, 원하는 방향으로 나아간다. 부정적인 생각보다 긍정적인 생각이 필요하고, 작은 일에도 감사하는 마음이 있어야 한다. 감사의 궁극적 목적은 행복한 삶이다. 남과 더불어 기뻐할 수 있을 때 주변과 세상이 행복하게 변한다. 가치의 중심은 언제나 자신이지만 더불어 함께이다. "화목한 가정에서 태어난 건 죄가 아니지만 당신의 가정도 화목하지 않은 건 당신의 잘못이다." 빌 게이츠의 말이다. 화목하고, 사랑하고, 감사하고, 배려하는 마음이 행복의 문을 여는 열쇠다.

말을 다스려라.

범사에 감사가 습관이 될 수 있도록 연습이 필요하다. 긍정적 사고의 중심에는 긍정적인 말이 있다. 말을 어떻게 사용하느냐에 따라 삶이 달라진다. 부정적인 말은 부정적인 상황을 부르고, 긍정적인 말은 긍정적인 결과를 가져온다. 매일 사용하는 말이지만 자신과 나누는 대화에서도 스스로를 일으켜 세우기도 하지만 주저앉게도 한다. 말속에 운명을 바꾸는 힘이 있다. 사랑의 말, 희망의 말, 긍정의 말, 칭찬의 말, 격려의 말, 배려의 말, 감사의 말을 사용하면 삶이 행복해진다

사람은 말의 주인이다. 말은 잘 다스려야 할 하인이다. 말의 노예가 아니라 말을 다스릴 수 있을 때 말의 주인이 될 수 있다. 감사의 마음을 말과 행동으로 표현할 수 있을 때 세상이 아름다워진다.

우리의 뇌 안에는 모르핀보다 5배나 강한 뇌 내 모르핀을 만들 수 있는 공장이 있다. 뇌 모르핀은 오로지 우리가 남을 위하고 공동체를 먼저 생각하고 내 이웃을 위해 도움이 되었을 때 분비된다. 뇌 모르핀을 만들어 남을 위해 봉사하고 헌신하는 세상이 되었을 때 세상은 살 만한 곳이 된다. 이타적인 마음으로 살 수 있다면 세상은 복음 가득한 낙원이 될 것이다.

"감옥과 수도원의 공통점은 세상과 고립되어 있다는 점이다. 다만 차이가 있다면 불평을 하느냐 감사를 하느냐의 차이가 있을 뿐이다. 감옥

이라도 감사를 하면 수도원이 될 수 있고 수도원이라도 불평을 하면 감옥이 될 수 있다." 미국의 데이비드 목사의 말이다.

어느 곳에 있느냐가 중요한 것이 아니라 어떻게 생각하느냐가 중요하다. 긍정과 부정에서 마음이 어느 방향으로 향하느냐가 중요하다. 불평과 불만이 아니라 긍정과 희망으로 생각을 바꾸어야 한다. 감사는 비교에서 얻는 감사가 아니라 내가 가진 것, 잃은 것보다 내게 남겨진 것, 내게 주어진 것에 감사할 때 진정한 감사를 느낄 수 있다. 건강한 모습으로 살아있는 오늘에 감사해야 한다. 감사할수록 행복하다. 감사는 행복의 다른 이름이다.

제6장

존재

가치 있는 삶은 죽음조차 초월한다

1
가슴 뛰는 삶이 설렘과 열정을 만든다

홀로 있을 수 있는 능력을 가진 사람이야말로 진정 행복한 사람이다
홀로 있는 시간, 홀로 하는 여행, 홀로 무엇을 하는 시간에도 행복을 느끼는 사람이
진짜 행복한 사람이다. - 사라 밴 브레스낙

1990년대 중반 나에게 급경사에서 차량이 추락하는 사고가 있었다. 30도 가까운 경사지를 20미터가량 추락했다. 추락하는 순간 정신이 아득했지만 순간적으로 '이대로 죽을 수 없다' 는 생각을 했다. '집안의 대를 이어야 한다' 는 절박한 생각과 함께 핸들을 힘껏 잡았다. 정신을 차려보니 차에서 튕겨져 나와 시멘트 배수로 바닥에 팽개쳐 져 있었다. 차는 부서져 폐차 처리되었다. 코와 얼굴에 찰과상을 입어 붕대로 감싼 채 일주일간 통원치료를 받아야 했다.

30대 중반까지 딸 셋에 아들이 없었다. 소종문의 종손으로, 손자를 간절히 원했던 연로하신 부모님의 바람을 아는지라 마음이 쓰였다. 아내는 지극 정성으로 팔공산을 찾아 정성을 다했다. 지금이야 아들보다 딸을 더 좋아하는 세상이 되었지만 당시에는 아들에 대한 선호도가 높

았다.

　큰 사고를 당하고도 사고의 의미가 자신의 삶에서 무엇을 의미하는
지 몰랐다. 상처는 회복되었고 삶은 전과 같은 일상으로 되돌아가 있었
다. 생사와 관련된 큰 사고였지만 삶에 변화가 없었다. 지금 돌아보면
자신의 삶을 각성하라는 하늘의 경고가 아니었나 하는 생각이다.

　많은 시간이 흐른 지금은 사고 이후 두 번째 인생을 살고 있다는 생
각으로 삶에 최선을 다하기 위해 노력한다. 새롭게 삶을 시작하겠다고
결심하기까지 20여년이 지났다. 하늘이 준 경고를 알지 못했던 무지를
생각하면 지각없이 보낸 시간에 후회가 남는다.

　간절한 바람 탓인지 넷째는 아들을 낳았다. 아들에 대한 바람은 이루
었지만 진정한 자신의 삶에 대해 중요한 것은 잊고 있었다. 삶에 대한
목표가 없었다. 목표가 없다 보니 나아가야 할 방향이 없었다. 가슴을
채울 열정과 치열함이 없었다. 인생에서 어디쯤 왔는가? 어디쯤 가고
있는가? 지금 가고 있는 길이 올바른 길인가? 를 돌아보는 성찰이 없었
다. 중요한 것은 한번 뿐인 인생을 "가슴 뛰는 삶을 살아야 한다"는 것
을 몰랐다는 것이다.

　호적에 할아버지, 아버지가 계셨고 그 위에 증조부 고조부가 계셨기
에 오늘의 내가 존재한다. 역사는 단절이 아니라 이어짐이고, 우리는
바다 위 독립된 섬이 아니라 산줄기를 이루며 뻗어내린 한 줄기 산맥과
같다. 강물처럼 면면히 흐르는 것이 역사라면 오늘의 나 역시 역사의 한

부분이다. 중요한 것은 내 삶 속에 진정한 내가 없었다는 것이다. 매월 받는 월급과 한 달이란 시간을 맞바꾸었다. 가족이 생기면서 부양의 부담은 점점 더 커졌다. 나란 존재는 무엇인가? 장구한 흐름의 강물을 만드는 한 방울의 물방울 의미조차 안 된다는 것인가? 그렇지 않다. 광대한 우주의 주인으로 살 자격이 있고, 주인처럼 당당해질 권리가 있다.

주인이라면 주인답게 자신의 삶에 대해 책임질 수 있어야 한다. 자신에게 주어진 삶에서 꿈을 실현하기 위해 노력하는 사람이 있는가 하면, 삶을 덤으로 생각하여 평범하게 사는 사람도 있다.

2015년 세계에서 생존인물 중 존경받는 여성으로 할리우드 배우 안젤리나 졸리가 뽑혔다. 남녀 평등 아이콘 1위로 세계에서 존경받는 여성이기도 하다. 그녀의 삶은 자신의 원하는 일을 실천하며 산다. 자신의 자녀 3명과 제3세계 아이들 중 자녀 3명을 입양해 키운다. 국제연합 아동기금(유니세프)친선대사와 전쟁터의 난민 특사로 활동하면서, 국경을 가리지 않고 지구 구석구석에서 구호와 봉사활동을 하고 있다.

그녀의 성장기는 순탄치 않았다. 부모의 이혼과 아버지와의 불화, 우울증과 마약복용, 방탕한 연애, 불행한 결혼 등으로 삶이 힘들었던 시절이 있었다.

"위험을 감수하며 새로운 것을 탐험하지 않으면 행복을 느끼지 못한다. 마치 우리에 갇힌 듯한 기분이 든다"고 말하는 그녀는 젊은 날의 방황과 좌절 그리고 갈등과 시련이 삶을 성숙시켰다. 새로움을 추구하는 자유와 인간의 본성에 대한 자각이 지금의 그녀를 만들었다.

삶에서 미래를 향한 목표와 방향성이 중요하다. 꿈을 향해 나아갈 것인가? 아니면 주어진 현실에 만족할 것인가 선택이 필요하다. 현실은 과거 선택의 결과다. 익숙한 것은 편하다. 익숙함에 빠져 다람쥐 쳇바퀴 돌듯 살면 변화는 기대할 수 없다. 익숙한 것에서 한 발자국 물러나 자신을 바라볼 수 있어야 한다. 삶과 죽음조차 낯설게 바라볼 수 있을 때 지금의 자신의 존재를 새롭게 인식할 수 있다. 인간은 깊은 고독에서 진정한 자신과 만날 수 있다.

취업포털 잡코리아에서 남녀 직장인 547명을 대상으로 조사를 했다. "오늘이 삶의 마지막 날이라면 후회되는 것은 무엇인가?" 물었다. 1위를 차지한 53%가 '진정 내가 원하는 걸 하며 살 걸'이었다. 2위는 '사랑하는 사람과 더 많은 시간을 보낼 걸'로 38.8%였다. 3위는 '좀 더 도전해 볼 걸'로 31.6%였다. 인생의 시간은 한정되어 있으며 지나간 시간은 찰나와 같다. 현실은 늘 버겁고 시련과 좌절로 포기하기도 한다. 힘든 순간에서도 자신의 삶을 살아야 한다. 내가 없다면 세상은 의미가 없다. 내가 존재함으로서 우주는 가치가 있다. 남의 눈치에 의한 삶이 아니라 나 자신의 삶을 살아야 하는 이유다.

바둑기사 목진석은 2015년 4월 GS 칼텍스 배에서 우승했다. 2000년 KBS 바둑왕전에서 이창호 9단을 누르고 첫 우승을 한 지 15년 만의 우승이었다. 바둑 외길을 걸어오면서 15년이란 장구한 세월 동안 우승을 기다렸다, 10~20대가 주류를 이루는 한국 바둑계에서 나이 35살이라면 일선에서 물러날 나이지만, 바둑이란 외길을 포기하지 않은 집념에 마음이 숙연해진다. 우승 소감에서 "작년에 9연패(連敗)를 했다. 가장 긴 연패였다. 승부를 해나갈 수 있을까 자신이 없었다. 그런데 이렇게 우승했다. 한없이 기쁘다"라며 북받치는 감정을 이기지 못해 안경 너머로 눈물을 훔치는 그에게 우승의 의미는 남달랐을 것이다.

"한없이 기쁘다"는 그 말속에는 '우승을 향한 간절한 목마름과 우승의 진정한 기쁨'을 느낄 수 있다. 15년이란 세월은 작은 세월이 아니다. 바둑을 포기하지 않고 15년을 기다려 생애 2번째 우승의 가치가 어떠했을지 미루어 짐작할 수 있다. 살면서 자신을 향해 뜨거운 눈물을 흘릴 수 있을 때 삶의 진정성이 더해진다. 열정이 삶을 뜨겁게 하고, 뜨거운 눈물이 삶을 치열하게 만든다. 젊을 때 흘리는 눈물과 나이 들어 흘리는 눈물이 다르다. 분명한 것은 눈물은 삶을 성숙시킨다. 살아있는 자만이 눈물을 흘릴 수 있다.

마음 힐링으로 편안하게 해주는 혜민 스님은 "너는 이미 존재한다는 것 자체만으로 사랑받을 만한 거야. 세상이 너에게 요구하는 것을 잘했을 때에만 가치가 있는 것이 아니고 이미 그전부터 너는 소중한 존재야"라고 말한다. 존재 그 자체만으로 이유가 되고, 가치가 될 수 있다. 나란 존재가 무시당해도 안 되지만 스스로 무시해서는 더욱 안 된다. 나는 사랑받고 존경받아야 하는 가치 있는 존재다. 무엇보다 스스로 사랑할 수 있어야 한다. 중요한 것은 자신이 가고 있는 삶의 궤적과 정체성을 잊지 않아야 후회하지 않는 삶을 살 수 있다.

문화심리학자이면서 '여러 가지 문제 연구소' 김정운 소장은 늦게 시작한 자신의 그림공부를 두고 "그림을 공부하기로 한 것은 내 인생의 가장 훌륭한 결정이었다. 주체적 삶이란 내가 좋아하는 것을 공부할 때 비로소 가능해진다. '인생의 주인이 되어라!' 라고 무수한 자기계발서들은 한결같이 주장한다. 그러나 구체적 방법론은 제시하지 않는다. 주체적 삶이란 그렇게 주먹 불끈 쥐고 결심한다고 되는 것이 결코 아니다" ……삶의 마지막 순간까지 놓치지 않을 관심의 대상과 목표가 있어야 주체적 삶이다. ……막상 그림을 그리고 글을 쓰고 나면 정말 즐거웠다. 신문에 실린 내 글과 그림이 보고 싶어 항상 새벽잠을 설쳤다. "오! 신이여! 이 글과 그림을 정년 내가 했단 말입니까?"라고 적고 있다.

바람의 딸로 불리는 한비야는 활발하게 세계를 누비며 자신의 일을 찾아 열정으로 산다.

"나는 한 가지 일에 몰두하면 잠은 안 자도 되고, 라면만 먹고 살아도 된다. 한정된 시간과 에너지를 한곳으로 몰아주는 거다. 인생에 아궁이가 다섯 개라고 치자. 장작을 다섯 아궁이에 골고루 나누어 때면 죽도 밥도 안 된다. 한 아궁이에 몰아줘야 가마솥에 물이 끓지 않겠나?" 시작하면 끝을 보고야 마는 근성과 열정이 그녀의 삶을 만들었다.

자신의 일에 설레고 감탄할 수 있으며 내일은 더 나아질 수 있다는 희망이 있는 삶이 가슴 뛰는 삶이다. 가슴 뛰는 삶에는 샘물 같은 열정이 있다. 잠을 설칠 정도의 기다리는 내일이 있다는 것은 행복한 일이다. 열정이 있어야 행동할 수 있다. 같이 꿈을 꾸지만 어떤 사람은 그 꿈을 현실로 만들고, 어떤 사람은 그 자리에 머물려 있는 차이는 행동과 실천과 공상의 차이다. 가슴 뛰는 삶이 설렘과 열정을 만든다.

2
배려가 사랑의 시작이다

명성보다는 자신의 인격에 관심을 둬라. 왜냐하면 인격은 진정으로 내가 누구인지
말해주기때문이다. 그러나 명성은 나에 대한 다른 사람들의 생각일 뿐이다. -존 우든

한때는 존재가 한 점 티끌보다 가벼울 때가 있었다. 세상이 황막해
보이고 절망감에 포위당해 앞이 캄캄한 순간이 있었다. 흐르는 시간에
감정이 녹슬고 마모되면서 궁굴어졌지만, 누구나 거쳐가는 젊은 날 칼
날처럼 예민했던 감성의 촉수가 고통인 시기도 있었다.

사고와 행동의 출발점에는 항상 나란 존재가 우선이지만 존재는 사
람과의 관계에서 의미를 찾을 수 있다. 남을 인정하고 나를 인정할 때
인간관계가 발전한다.

미국 캘리포니아대학교 샌타바버라 캠퍼스 심리학과 연구팀은 376
명을 대상으로 인생 최고의 순간과 최악의 순간에 대해 조사했다. 결과
는 모두 '다른 사람들과의 교감하고 얽히면서 느끼는 감정' 이라고 발표
했다. 혼자서 일궈낸 성공이나 성과보다 누군가와의 멋진 만남, 아름다

운 사랑 등이 최고의 순간이었다면 사랑하는 사람의 죽음, 다른 사람과의 나쁜 관계와 시련 등을 최악의 순간으로 꼽았다.

『성경』에서 "내가 받고 싶으면 먼저 남에게 주라", 『논어』에 "내가 중하면 남도 중하다" "내가 하기 싫은 일은 남에게 시키지 말라"는 말은 인간관계에서 갖추어야 할 기본적인 덕목이다. 서울신학대학교 유석성 총장은 "백 년 앞을 내다보고 추구하는 인재상은 지성과 영성을 바탕으로 한 실천적인 사회봉사형 인재라야 한다. 공부하고 기도해야 하는 이유는 봉사하기 위함이다. 봉사는 사랑의 실천이다. 실천 없는 사랑은 감상주의일 뿐이다"라고 말한다. 사랑은 시간이 흘러도 녹슬지 않는 감정이다. 사랑의 감정이 풍부할수록 삶의 여유가 있다. 세상에 사랑의 감정이 넘칠 때 아름다운 세상이 되고 살 만한 세상이 된다.

"오는 정이 있어야 가는 정이 있다"는 속담처럼 좋은 관계의 출발은 주고받는 것에 대하여 무언의 약속이 시작이다. 받으면 갚아야 한다는 심리적 부담이 일방적 약속을 만든다. 자존심과 관련이 있기도 하다. 받은 것에 감사는 기본이지만 갚아야 한다는 부채의식은 개인 대 개인의 관계에서도 나타나지만 국가와 국가 간에도 나타난다.

상호성원칙의 사례에서, 1985년 멕시코에 지진이 발생했다. 큰 피해를 입었다. 세계 각국에서 구호의 손길을 내밀었다. 세계에서 가난한 나라로 알려져 있던 에티오피아가 5천 달러 상당의 구호금을 보냈다.

에티오피아로서는 작은 금액이 아니었다. 거기에는 이유가 있었다. 1935년 에티오피아가 이탈리아로부터 침공을 받았을 때 멕시코가 에티오피아 편을 들어 준 것에 대한 보답이었다. 사람은 개인이든 집단이든 누군가에게서 호의를 받으면 빚을 졌다고 생각해서 갚아야 한다는 강박관념을 갖게 된다는 것이다. 6·25전쟁 때 참전한 우방국을 잊지 못하는 우리의 마음과 같다. 이런 심리를 이용하여 협상을 할 때 유리한 고지를 선점하기 위해 상대방을 빚진 상태로 남겨두는 방법을 쓰기도 한다.

상호성의 원칙은 사람들이 자신이 받은 호의에 대해 보답해야 한다는 의무감을 느끼는 것이다. 미국 애리조나주립대학교 심리학교수 로버트 치알디니의 저서 『설득의 심리학』에서 설명하고 있다.

문제해결을 위한 방법으로 첫째, 문제를 다른 각도에서 보는 시야를 길러라. 둘째, 칭찬을 맞춤형으로 개인에 맞게 하라. 셋째, 접대를 하지 말고 대접을 하라고 말한다. 대접을 하라는 것은 상대방에 대한 자존감을 세워주는 것이다. 황금을 주고도 상대의 자존심을 건드렸다면 고마워하지 않는다. 외면은 굴종하지만 내면이 반발하는 관계는 실패한 관계다. 문제 해결방법은 고정된 것이 아니다. 가능하면 긍정적인 방향에서 상호간에 이익이 되는 윈윈(win-win)의 방법이 되어야 한다.

말과 행동에는 작은 것에도 신의와 상대를 배려하는 진정성이 있어야 한다. 상대가 주인이 되게 하면 자연스럽게 나도 주인이 될 수 있다. 배려가 자연스럽게 몸에 배이면 사람들과의 좋은 관계로 발전하는 계기가 된다. 인간은 원래 자기 위주의 사고를 한다. 상대가 아니라 나 위주의 사고에 길들어져 있기 때문이다. 자기애보다 한 단계 위가 상대에 대한 배려다.

할 어반은 『인생의 목적』에서 "자기중심적인 생각과 인생을 바라보는 좁은 사고방식을 극복하는 것이야말로 진정한 성장과 성숙이다. 다른 사람을 있는 그대로 인정해 줄 수 있는 마음이 중요하다. 나름대로의 개성과 차이를 인정할수록 우리는 인생에 대해서 더 존경하는 마음을 갖게 될 것이다"라고 말한다.

카네기 공대에서 자신의 실패원인이 무엇 때문이었는지를 실패자 일만 명을 대상으로 물었다. 실패자들의 대답이 놀랍다. 무려 93%가 인간관계 실패가 원인이었다. 나머지 7%만이 전문지식이 부족해서라고 답했다. 동대학에서 조사한 성공의 이유에서 85%가 좋은 인간관계였다는 대답이었다. 실패에서 93%가, 성공에서는 85%가 인간관계였다고 하니 성공한 사람이나 실패한 사람 모두 인간관계가 얼마나 중요한지를 말해주고 있다. 인간관계는 모든 사람의 성공과 관련하여 영향을 미친다는 것을 알 수 있다. 다음은 랄프 왈도 에머슨의 시다.

무엇이 성공인가

자주 그리고 많이 웃는 것

현명한 이에게 존경을 받고 이들에게서 사랑을 받는 것

정직한 비평가의 찬사를 듣고 친구의 배반을 참아내는 것

아름다움을 식별할 줄 알며 다른 사람에게서 최선의 것을 발견하는 것

건강한 아이를 낳든 한 뙈기의 정원을 가꾸든

사회 환경을 개선하든 자기가 태어나기 전보다

세상을 조금이라도 살기 좋은 곳으로 만들어 놓고 떠나는 것

자신이 한때 세상에 머물렀음으로 해서

더 좋은 세상을 위해 도움이 되어야 한다.

한 사람이라도 행복한 인생을 사는 데 도움이 되는 것이 가치 있는 삶이다.

단 한 사람이라도 나를 이해해 주는 사람이 있을 때 세상은 살 만한 곳이 된다. 그런 삶을 위해 개인이 아닌 넓은 시야의 사고 확장이 필요하다.

세상은 더불어 사는 곳이다. 가슴에 측은지심이 있어야 세상을 따뜻하게 바라볼 수 있다. 남을 사랑하는 마음과 스스로를 사랑할 수 있는 자애의 마음이 있어야 한다. 나를 사랑하고 남도 사랑할 수 있다면 사는 곳이 낙원이다.

삶의 변화는 크고 위대한 것에서 오는 것이 아니라 내 주변의 작은 것에서 온다. 배려하고 사랑하는 마음이 충만할 때 삶이 변한다. 배려는 가치 있는 삶을 위해 선순환이 지속적으로 이뤄져야 한다. 내가 우선

이 아닌 상대의 우선의 마음이 사랑의 시작이다. 이런 내 마음이 되었을 때 행복해질 수 있다. 배려가 곧 사랑의 시작이고 행복의 종착지다.

3

주인 되는 삶을 위하여

🌿

긍정적인 것이든 부정적인 것이든 내 삶은 내가 에너지를 쏟고
주의를 기울이는 대상을 자연스럽게 끌어당긴다. -마이클 로지에

삶에서 문제는 항상 있다. 문제의 정답은 사람마다 다르다. 자신의
삶에 정답은 자신이 만들어가기 때문이다. 명화도 작품이 되기 전에는
한 장의 백지에 불과했다. 같은 모습을 그려도 어떤 그림은 명화가 되는
가 하면, 어떤 그림은 불쏘시개로 사라진다. 그림을 그리는 사람에 따
라 그림의 운명이 달라지기도 한다. 우리의 삶도 이와 다르지 않다. 세
상을 어떻게 살 것인지 마음의 선택에 따라 삶이 달라진다.

들판에서 자라는 풀도 저마다의 이름이 있다. 이름이 없어 잡초라고
부르는 것은 아니다. 덜 아름답고, 세상에 알려지지 않았다고 해서 꽃
의 의미가 없는 건 아니다. 만물은 저마다의 이유로 살아간다. 신은 이
유 없이 풀 한 포기도 그냥 키우지 않는다. 하물며 우리 삶은 소중한 저
마다의 의미와 이유가 있다. 의미와 이유를 찾아 행동하는 존재로 살아

야 한다.

철학자이며, 수학자이고, 과학자이기도 한 데카르트는 세상에서 우리의 태도를 두고 세 가지 원칙으로 말한다.

첫째, 자신이 사회에서 가장 보편적인 가치에 복종하고 온건하며 신앙을 굳건히 하고 극단적인 의견의 편에 서지 마라.

둘째, 행동을 취하는 순간에 의연하고 명확한 태도를 취하라. 일단 결정을 내린 다음이라면 완전한 확신을 갖고 그것에 따르라.

셋째, 주어진 운명을 따르기보다 자신의 한계를 극복하기 위해 노력하며, 세상을 바꾸려는 노력 이전에 자신의 그릇된 욕망을 다스리는 데 주력하라.

사회의 보편적 가치에 복종하며 극단적인 의견에 동의하지 말며. 결정을 내렸다면 자신의 한계를 극복하기 위해 노력하고, 그릇된 욕망을 다스리라고 말한다.

인간은 독립된 존재이지만 독립적으로 살아갈 수 없다. 세상과 끊임없이 관계를 맺으며 살아간다. 사회적 균형감각이 필요하고, 자신의 욕망을 통제할 수 있어야 한다. 세상을 바로 볼 수 있는 가치관도 필요하다. 행위의 가치 부재에 대해 결단할 수 있는 용기도 필요하다.

버락 오바마 미국 대통령은 변화를 우리 자신이라고 말한다. "변화는 우리가 누군가를, 무엇인가를 기다린다고 해서 찾아오는 것이 아니다. 우리 자신이 우리가 기다리던 사람이고 우리가 바로 추구하는 변화이다." 모든 변화는 우리 자신으로부터 비롯되며 우리 자신이 변화의 주체이고 종결자이다.

'최선을 다한다'는 말에 대해 『태백산맥』의 조정래 작가는 "최선이라는 말을 함부로 쓰지 말라. 최선이란 자기의 노력이 스스로를 감동시킬 수 있을 때 비로소 쓸 수 있는 말이다"고 말한다.

자신의 삶을 감동시킬 수 있도록 스스로에게 최선을 다한다는 것은 자신의 내면이 충만했을 때를 말한다. 사회적 인식의 가치기준을 떠나 스스로 만족해야 한다. 삶에서 후회는 피할 수 없지만 더 나은 삶을 살기 위해 선용해야 한다.

조정민은 『인생은 선물이다』에서 말한다. "때늦은 후회라도 돌이키는 것이 가던 길 계속 가는 것보다 낫습니다. 하루를 살아도 방향이 옳고 순간을 살아도 영원의 시간을 걷기 시작하면 결코 늦지 않습니다. 영원은 일등도 꼴찌도 필요 없는 시간입니다"고 말한다.

유럽을 지배한 나폴레옹은 "내 생애 행복한 날은 6일밖에 없었다"고 했지만 보지도, 듣지도, 말하지도 못한 헬렌 켈러는 "내 생애 행복하지 않은 날은 단 하루도 없었다"고 했다. 삶을 바라보는 관점에 따라 행복이 되기도 하고 불행이 되기도 한다. 자신의 삶에 최선을 다할 때 행복하다. 행복은 스스로 마음의 반영이기 때문이다.

무아마르 카다피 전 리비아 국가 원수의 삶에서 인간의 욕망과 허망함을 떠올린다. 카다피는 철권통치로 리비아를 42년간 다스렸다. 2011년 10월 시민혁명으로 사망하기 전까지 1인 천하로 모든 걸 누렸다. 세상에 부러울 것 없이 42년을 군주로 살았지만 세상을 떠난 지금 몇 년 사이 그가 살던 벵가지의 옛 궁전은 야외 시장터가 되었다. 리비아 수도 트리폴리에 있는 관저도 잡초만 무성한 폐허가 되었다. 생명은 유한하고 권력 또한 일시적이다. 밖으로 드러나는 영화가 아니라 내 안의 가치 있는 삶이 중요하다.

삶의 목적이 무엇인지 존재의 의미에 대한 성찰이 있어야 한다. 욕망을 쫓다 보면 욕망에 매몰되어 진정한 자신의 모습을 잃고 만다. 욕망은 멈출 줄 모르는 고장 난 기관차와 같다. 통제하지 않으면 욕망의 끝을 향해 그 끝이 파국이라 해도 달려간다. 욕망이 소멸되는 순간 삶의 의미도 욕망과 함께 사라진다. 욕망에 휘둘리지 않는 절제된 삶이 필요한 이유다.

마키아벨리는 『군주론』에서 운명을 두고 "운명의 신은 여신이므로 그녀를 내 것으로 만들기 위해서는 가끔은 쓰러뜨리거나 제압할 필요가 있다. 운명은 거리를 두고 망설이는 사람보다 이런 사람에게 승자의 면류관을 씌워준다. 즉 운명은 여자와 같아서 젊은 청년의 편이다. 왜냐하면 혈기왕성한 청년은 좌고우면하지 않고 민첩하고 과감하게 여자를 지배하기 때문이다." 인생의 주인으로 살기 위해 과감한 도전으로 새로운 운명을 만들어야 한다. 도전하지 않으면 꿈을 이룰 수 없다. 불행의 여신이 내 발목만 잡을 리 없고 행운이 여신이 나만 피해 갈 리 없다.

노력은 결과를 배신하지 않는다. 신은 이유 없이 일을 시키지 않는다는 사실을 믿고 노력하다 보면 깜짝 놀랄 결과와 만난다. 그것이 변화이고 자기 발전이다.

삶은 시간이 만들어주는 것이 아니라 내가 만들어가는 것이다. 하루는 흘러가는 것이 아니라 내가 채워가는 것이다. 그것이 자신이 주인 되는 삶의 자세다.

『인버저블』의 저자이면서 언론인인 데이비드 즈와이그가 인터뷰에서 "타인의 인정과 주목을 받는 건 실제 가치보다 훨씬 과장되어 있으며 자기 일에 조용히 매진하면서 깊은 성취감을 얻는 전문가가 되는 게 낫다. 성공인의 세 가지 공통점에서 치밀성과 책임감, 그리고 타인의 인정에 연연하지 않는 태도다. 자신의 일을 훌륭히 해냄으로써 얻는 보상이 남의 이목이나 명성을 통해 얻는 보상보다 훨씬 값지고 오래간다"고 했다.

타인의 시선과 기준이 중요한 것이 아니라 자신이 주인 되는 삶이 중요하다. 10년, 20년, 30년 후를 생각하고, 인생 전체를 생각할 수 있어야 한다. 잠들지 않는 의식으로, 스스로를 감동시킬 수 있어야 한다. 미래를 위한 잠들지 않는 희망으로 마지막에 웃을 수 있어야 한다.

데카르트는 인생은 연극과 같아 그릇된 욕망을 주력해서 다스려야 한다고 말한다. 인생이란 무대에서 주연과 조연 그리고 관객은 자신이 연출하는 모노드라마와 같다. 모든 행위의 주체가 자신이다. 영원한 것은 없다. 무대에서의 한순간은 지나가기 마련이고, 지나간 뒤에는 잊혀진다. 인생이 연극과 다른 점은 재생이 없다는 것이다. 내 인생의 무대는 나 자신에 대한 이야기로, 나 자신에 의해 설명되고 공감되어야 한다.

어쩔 수 없는 현실이나 어떤 절대적인 힘 앞에 무력함과 한계를 느낄 때 사람들은 '운명이다' 라고 말한다. 삶이 지향하는 궤적의 중심에는 자신이 있다. 운명은 절대자의 것이 아니라 자신이 만드는 것이다.

자신다운 삶을 위해서 필요한 것이 자유다. 자유로부터의 부족을 느낄수록 욕망은 들불처럼 번진다. 동물은 먹이 때문에 목숨을 잃고, 인간은 욕망 때문에 삶을 그르치기도 한다. 욕망으로부터의 자유, 돈으로부터의 자유, 일로부터의 자유, 사람으로부터 자유로울 때 제대로 자신의 삶을 돌아볼 수 있다. 하고 싶은 일을 할 수 있다. 자유를 찾는 일은 삶이 끝나는 순간까지 진행형이다.

"삶은 인간만큼이나 말없는 생명체에게도 소중한 것이다. 사람이 행복을 원하고 고통을 두려워하며 죽음이 아닌 생명을 원하는 것처럼 그들 역시 그러하다." 달라이 라마의 생명의 존귀함에 대한 말이다. 인간만이 우월한 것이 아니라 모든 생명은 제 가치를 지니고 있다. 내 자유가 소중하면 남의 자유도 소중하다. 내 생명이 귀하면 다른 생명도 귀하다. 존재 자체가 축복이기 때문이다.

한 송이 꽃, 풀 한 포기에서도 행복을 느낄 수 있을 때 삶은 아름답고 겸손해진다. 이른 봄, 눈 속을 뚫고 나온 복수초의 솜털, 아기의 눈썹에 달린 구슬 같은 눈물방울, 안개 속 풀잎에 맺힌 이슬방울, 불타는 노을, 바다 위에서 청초한 모습으로 솟아오르는 보름달, 목 줄기를 타고 내리는 건강한 땀방울의 모습에서 생명의 아름다움과 환희를 느낀다. 감정이 살아있는 삶이 건강하고 아름답다. 감정이 녹슬지 않을 때 삶은 늘 새롭고 세상은 아름답다. 그리고 모든 생명은 존중되어야 한다.

4
의미 있는 삶을 위하여

사람의 한 생애는 그 어느 것과도 바꿀 수 없는 선물이며 뜻있는 도전이다.
따라서 그것은 다른 무엇으로도 측정될 수 없는 고유한 것이다. - 에리히 프롬

고독은 원초적이다. 혼자만의 시간으로 자신을 돌아볼 때 자신의 진
면목과 만나고 나다운 삶과 만날 수 있다. 살면서 존재 의미를 끊임없이
물어야 한다. 묻지 않으면 답과 만날 수 없다. 자신을 발견하기 위해 끊
임없이 세상의 지혜를 구하고, 진정한 자신을 찾는 연습을 멈추지 말아
야 한다. 생각 없이 반복되는 시간은 평범한 인간으로 삶을 추락시킨
다. 노 없이 강물에 떠내려가는 작은 배처럼 시간의 물결에 떠밀리고 무
리 속에 휩쓸려 존재감을 잃고 만다.

"한 평범한 사람이 무기력과 좌절 속에서 자신을 찾아가는 모습 그것
은 눈물이며 속 깊은 고백이다. 아무도 없는 벌판의 외로움이며 시뻘건
열정이요 자신에 대한 한없는 사랑이다"라고 구본형은 『스스로를 고용

하라』에서 말한다. 자신을 찾기 위해서 스스로 돌아볼 수 있어야 한다. 가슴에 사랑을 채워야 하고, 자신을 사랑하는 마음이 있어야 한다. 모든 사람이 나를 외면해도 스스로 사랑할 수 있어야 한다. 존재에 대한 자긍심이 있다면 어떤 힘든 환경도 헤쳐나갈 수 있다.

평범하다는 것은 무난하다는 것이다. 평범은 당신이 부족해서가 아니라 현실과 타협하여 안주하려는 무기력한 마음이 만든다. 세상은 나만의 가야 하는 길이 있다는 사실을 인정하는 것이 평범한 삶을 벗어나는 첫 번째 관문이다. 지구에서 수십 억의 사람들이 살지만 같은 사람은 한 사람도 없다. 한날한시에 태어난 쌍둥이도 삶은 다르다. 자신의 모습을 창조주의 시선으로 바라볼 수 있을 때 삶이 의미를 가지고 진실해질 수 있다.

"누구도 당신의 길을 대신 가 줄 수 없다. 그 길은 스스로 가야 한다." 휠트 휘트만의 말이다. 자신의 진정한 모습과 마주 서서 스스로의 삶에 책임을 느끼는 순간의 외로움은 피할 수 없다. 원초적인 것으로 그것을 당연하게 받아들여야 한다.

우리는 무엇으로 사는가? 분명한 것은 삶 가운데에 자신이 존재한다는 것이다. 자존감이 상처 입을 때 삶에 상처를 입는 것을 경험한다. 자존감의 상처가 자극이 되어 도약하기도 하고 좌절하기도 한다. 하루에도 수많은 일들을 겪으며 자존감에 상처 입는다. 어떤 상황에서도 감정을 다스려 다시 일어설 수 있는 것이 용기이고, 자신의 존재에 대한 책임이고, 극복해야 할 과정이다.

지금은 세계의 지도자인 반기문 유엔 사무총장은 한때 자존감에 상처를 입어 힘든 때가 있었다. 2001년 4월 무보직으로 외교부차관에서 퇴직하는 문책인사를 당했다. 31년간의 외교부 생활에 종지부를 찍고 한순간에 야인으로 물러났다. "죽고 싶다. 내가 단 한 시간도 나를 위해 쓴 적이 없는데……"라며 가슴으로 눈물을 삼키는 절망의 순간이 있었다. 술로 밤을 새면서 10Kg이나 몸무게가 줄기도 했다. 지나온 삶이 송두리째 무너져내리는 순간들과 마주 서서 자신을 돌아보는 시간을 갖게 되었다. 반 총장만 그랬을까?

이 땅의 수많은 사람들이 평생을 직장을 위해 헌신했지만 어느 순간 회사를 떠나야 하는 순간이 온다. 그것은 죽음처럼 피할 수 없는 과정이다. 반 총장의 고향 선배인 경희대학교 영문과 안영수 교수는 반 총장에게 "이젠 차를 운전해 줄 사람이 없으니 지하철을 타고 다니라"며 지하철 정기권을 사줬다고 한다.

인정하고 싶지 않지만 누구도 삶에서 은퇴는 피할 수 없다. 흐르는 시간은 모든 걸 가져간다. 생명까지도. 지금은 유엔 사무총장으로 막중한 임무를 수행하고 있다. 2001년 당시에는 은퇴자로서 상실감과 자괴감에 힘들었다. 자부심이 강한 사람일수록 느끼는 상실감이 크다. 삶과 현실 사이에서 "죽고 싶다!"는 절망감은 앞만 보며 열심히 산 사람일수록, 절망의 수렁은 깊다. 삶은 눈앞의 순간이 아니라 멀리 내다볼 수 있는 안목과 지혜가 필요하다.

인간은 단순히 생존을 위해 존재하는 것이 아니다. 존재의 이유를 찾아야 한다. 신이 우리에게 내린 소명을 찾아 그 소명을 다할 수 있어야 한다.

세상에서 유일한 내가 왜 평범한 삶을 살아야 한단 말인가? 의미 있는 삶을 위해 나만의 가치를 찾아 최선을 다해야 한다. 세상이 발전하는 이유는 자신의 삶에 의미를 찾아 소명을 다하는 사람들이 있었기 때문이다.

거울 속 얼굴을 보며 물어야 한다. '당신이 진정 원하는 삶은 무엇인가?' 세상에서 유일한 나란 존재가 대견하고 자랑스러워야 한다. 그것이 자존심이고 자부심이다. 자존심은 스스로를 존경하는 마음이고 자랑하는 마음이다.

마사 그레이엄은 현대무용개척자로서 70살이 넘은 나이에도 무대 위에서 춤을 추고 200여 편의 작품을 만들었다. 타임지가 선정한 20세기 가장 위대한 미국인 100명에 선정되기도 했다. 그녀의 말이다. "세상의 유일한 최악은 평범해지는 것이다." 평범함이 최악이라니, 그녀의 치열한 삶에 전율이 있다. 그녀의 말처럼 세상에서 유일한 존재인 나의 삶은 평범이 아닌 다른 무엇이 있어야 한다.

오그 만디노의 '세상에서 위대한 결심 10가지'를 자신의 결심으로 다짐하고 실천한다면 인생은 달라질 것이다.

1. 오늘부터 새로운 삶을 살겠다.

2. 하루하루 충만한 사랑으로 살겠다.

3. 성공할 때까지 싸우겠다.

4. 나는 위대한 창조물이다.

5. 오늘을 내 인생의 마지막 순간처럼 살겠다.

6. 감정의 노예가 아니라 지배자가 되겠다.

7. 오늘 하루를 웃으며 살겠다.

8. 나의 가치를 몇 백배 키우겠다.

9. 나는 즉시 실천하겠다.

10. 오늘부터 기도를 드리겠다.

첫 번째 결심은 오늘 하루는 새로운 날로써 새롭게 살아야 한다. 지나간 어제는 잊고 오늘 최선을 다해 새롭게 산다면 하루는 새롭게 태어나는 것이다. 두 번째 결심은 시간을 낭비하지 않고 내가 원하는 일을 위해 최선을 다하는 자세다. "오늘 하루는 축복이고 기적이다"라는 마음으로 산다.

세 번째 결심은 결코 포기하지 않겠다는 자신과의 약속이다. "나는 성공할 때까지 멈추지 않을 것이며 오늘 하루 생에 가장 중요한 날로 살겠다"는 다짐이다. 네 번째 결심은 이 세상에 유일무이한 존재로서 자존심을 지키며 세상의 주인처럼 살겠다는 것이다.

다섯 번째 결심은 "오늘(present)이라는 선물에 감사하며 오늘을 최후의 순간처럼 살겠다"는 현재에 집중하는 삶이다. 여섯 번째 결심은 나를 제어하고 나를 이길 수 있는 자기극복의 삶을 살겠다는 것이다. 자신을 극기할 수 있는 사람이 정말 강한 사람이다. 일곱 번째 결심은 나의 행복을 위해 즐거운 하루를 보내겠다는 것이다. 오늘의 즐거움이 쌓여 즐겁고 행복한 인생이 된다. 여덟 번째 결심은 목표를 세워 내일을 위해 희망을 갖고 노력한다 것이다. 나만의 브랜드로 살기 위해 어제보다 나은 오늘, 오늘보다 나은 내일을 위해 노력하는 삶이다. "다른 사람의 업적을 능가한다는 것은 중요한 것이 아니다. 내 자신의 업적을 능가하는 것이 더욱 중요한 것이다"라고 오그 만디노는 말한다. 아홉 번째 결심은 백번의 말보다 한 번의 실천이 중요하다. 모든 성공의 뒤에는 행동과 실천이 있었다. 실천하지 않는 이상은 가치가 없다.

오그 만디노는 "비록 나의 행위가 행복과 성공을 얻지 못한다 하더라도 실천하지 않고 생각만 하다가 실패하는 것보다는 일단 실천해 보고 실패하는 편이 낫기 때문이다. 그러나 실천에 옮기지 않는다면 모든 성공의 열매는 없어지고 말 것이다"라고 말한다. 내일은 나태한 이들의 날이고, 현재만이 내가 가진 유일한 시간이다. 지금 시작해야 한다. 열 번째 결심은 기도하는 시간은 자신을 돌아보는 시간이다. 현재의 나를 모른다면 캄캄한 밤길을 가는 것과 같다. 기도에서 부귀영화가 아니라 올바른 길로 인도해 주시길 원해야 한다. 물질이 아닌 올바른 삶을 위한 기도여야 한다. 이루어진 것처럼 감사하는 감사의 기도여야 한다.

진실한 마음의 기도에는 응답이 있다. 감사하는 삶은 감사할 일을 당겨 감사할 일이 자꾸 생긴다. 그것이 유인력의 법칙이다.

5
좋은 인품이 좋은 삶을 만든다

이 세상에서 제일로 놀라운 일은 우리가 언젠가 죽는다는
그 사실을 모두 잊고 산다는 것이다. - 석가모니

미국의 철학자이면서 심리학자인 매슬로우 박사의 5단계 욕구에서
상위 계층욕구에 자아실현의 욕구가 있다. 자아실현의 욕구는 자신의
성장을 통해 자신의 존재 가치를 실현하고자 하는 욕구다. 욕구의 단계
가 올라갈수록 물질과 몸이 주는 만족이 아니라 자아실현이 주는 정신
적 만족으로 변화한다.

동물은 현상조건반응으로 살지만, 사고할 줄 아는 인간은 미래지향
적 욕구를 더 중요하게 생각한다. 존재의 의미를 추구하는 것은 인간만
이 가질 수 있는 정신의 영역이다. 이러한 상승욕구가 개인과 세상을 발
전시킨다.

인정받고 싶어 하는 욕구가 인간을 한 단계 더 발전시킨다. 가족으로

부터, 사랑하는 연인으로부터, 직장에서, 친구와 사회로부터 인정받고 싶은 다양한 욕구들이 삶을 자극하고 성취 동기를 만든다. 세상에서 나보다 확실한 존재는 없다.

미국의 부자였던 록펠러는 불치의 병으로 병원에서 1년을 못 산다고 선고받았다. 돈을 위해 수단과 방법을 가리지 않는 냉혹함으로 많은 사람들의 원성을 들었다. 불치의 병으로 병원에서 시한부 생명을 선고받은 그때 나이가 55살이었다.

휠체어에 의지해 복도를 지날 때 벽에 걸린 액자 속의 한 문장과 만나게 된다. "주는 자가 받는 자보다 복이 있다." 순간 형언할 수 없는 감정에 전율을 느끼며 눈물을 흘렸다. 닫혀 있던 마음의 문으로 한 줄기 따뜻한 기운이 스며드는 듯한 느낌을 받았다. 록펠러의 삶에 전환기가 찾아온 순간이었다.

그 후 세계 최대의 자선사업가로 바뀌어 12개의 종합대학과 12개의 단과대학 그리고 4,928개의 교회를 지어 사회에 돌려주었다. 그리고 98살까지 살았다. 남을 위해 베푸는 과정에서 마음의 행복과 삶의 진정한 의미를 느꼈다. 세상을 위해 자기의 역할이 한 가지씩 늘어날 때마다 진정한 존재의 의미를 느꼈다.

알렉산더 대왕은 "규칙은 그 규칙을 만든 사람이 지배 한다"라고 했다. 창조는 모방에서 출발한다. 내가 잘 살기 위해 다른 사람들의 훌륭한 삶을 따라 배우고 모방할 때 닮아가며 그것에 가까워질 수 있다. 통제에 의한 변화가 아닌 자신의 의지에 의해 실행할 때 변화할 수 있다. 의지로 삶을 통제할 수 있을 때 주도적 삶을 살 수 있다.

자신이 만든 규칙은 자신과의 약속이다. 자신을 제어하기 위해 자신만의 규칙이 필요하다. 순간을 모면하는 일시적인 것은 힘이 없다. 성공한 사람들의 삶에서 그들의 지혜를 배워 내 것으로 만들고 재생산할 수 있어야 한다. 스스로 깨쳐 알려면 오래 걸리고, 도움을 받으면 쉽게 빨리 배울 수 있다.

우리는 한정된 시간에 모든 삶을 다 살 수는 없다. 다른 사람들의 삶에서 배우는 것이 지혜다. 본인을 가장 잘 아는 사람은 자신이다. 내 몸과 마음의 상태는 의사보다 내가 더 잘 안다. 의사는 만인의 병을 치료하지만 나의 이야기를 들어야 합당한 처방을 할 수 있다. 나를 잘 안다는 것은 그만큼 잘 이해하고 설명할 수 있으며 나를 변화시킬 수 있는 주체라는 것이다. 성공한 사람들에게 성공의 방법을 배우고, 실패한 사람들로부터 실패에 대해 배움으로써 앞으로 나아갈 수 있다.

좋은 인격이 좋은 삶을 만든다.

좋은 인격이 좋은 삶을 만든다. 좋은 인격은 하루아침에 만들어지는 것이 아니다. 좋은 습관이 쌓였을 때 좋은 인격이 된다. 인격은 주머니 속의 송곳과 같아 감추어도 밖으로 드러난다(中之錐). 좋은 인격은 말과 행동에 아우라가 있다. 그 사람만의 독특한 분위기를 만들어 좋은 이미

지로 좋은 관계를 만든다. 좋은 인격을 위한 다섯 가지 마음가짐과 행동 지침이다.

첫째, 남에게 베풀 수 있어야 한다.
둘째, 매사에 겸손해야 한다.
셋째, 남을 배려할 수 있어야 한다.
넷째, 말과 행동을 통제할 수 있어야 한다.
다섯째, 행동으로 솔선수범할 수 있어야 한다.

베푼다는 것은 적선 행위다. 베풂을 위대한 마음의 기술이라고도 한다. 남에게 베푼다는 것은 결국 자신에게 베푸는 행위와 같다. 선을 쌓는 집안은 필시 경사가 있다(積善之家 必有餘慶)고 했다.

겸손은 자신을 낮출 수 있는 고도의 마음 기술이다. 돈과 권력과 명예는 교만에 빠지기 쉽다. 어떤 상황에서도 겸손할 수 있는 사람은 강한 사람이다. 삶에서 강력한 무기를 가진 것과 같다. 겸손에는 감사와 배려가 동전의 양면처럼 함께 한다. 배려는 인간관계에서 보이지 않는 접착제와 같다. 좋은 인간관계를 만드는 데 있어 배려하는 마음이 부족하면 완벽한 조건에서도 2%부족이다.

말과 행동이 다르면 제대로 된 인격이 될 수 없다. 전당시(全唐詩)에 구화지문(口禍之門)이라 하여 "입은 재앙의 문이요 혀는 몸을 베는 칼이다 입을 닫고 혀를 깊이 감추면 처해 있는 곳마다 몸이 편하다(口是禍之

門 舌是斬身刀 閉口深藏舌 安身處處牢)"라고 했다.

인간의 뇌세포가 움직이는 데 98% 이상이 말이 지배한다. 보고 느끼는 것의 대부분이 말이 영향을 미친다. 말을 하는 것은 사람이지만 말이 그 사람을 만든다. 말이 우리의 태도와 행동을 결정하게 하고 인격을 만든다. 인격을 바꾸고 싶다면 사용하는 말부터 바꾸어야 한다.

솔선수범은 모든 리더의 덕목이다. 아무나 리더라고 부르지 않는다. 리더로서의 능력과 덕망을 갖춰야 한다. 보스는 남의 희생 위에서 성공을 원하고, 리더는 헌신함으로서 남을 기쁘게 한다. 말이 아니라 행동으로 상대의 마음을 끌어당긴다. 타인이 인정할 때 더 나은 모습을 보여주기 위해 노력하게 되고, 그런 과정에서 리더는 더욱 발전한다. 행복한 삶을 위해 인격을 제대로 갖추는 것이 먼저다.

원광디지털대학교 얼굴경영학과에서 '얼굴 경영학술대회 및 논문집'에서 유명인 얼굴을 분석했다

첫째, 어려운 환경에 처한 보통 사람도 긍정적으로 생각하고 살면 인상이 바뀌고 성공할 수 있다.

둘째, 50년 넘게 해로한 부부는 주름살이 적다.

셋째, 배경이 아니라 감사와 긍정적 마음과 노력이 있었다.

인상을 만드는 데 긍정적 사고와 배려의 마음과 감사의 마음 그리고 개인의 노력이 있었다는 것이다. 이러한 마음의 바탕이 하나의 인품이 되어 좋은 인상을 만들고 성공한 삶으로 이끌었다고 보았다.

우연이란 결코 없다. 극적으로 보이는 반전과 기적처럼 보이는 일들도 원인이 있다. 모든 결과에는 원인이 있다. 흔들리지 않는 신념으로 순간의 즐거움을 유예하면서 희망을 향해 쏟아 부은 열정이 있었다. 후회하지 않는 삶을 위해 자신을 향해 오늘 하루 어떻게 살아야 하는지 진솔하게 물어야 한다.

'내가 진정 원하는 미래의 모습은 무엇인가? 미래의 모습을 현실로 바꾸기 위해 어떻게 해야 하는가? 지금 당장 내가 해야 할 일은 무엇인가?' 나를 바꿀 수 있는 것은 자신뿐이기 때문이다.

내가 변해야 세상이 변하고 미래의 삶이 변한다. 좋은 인격은 좋은 향기처럼 주변 사람들을 기분 좋게 한다. 인격은 인생을 풍요롭게 만드는 무형의 자산이다.

6
미래는 신도 모른다

눈을 감은 사람은 그의 손이 미치는 곳 까지가 그의 세계요,
무지한 사람은 그가 아는 것까지가 그의 세계요,
위대한 사람은 그의 비전이 미치는 곳까지가 그의 세계다 - 폴 하비

삶에 대한 자각 없이 강물이 바다로 향해 흘러가듯 시간에 떠밀려 젊은 날들이 그렇게 갔다. 다수의 사람들처럼 평범한 삶을 살았다. 많은 시간이 흐르고, 남은 시간이 점점 줄어들면서 자신의 정체성에 대한 의문이 들기 시작했다. 자신의 미래는 자신만이 선택할 수밖에 없으며, 결과에 대한 책임도 자신의 몫이라는 걸 깨달았다.

돌아보면 자신의 젊은 날들은 단기 목표에 의해 단절의 시간이 많았다. 목표가 없는 시간은 지향 없이 표류했고, 시간은 무한정인 것처럼 살았다. 경제에 대한 개념도 부족했다. 월급으로 안정정인 현실과 타협했다. 곁에 계시던 부모님이 세상을 떠나도 나만은 죽지 않을 것처럼 살았다. 목표를 가지고 전력투구한 순간도 있었지만 작은 성취에 안주했다. 무지하고 어리석은 날들이었다.

에리히 프롬의 말이다. "인생은 선물이며 도전이다. 다른 어떤 것으로 측정할 수 없는 고유한 것이다. 인생이 살 만한 가치가 있느냐라는 식의 질문은 무의미하다. 만약 손익계산서를 가지고 셈한다면 인생은 결국 살 만한 가치가 없게 될 것이다. 그것은 살아가는 행위 자체이다." 인생을 손익계산서로서가 아니라 한 번밖에 찾아오지 않는 소중한 기회로 보아야 한다.

자연의 모든 생명들은 살아남기 위해 적절한 때에 변화를 준비한다. 가을이면 나무는 겨울을 대비해 잎을 떨구어 생존을 도모하고, 동물들은 식량을 모으며 겨울을 날 채비를 한다. 이처럼 인간도 새로운 삶을 위해 준비가 필요하다. 목표를 세워 임계점을 향해 노력할 때 변화는 찾아온다.

시간은 멈추지 않는다. 편안한 시간과 땀 흘리는 시간도 지나고 보면 순간이다. 하지만 결과는 다르다. 이 순간이 가기 전에 열정으로 살 수 있는 자신의 길을 찾아 변화를 시도해야 한다. 어떤 모습으로 변하든 변할 수 있는 능력과 잠재력을 우리는 내면에 가지고 있다. 그런데도 변화를 시도하지 않으면 십 년이 지나도 지금과 같다. 변화의 주체는 자신이다.

"남을 아는 것은 과연 똑똑하다 할 만하다. 하지만 자기 자신을 아는 것이야말로 진정 밝은 것이다. 남을 이기는 것은 과연 힘이 세다 할 것이다. 하지만 자신을 이기는 것이야말로 진정 강한 것이다. 그 자리를 잃지 않으려 발버둥치면 오래갈 수 있을 것이다. 하지만 죽어도 없어지

지 않는 것이야말로 진짜 오래 사는 것이다." 노자의 『도덕경』에 나오는 말이다

2001년에 에드워즈는 파울볼에 290억 원이 당첨되었다. 당첨 후 방탕한 생활로 당첨금을 다 잃고 12년 뒤인 2013년 호스피스 병동에서 58세 나이로 쓸쓸하게 세상을 떠났다.

마약중독과 절도죄로 인생의 3분의 1을 감옥에서 보냈다. 당첨 후 고급차 벤틀리를 사고, 라스베이거스 카지노에서 일주일 만에 20만 달러를 잃기도 했다. 고급주택을 160만 달러에 사고, 개인 제트기인 '리어제트'를 190만 달러에 샀다. 중세 갑옷과 무기 200여 점을 수집하는 등 돈을 물 쓰듯 썼다. 당첨금 2,700만 달러 중 1년 만에 1,200만 달러를 탕진했다. 나중에는 수도세도 낼 수 없는 형편이 되었다.

이런 사람도 있다. '미국의 샤갈'이라 불리며 극찬을 받은 해리 리버맨은 70살이 넘어 그림을 시작했다. 101살에 22번째 전시회를 열었다.

은퇴를 하여 시니어클럽에서 체스를 두며 시간을 보내고 있었다. 어느 날 그곳의 관리직원이 그와 함께 체스를 두던 친구가 몸이 불편해서 나오지 못한다는 말을 전했다. 실망하는 그에게 직원이 그림을 그려 보면 어떠냐고 했다. "뭐라고? 나보고 이 나이에 그림을 그리라고? 나는 이때까지 그림붓도 구경 못해봤네. 가능한 말을 해야지." 노인은 껄껄 웃었다.

그러자 직원이 말했다. "연세가 문제가 아니라 할 수 없다고 생각하

는 할아버지의 마음이 더 큰 문제인 것 같네요." 그 말에 충격을 받은 해리 리버맨은 그림을 그리기 시작했다. 그는 101살이 되던 해에 22회째 전시회를 하면서 말했다.

"나는 내가 백한 살이라고 말하지 않겠습니다. 다만 백일 년의 삶을 산만큼 성숙하다고 할 수 있지요. 예순, 일흔, 여든, 아흔 살 먹은 사람들에게 저는 이 나이가 아직 인생의 말년이 아니라고 얘기해주고 싶군요. 몇 년이나 더 살 수 있을지 생각하지 말고 내가 어떤 일을 더 할 수 있을지 생각해 보세요. 무언가 할 일이 있는 것, 그게 바로 삶입니다."

삶은 자신이 만드는 것이다.

늦은 때란 없다. 포기하지 않고 지금 하는 것이 후회하지 않는 길이다. 돈은 노력하는 만큼 벌 수도 있지만 시간은 벌 수 없다. 시간은 지금 이 순간이 전부다. 저축할 수도, 남겨 둘 수도 없다. 내일은 내일을 위한 시간이 남겨져 있다.

부자가 되고 싶다면 부자의 꿈을 꾸고 부자가 되기 위해 시도해야 한다. 처음부터 부자의 DNA를 타고난 사람은 없다. 도전하고 시도함으로서 이뤄낸 결과일 뿐이다. 가난은 우리가 하고 싶은 일을 가로막는 가장 높은 벽이다. 가난을 경계해야 한다. 돈이 행복한 인생을 만드는 것은 아니지만 가난은 행복하게 사는 인생을 방해한다. 경제적 독립으로 자신이 하고 싶은 일을 하며 살아야 한다. 목표를 관리하며 지금 하는 일을 즐겨야 한다.

목표가 없을 때 활력이 떨어지고 삶이 권태로워진다. 목표를 세워 도전할 때 희망이 생기고, 희망을 향해 나아갈 때 삶이 활기차게 변한다. 희망이 없는 삶은 죽은 삶이나 마찬가지다. 죽는 순간까지 경계해야 할 것은 미래에 대한 꿈을 놓아버리는 일이다. 희망이 있는 삶이 인생을 행복하게 한다.

미래의 어느 지점에 있는 자신의 모습을 상상해야 한다. 일상에 의미를 부여하고 변화를 시도해야 한다. 변화하기 위해 노력하다 보면 기회와 만나게 된다. 좋은 운과 만난다. 운은 신이 만드는 것이 아니라 스스로의 노력이 만든다, 열정이 이끄는 대로 살다 보면 운이 따른다. 열정을 어떻게 사용하느냐에 따라 성공할 수도, 실패할 수도 있다. 삶에서 실패는 피할 수 없다. 실패가 두려워 시작하지 않는다면 시작하기도 전에 패배한 것이나 다름없다. 시작이 없으면 도착지점도 없다. 분명한 것은 성공한 사람들은 하고자 하는 열정이 있었다. 순간이 아니라 멀리 보면서 실수를 경험으로 삼아 한 걸음 더 나아갈 수 있었다. 안철수의 말이다.

"가장 두려운 일은 어제의 안철수보다 오늘의 안철수가 더 못한 것입니다." 발전하지 못하는 삶을 두려워해야 한다. 눈에 보이지 않는 아주 작은 진보라 해도 앞으로 나아가기 위해서는 지금 이 순간을 사는 것이 중요하다. 미래는 고정된 것이 아니라 자신의 상상의 크기에 따라 변한다. 미래를 믿는 사람은 결코 포기하지 않는다. 미래는 확정된 것이 아니다. 어떤 모습으로 나타날지 신조차 모른다. 꿈의 크기가 미래의 크기를 만들기 때문이다. 지금 시작한다면 미래는 신도 놀라게 만들 수 있다.

에드워즈는 40대 중반에 파워볼에 당선되어 억만장자가 되었지만 그 뒤 12년 만에 호스피스 병동에서 50대 후반의 나이로 쓸쓸히 죽었다.

해리 리버맨은 70대가 넘어 그림을 시작하여 103세 죽을 때까지 그림을 그리면서 에드워즈보다 배 가까운 삶을 살았다. 미래는 누구도 알수가 없다. 신조차도 알 수가 없다. 그것은 사람의 마음이 미래를 만들고 믿음이 현실을 만들기 때문이다.

해리 리버맨이 나이 70이 넘어 그림을 시작할 수 있었던 것은 희망을 갖고 그림 그리기를 선택하였다는 것이다. 그의 선택과 시도가 미국 국민으로부터 '미국의 샤갈'로 불리게 되었다. 50대는 나이 백 살에 비하면 절반이다. 미래를 향해 꿈꾸는 것은 나이에 상관없이 가능하다. 천재성보다 노력이 중요하다. 노력보다 그 일을 즐기며 하는 일이 더 큰 성취와 보람을 준다. 무엇인가를 계속한다는 것은 미래가 있다는 것이다.

이 모든 것은 자신을 사랑할 때 가능한 일이다. 자신을 사랑할 때 남도 사랑할 수 있다. 자신을 진정으로 사랑하는 사람은 고난 가운데서도 스스로 자신을 격려하고 응원하는 방법을 안다. 오늘의 고난을 기꺼이 감내한다. 열정을 지속할 수 있는 방법을 찾는다. 그렇게 살 때 미래는 분명히 다른 모습으로 온다.

하루하루 내면의 목소리에 귀 기울여 존재의 의미를 물어야 한다.

제7장

재테크

돈을 찬미해야 한다

1
돈에 대한 자각이 우선이다

가난을 아무리 칭송한다 해도 부자가 아니면 진정으로 완전하고
성공적인 삶을 살아가지 못한다. - 윌레스 와틀스

물질문명은 화폐의 가치를 극대화시켰다. 자본주의사회에서 자본이 경제의 주체다. 삶의 전 영역에서 돈과 불가분의 관계를 맺으며 우리는 살고 있다. 자본의 위력이 막강한 시대에서 경제는 모두의 관심사가 되었다. 돈에 대한 가치기준이 우리나라 중산층과 프랑스 중산층의 비교에서 많은 차이가 있음을 알 수 있다. 우리나라 중산층 기준은 돈을 떠나 이야기할 수 없을 정도로 돈의 가치가 물질 중심이다. 우리나라의 경우 물질의 충족이 중산층의 조건으로 보았다.. 무엇보다 밖으로 드러나는 외부지향적인 가치가 중요시되고 있다. 다음은 한국의 중산층 기준이다.

1. 부채 없이 30평 아파트를 보유해야 한다.

2. 월 급여 500만 원은 되어야 한다.

3. 배기량 2000CC 이상의 차량을 소유한다.

4. 예금 잔고가 1억 원 이상 남아있다.

5. 해외여행 연간 1회 이상 할 수 있어야 한다.

프랑스 중산층의 경우 물질보다 삶의 질을 중시하고 있음을 알 수 있다. 내가 삶의 주인으로 사는 것에 더 큰 의미를 두고 있다. 중산층의 의식 밑바탕에는 존재의 가치와 삶의 질이 우선이다. 자기 내면의 만족과 충만을 더 가치 있게 생각한다. 프랑스 중산층의 기준이다.

1. 외국어 1개 이상 할 수 있어야 한다

2. 직접 즐기는 스포츠와 악기 1개 이상 다룰 수 있어야 한다.

3. 봉사활동을 한다.

4. 남의 아이를 내 아이처럼 꾸중한다.

비교에서 삶의 기준이 많이 다름을 알 수 있다. 우리나라는 집과 월급과 차와 통장과 여행 등 모두가 물질과 관련되어 있다. 프랑스의 중산층은 자신의 존재에 대한 가치를 중요시하고 자신으로 인해 더 나은 사회를 지향하고 있다. 외국어를 구사할 수 있다는 것은 나 아닌 다른 사람에 대한 관심으로 타인과 소통하고자 하는 마음이다. 스포츠나 악기는 남이 하는 것이 아닌 직접 참여하는 데서 느끼는 자기만족의 삶을 원한다. 남을 위해 봉사함으로써 나 아닌 내 이웃과 사회를 생각하고, 미래세대를 생각하는 안목도 있다. 정신문화는 동양이 서양의 물질문명보다 먼저였지만 정신문명보다 서양의 물질문명에 더 깊이 예속되어 버렸다.

아프리카에서 스프링북이라 불리는 영양은 봄이 돌아오면 풀을 찾아 모여들기 시작하여 나중에는 집단으로 무리를 지어 초지를 향해 이동한다. 처음에는 풀을 뜯는 것이 목적이었지만, 새 초지를 향해 나아가면서 무리에서 뒤처지지 않기 위해 새 초지를 향해 달리게 된다. 나중에는 먹이와 상관없이 질주한다. 유전적 생존 본능에 따라 뛰어야 살 수 있다는 것을 알고 동료보다 앞서기 위해 달린다.

문제는 앞에 낭떠러지를 만나도 멈출 수 없다는 것이다. 계속해서 뒤에서 밀려오는 무리에 의해 낭떠러지 끝 절벽에서 돌아서지 못하고 바다로 뛰어든다. 살기 위한 본능이 죽음의 질주로 이어지는 동물들의 삶은 비장해 보이지만 거기에는 개체수를 조정하는 자연의 섭리도 있다. 무엇이 행복한 삶인지 생각할 겨를도 없이 욕망을 쫓아 사는 건 아닌지 돌아봐야 한다. 본능을 제어하지 못하면 본능의 노예가 되고 만다. 욕망을 통제할 수 있을 때 진정한 자신과 만날 수 있다.

돈을 균등하게 나눠 줘도 결국에는 한쪽으로 쏠리게 된다. 돈에 대한 생각이 다르기 때문이다. 현재에 집중하여 소비를 미덕처럼 여기는 사람은 소비위주로 살 것이다. 미래를 생각하고 미래를 대비하는 사람은 저축할 것이다. 돈의 편리성에 기대어 집착하는 것도 문제지만 돈의 소중함을 알지 못하는 것은 더 큰 문제다. 자본주의 사회에서 생존을 위해 균형 있는 돈의 관리자가 되어야 한다. 현명한 사람은 돈을 지배하지만 많은 사람들은 돈을 벌기 위해 자신의 자유와 바꾸며 지배당한다.

하버드대학교 공중 보건대 연구팀이 보스턴에서 부유한 지역에 사는 사람과 가난한 지역에 사는 사람들의 사망률을 조사했다. 부유한 지역에서 사는 사람들이 사망률이 39%나 낮았다. 영국 글래스고의 가난한 지역 거주자들은 기대수명이 54세로서 주변 환경이 나쁘면 노화도 빨리 온다는 사실을 밝혀냈다. 건강하게 오래 사는 것도 우리가 가진 부와 비례한다는 사실이다. 건강은 자신의 존재가치를 실현시키는 데 꼭 필요한 자원이다. 그래서 건강한 삶을 위해 돈은 필요하다.

경제적 자유를 위하여

돈의 효용가치는 가진 사람의 마음에 따라 달라진다. 칼이 강도의 손에 있으면 사람을 해치는 흉기가 되지만, 주부의 손에 있으면 가족의 건강을 지키는 요리 도구가 된다. 물도 독사가 마시면 독을 만들지만 소가 마시면 우유를 만든다. 돈으로서 수많은 사람들을 살릴 수도 있지만 죽일 수도 있다. 돈을 어떻게 사용하느냐에 따라 가치가 달라진다.

인간다운 삶을 사는 데 돈은 소중한 재화다. 뜻이 고귀하고 이상이 높아도 물질이 따라주지 않으면 마음으로 그치고 만다. 선의로 세상에 기여하고 싶어도 밖으로 드러내지 않으면 알 수 없다. 마음은 눈에 보이지 않아 알 수가 없다. 돈이 있으면 내 마음이 원하는 걸 표현할 수 있고, 내가 원하는 일을 할 수 있다. 내가 하고 싶은 일들을 하면서 살 수 있다는 것은 행복한 인생을 위해 중요하다. 받기만 하는 삶은 주도권이 없다. 관계에서 받기보다 주는 게 많은 사람이 되어야 한다. 그렇게 되기 위해 경제적 자유가 필요하다.

평범함으로 인생에 무임승차하는 것은 자신을 세상에 보내준 신에 대한 예의가 아니다. 존재가 세상에 도움이 되어야 한다. 더 좋은 세상을 만들고, 다른 사람들의 발전을 도울 수 있는 힘은 경제적 자유에서 더 많이 나온다. 내가 원하고 꿈꾸는 것과 내가 가진 선한 뜻을 실천할 수 있을 때 삶은 행복하다.

프랑스 50대 재벌이 된 미디어가 전립선암으로 세상을 떠났다. 임종 전에 4억 600만 프랑의 주식을 의료원에 보내어 전립선암 연구를 위해 써달라고 기부하면서 유언을 남겼다. 가난을 벗어나고자 하는 사람 중 자기가 낸 수수께끼를 맞히는 사람에게 100억이란 금액의 장학금을 주겠다는 유언이었다. 문제는 "당신은 왜 가난한가?"였다. 마지막 날 공증부서의 감시 아래 보험 금고를 열었다. 답은 "가난한 사람은 성공에 대한 욕망이 부족해서다"라고 적혀 있었다. 답을 맞힌 사람은 없었다.

부자가 아니라면 가난을 벗어나고자 하는 목표가 필요하다.

계획의 법칙에서 "목표에 정성을 쏟으면 목표도 그 사람에게 정성을 쏟는다. 계획에 정성을 쏟으면 계획도 그 사람에게 정성을 쏟는다. 무엇이든 좋은 것을 만들어내면 결국 그것이 그 사람을 만드는 법이다."

라고 말한다.

목표를 세우고 실천하는 사람에게 미래가 있다. 원인이 결과를 만들고 출발이 도착지를 만든다. 자본주의 사회에서 가난은 자랑이 아니고 벼슬이 아니다. 돈을 찬미하고 사랑해야 한다. 돈은 삶을 자유롭게 한다. 구속으로부터 벗어나 자신이 원하는 삶을 살 수 있다. 꿈을 현실로 만들 수 있다. 미래란 저절로 오는 것이 아니라 스스로 만들어 나가는 것이다. 가난이 아닌 부를 선택하고 온 마음을 다해 노력하면 원하는 미래를 만날 수 있다.

소설가 로버트 루이스 스티븐슨은 말한다. "하루의 성공을 판단하는 기준은 무엇을 거둬들였느냐가 아니라 무엇을 뿌렸느냐"다. 자신이 살고 있는 세상이 나로 인해 나아질 수 있도록 좋은 씨앗을 뿌려야 한다. 내일을 생각한다면 오늘 뭔가를 시작해야 한다. 하루하루가 달라지고 한 해 한 해가 나아져야 한다. 가난은 삶을 위태롭게 한다. 가난에 저당 잡힌 삶은 노예의 삶으로 전락하고 만다. 희망으로 가난을 수거하고, 미래를 위해 땀 흘리는 노고를 기꺼이 받아들여야 한다. 계획하고 노력하는 만큼 원하는 삶에 가까워질 수 있다. 돈으로부터 자유로워질 수 있으며 나다운 삶을 살 수 있다. 우크라이나 랍비 나흐만은 "오늘보다 내일이 더 낫지 않을 거라면 내일이 왜 필요한가?"라고 묻는다. 물질에 대한 열린 안목으로 경제적 자유에 대한 자각이 우선이다. 내일을 위해서도 오늘 꿈꾸는 것을 멈추지 말아야 한다.

2
돈! 사랑해야 사랑 받는다

지금까지 당신이 아름다움과 감동, 기적과 마법을 충분히 누려왔다 해도,
오늘부터 결심하는 것만으로 더 많은 것을 누릴 수 있습니다.
매일 매 순간 선택은 당신 몫입니다. - 앤드류 매튜스

우리는 돈의 영향력 안에서 살고 있다. 불가능을 가능하게 만들고,
추한 것을 아름답게, 악을 선으로 위장할 수 있는 힘이 있다. 하지만 돈
은 스스로 판단할 능력이 없다. 지배하는 주인에 따라 악마가 되고 천사
가 되기도 한다.

부자가 되는 것은 어렵지만 돈을 가치 있게 사용하는 것은 더 어렵
다. 주인의 가치관에 따라 돈의 가치가 달라진다. 돈이 주인을 잘 만나
야 하는 이유다. 땀 흘려 번 돈이 소중하고 가치가 있다. 일확천금이 오
래가지 못하는 이유는 자신의 힘든 수고가 없었기 때문이다.

돈은 삶의 수단이지 목적이 아니다. 돈에 종속되면 돈의 노예로 삶이
매몰되고 만다. 더 많이 가진 사람과 비교하며 만족을 모른다. 유태인
들은 '준비되지 않은 사람에게 많은 돈은 불행' 이라고 보았다. 가진 사

람의 올바른 지성과 가치관이 돈의 가치를 높인다.

일확천금을 꿈꾸다 복권에 당첨된 사람들에 대해 미국의 켄터키대학교와 피츠버그대학교의 경제학 연구진이 1993년부터 2003년까지 복권에 당첨된 3,500명을 대상으로 추적 조사했다. 1,900여명이 당첨 5년만에 빈털터리가 되었다. 자신의 힘으로 노력하여 번 돈과 손쉽게 얻은 돈의 가치가 빚어낸 결과다. 자신의 관리 범위를 벗어난 돈은 자기 것이 될 수 없다. 스스로 땀 흘리지 않은 돈은 행운이 아니라 불행이 될 수도 있다. 스스로 노력하여 번 돈이 떳떳하고 소중한 가치를 지닌다.

청소원 마이클 캐럴은 18살인 2002년에 잭팟에 당선되어 180억 원을 수령했다. 8년이 지나는 사이에 빈털털이가 되어 주급 42파운드의 실업수당으로 연명하고 있다. 그의 말이다.

"1주에 100만 파운드로 사는 것보다 42파운드로 사는 게 행복하다. 파티가 끝나고 현실로 돌아왔지만…… 옛날 청소부로 돌아가 평범하게 살고 싶다. 한 푼이라도 더 벌기 위해 최선을 다할 것이다."

자신이 힘들게 번 돈이 아니면 돈에 대한 주인의식이 없어 돈의 소중함을 모른다. 그의 마지막 말이다. "파티가 끝나 기쁘다. 내 돈이 가는 곳마다 돈 냄새를 맡은 하이에나가 따라다녔다. 그 덕에 인간의 진면목을 깨달을 수 있었다." 악인이든, 선인이든 돈은 누구에게나 필요한 재화다.

모두가 부자로 살고 싶지만 모두 부자가 되는 것은 아니다. 부자가 되고 싶으면 부자가 되기 위해 목표와 계획을 세우고 노력해야 한다.

"부자가 되고 싶으면 도전하는 사람이 되라. 당신이 눈을 통해 들어오는 모든 사물의 형상에 자극받고 당신의 귀를 통해 들리는 소리들에게서 아름다움을 발견하라. 그 과정에서 당신은 세상을 푸는 지혜를 발견할 수 있다."『시골의사의 부자 경제학』에 나오는 말이다. 세상의 이치에서 지혜를 깨달을 수 있다면 부자와 가까워질 수 있다. 신념과 비전으로 부자가 되기 위해 노력한다면 부자가 될 수 있다.

부자로 살고 싶지만 문제는 소수를 제외한 대부분의 사람들이 부자 되는 방법을 모른다는 것이다. 남들처럼 해서 남들보다 나아질 수 없다. 더 나아지기 위해서는 오늘은 어제와 달라야 한다. 남보다 몇배의 노력이 있어야 한다. 봄에 씨앗을 뿌려야 가을에 수확을 기대할 수 있는 것이 자연의 이치다. 미래에 대한 계획을 세워 오늘 시작해야 내일 결실을 기대할 수 있다. 막연한 희망으로는 환경을 바꾸지 못한다.

10년, 20년이 지나도 커다란 변화가 없는 것은 목표와 실천이 없었기 때문이다. 부자들은 부자가 되는 방법을 생활 속에 실천한다는 것이 부자가 되지 못한 사람들과의 차이다. 『시골의사 부자 경제학』에서 나오는 부자들의 공통점이다.

1. 부자들은 일찍 자고 일찍 일어나는 규칙적 생활을 한다.
2. 목표를 두고 한 번 세운 원칙은 지킨다.
3. 2가지 이상의 일간 신문을 숙독, 정보를 얻는 데 노력한다.
4. 사회적 지위보다 경제적 독립에 우선순위를 부여한다.

5. 신용을 무엇보다 중요시한다.

6. 경기의 흐름을 파악하고 새로운 시장 기회를 중점 공략한다.

7. 부자들 중 독신은 5%, 미혼은 2%에 불과하다.

8. 부자들은 대부분 28년 이상 한 부인과 살고 있다.

9. 평균 3명의 자녀를 두고 있으며 자식들을 엄격하게 교육시킨다.

10. 샐러리맨보다는 자영업자 또는 전문 직종을 선택한다. 그러나 자식들은 반드시 샐러리맨을 거치게 한다.

11. 수입의 15%는 여유자금으로 비축한다.

12. 앞날에 대비해 보험은 꼭 들어둔다.

13. 상당수의 부자들은 사치를 하지 않고 오래된 낡은 집에서 살고 있다.

14. 물건을 살 때 3번 이상 생각하고 필요 없는 물건은 사지 않는다.

15. 물건을 살 때 한 푼이라도 싸게 사기 위해 값싼 곳을 이용한다.

부자들은 이런 것들을 실천하지만 평범한 사람들은 머리로만 알고 있다는 점이다.

부자가 되고 싶으면 부자 멘토를 따라 하면 부자가 될 가능성이 높다. 부자들의 마인드를 배우고 그것을 나의 것으로 모방하여 실천한다. 부자 습관을 만드는 것이 중요하다.

사람의 인격이 돈의 격이다.

모든 일에는 관심이 중요하다. 관심이 있어야 접근하여 바라보기 때문이다. 무관심은 아름다운 꽃밭을 눈을 감고 지나가는 것이나 마찬가지다. 관심이 없으면 보고도 못 본 것이나 마찬가지다. 부자가 되고 싶다면 부자에 대한 관심을 가져야 한다. 부자가 된 그들의 방법을 배우고, 재테크에 대한 온갖 정보와 부자들의 재테크 습관에 관심을 가져야 한다. "지식과 수익은 정비례한다"라고 말한다.

현실에서 부자가 되기 위한 습관이다.

1. 신문에서 경제면을 먼저 보는 습관을 갖자.
2. 재테크에 대한 관심을 가지고 관련 책을 보자.
3. 금융관련 사이트를 활용하고 정보를 얻는다.

안상헌의 『생산적인 삶을 위한 자기발전노트 50』의 내용이다. "자신의 진정한 능력은 남들과 다르게 할 때 발견될 수 있다. 시간을 돈과 바꾸기보다는 능력을 높이는데 집중해야 한다. 남들과 같이 해서는 남보다 더 나아갈 수 없다. 자신답게 살아야 한다."

남들과 같게 해서는 남보다 나아질 수 없다. 나만의 것을 찾아 특화시켜야 한다. 우리가 믿는 내일은 오늘 내가 보낸 시간들이 만든다. 시간은 흘러가는 것이 아니라 사라지는 것이다. 오늘 내가 잘 보낸 시간만이 나의 것이 될 수 있다.

자신이 진정 원하는 것이 무엇인지 알고, 집중할 때 부자와 가까워질 수 있다. 목표를 정하고 계획을 세워 실천하면 반드시 결과와 만난다. 시도하는 사람만이 미래에 결실을 기대할 수 있다.

재테크에 대해 깊은 관심을 가져야 한다. 식물을 키울 때나, 동물과의 관계에서도 관심은 중요하다. 대상은 관심을 가지는 만큼 성장하고 다가오기 때문이다. 돈도 관심과 사랑을 먹고 자란다. 내가 돈을 사랑해야 돈도 나를 사랑한다. 모든 관계는 상대성이다. 호불호가 관계를 결정짓는다.

돈에는 인격이 없다. 돈을 다루는 사람에 따라 돈 자체도 가치와 격을 가진다. 돈의 주인은 사람이고 그 사람의 인격이 돈의 격을 만든다. 내가 돈의 주인이 되어 돈을 지배하는 삶을 살아야 한다. 존재의 의미를 실현하기 위해 돈으로부터의 자유가 중요하다. 돈을 사랑해야 돈도 나를 사랑한다. 세상의 이치가 그렇다. 마음이 원하는 일을 하며 살 때 삶이 행복하다.

3
돈을 지배하라

돈의 주인으로 등극하느냐 돈의 노예로 전락하느냐는 전적으로 당신의 선택에 달렸다.
유일한 차이가 있다면 돈과 자신의 가치를 어느 정도로 인정하느냐, 그것뿐이다.
— 존 디마티니

가난하다는 이유로 자기가 하고 싶은 일을 하지 못한다면 인생이 행복할 수 있겠는가? 어려운 이웃을 돕고, 더불어 나누고 싶은데 경제적 능력이 되지 않아 하지 못한다면 행복한 삶이 될 수 있겠는가?

내게도 그런 때가 있었다. 젊은 날 부모님께 효도하며 살고 싶었지만 마음뿐이었다. 실천하지 못할 때 마음이 아팠다. 현실은 늘 앞가림하기에 바빴다. 돈을 벌기 위해 직장에서 소중한 시간을 보냈다. 월급과 소중한 내 젊음을 바꾸면서 세월이 갔다. 많은 시간을 직장에서 보냈지만 풍족함과는 거리가 멀었다.

치열한 고민 없이 산 날들에 후회가 남는다. 평범하게 살기 위해 세상에 온 것은 아닐 것이다. 삶의 목적과 미래에 대한 계획과 존재의 의미에 대한 깊은 생각이 없었다.

돈과 관련하여 새뮤얼 스마일즈의 『자조론』에서 존슨 박사는 말한다. "빚을 불편한 것으로만 여기지 말라. 그것은 일종의 재난임을 깨닫게 될 것이다. 가난은 좋은 일을 할 수 있는 수단을 빼앗아 가고 현실적으로나 도덕적으로 악에 저항할 수 없도록 무기력하게 만들기 때문에 고결한 수단을 모두 동원해서 피해야 한다.

어떤 빚도 지지 않겠다는 것을 첫 번째 주의사항으로 삼아라. 또한 씀씀이를 줄여서라도 절대 가난해지지 않겠다고 결심하라. 가난은 인류 행복의 큰 적이며 자유를 완전히 말살한다. 또한 가난은 덕행을 전혀 실행할 수 없게 만들거나 극도로 어렵게 만든다. 절약은 선행의 토대이자 평화의 밑거름이다. 자기 자신이 궁핍하면 남을 도울 수 없다. 나눠주기 위해선 가진 것이 충분해야 한다."

돈과 가난에 대한 가감 없는 설명이다. 돈이 있으면 우선 자유롭고 다른 사람으로부터 구속당하지 않아도 된다. 자유를 누릴 수 있으며 꿈을 이룰 수 있다. 삶에서 여러 가지 문제는 가난에서 비롯되는 경우가 많다. 가난에서 탈출하려 하지 않는다면 수많은 문제를 안고 사는 것이나 마찬가지다. 인간이 동물과 다른 점은 생각할 수 있고 생각에 따라 변할 수 있다는 것이다. 가난에 대한 책임은 온전히 자신에게 있다. 자본의 가치를 인식 못했고, 금융 문맹(文盲)에서 벗어나지 못했기 때문이다. 경제에 대한 금융지식과 돈에 대한 이해가 있어야 원하는 자신의 미래를 준비할 수 있다. 누대로 이어지는 돈과 관련된 속담에서 느껴야 한다.

1. 푼돈을 잘 관리하라. 그러면 목돈은 저절로 관리된다.

2. 근면은 행운의 어머니이다.

3. 고통이 없으면 얻는 것도 없다.

4. 세계는 참고 노력하는 자의 것이다.

5. 빚을 진 채 아침에 일어나는 것보다 저녁을 굶고 잠자리에 드는 것이 낫다.

돈과 관련하여 좋은 습관은 사소한 것에서 출발한다. 목표가 없다는 것은 원하는 것이 없다는 것이다. 원하는 것이 없으니 목표의 필요성을 느끼지 못한다. 돈에 매여 살면서도 돈의 소중함을 모르면 구속을 스스로 자초한 것과 같다. 돈에 대한 장기목표가 없으니 미래에 대한 비전이 없었다. 목표와 미래에 대한 기대치가 없었으니 하고자 하는 열정이 없었다.

원하지 않으면 구할 수 없는 것은 삶의 법칙이다. 생각이 미치지 못해 실행하지 못했던 지나간 세월에 탄식이 있다. 캐서린 폰더의 말이다. "신이 나를 위해 풍성한 우주를 마련했고 또 내가 그것을 누리기 원한다는 믿음이야말로 부를 이루는 데 꼭 필요한 마음가짐이다."

항해하기 위해서는 배가 가야 하는 목적지가 있어야 한다. 방향을 나타내는 나침판과 지도가 있어야 하고 식수와 연료도 필요하다. 호수에 물고기가 가득해도 그물과 낚시를 준비하여 행동하지 않으면 잡을 수 없다. 인생도 물고기를 잡는 것과 같다. 준비하고 시도해야 한다. 준비가 있어야 한다. 가난을 벗어날 계획을 세우고 끈기 있게 노력해야 한다.

세상에 도움이 되는 삶을 살고 싶다면 도울 수 있는 능력을 먼저 갖춰야 한다. 내가 자유로워야 남을 도울 수 있다. 부자가 되고 싶다면 부자가 되기 위한 방법을 찾고 행동으로 보여주는 실행력이 있어야 한다.

부자가 되기 위해 경제의 기본과 부자들의 마인드를 익혀야 한다. "부자가 되고 싶으면 부자처럼 행동하라"고 했다. 경제는 누가 가르쳐주는 것이 아니라 스스로 배우는 것이다. 배움을 실천함으로써 부자에 다가설 수 있다. 그것이 발전이고 이전보다 나아지는 것이다.

백만장자인 철강왕 카네기의 아들은 좋은 호텔을 이용하는데, 막상 카네기는 싸구려 여관을 이용했다. 이런 카네기를 보고 비서가 왜 싼 여관에 묵느냐고 물었다. 그는 "아들이야 부자 아버지가 있지만 난 그렇지 못하니 절약할 수밖에 없지 않느냐"라고 대답했다. 부자가 우연히 부자가 되는 것이 아니다. 부자가 되기 위해 검소함은 생활의 일부분이다. 우리는 마음만 먹으면 환경을 바꿀 수 있는 능력이 있다.

세계적 기부왕으로 알려진 폴 마이어는 취업 면접에서 57번이나 떨어졌다. 성공하고 말겠다는 결심으로 보험판매원으로 성공했다. 40개가 넘는 회사를 운영하고 있으며 수익의 절반을 기부한다는 원칙을 세우고 실천하고 있다. 오전에는 열심히 돈을 벌고 오후에는 돈이 필요한 곳에 나눠주고 저녁이 되면 돈을 벌 새로운 아이템을 구상한다. 그의 인생목표는 "가능한 한 많은 선행을 행하는 것"이다. 돈에 매몰되지 않고 부자로서의 가치 실현을 위해 사는 삶이 돈을 지배하는 삶이다. 돈에 휘둘리지 않고 자신다운 삶을 사는 것이다.

"인생이나 일의 결과는 '사고방식×열정×능력'이라는 공식에 따라 결정된다고 생각한다. 세상은 어차피 모순투성이고 불공평해 다른 사람 것을 훔쳐서라도 잘살자'라고 생각하면, 이것은 대표적인 마이너스 사고방식이다. 이런 경우 '능력'과 '열정'을 곱한 값이 100이 된다 해도 마이너스인 '사고방식'을 곱하는 순간 그 결과는 반드시 마이너스가 된다."

"결국 회사는 리더의 기량이나 인격만큼 성장한다. '게는 자신의 등딱지 크기만큼 구멍을 판다'라는 말이 있다. 회사도 리더의 기량이나 인격보다 더 크게 성장하기는 어렵다. 만일 회사를 성장시키고 자신의 인생을 더 높은 수준으로 끌어올리고 싶다면 인격을 갈고 닦아 좋은 인품을 갖추는 것부터 해야 할 것이다."

경영의 신이라 불리우는 일본의 이나모리 회장의 말이다. 기업뿐이겠는가. 개인의 삶에도 마찬가지다. 인격의 성장 없는 발전은 개인이나 사회에 큰 도움이 되지 않는다. 인격의 그릇을 키워 제대로 된 인격을 갖춰야 한다. 돈을 지배할 수 있을 때 자신의 삶을 살 수 있다. 돈의 격은 가진 사람의 인격에서 나온다. 마이너스 사고방식이 아니라 더 나은 세상을 생각하고, 모두가 행복한 미래를 생각하는 플러스 사고를 가질 때 돈은 진정한 가치를 가진다.

"100파운드를 빌리면서 신과 협정을 맺었다. 나를 백만장자로 만들어 달라고 그러면 당신에게 절반을 드리겠다고 약속했다. 이후 심판의 날에 대한 나의 믿음이 지금까지 나를 올곧게 살도록 지탱해줬다."

영국의 부호 앨버트 거베이의 말이다. 선한 목적을 위해 신과 약속을 하고 수십 년이 지난 뒤 약속을 지키기 위해 4억 8000만 파운드 우리 돈으로 약 8,160천만 원의 재산을 내놓았다. 더하여 전 재산도 자선단체에 내 놓았다. 그는 말한다. "좋은 목적들을 지원하는 일들을 계속하고 싶다. 자선기금 마련 목표를 이루기 위해 최대한 열심히 일하겠다." 그는 세계 제2차대전이 끝나고 해군에서 제대할 때 가진 재산은 제대 군복 한 벌과 80파운드가 전부였다고 말했다. 돈의 가치를 알고 그 실현을 위해 신과 약속을 한다. 처음 세웠던 목표가 이루어지면서 그의 꿈도 이루어 졌다. 중요한 것은 돈으로부터의 자유가 있어야 한다. 원하는 일을 할 수 있으며, 꿈을 현실로 만들 수 있고, 돈의 가치를 극대화시킬 수 있다.

4
재테크, 시작이 빨라야 도착도 빠르다

인간은 항상 시간이 모자란다고 불평하면서
마치 시간이 무한정 있는 것처럼 행동한다 - 세네카

재테크란 말은 이제 일상어가 되었다. 물질이 삶의 중요한 위치를 차지하는 현재를 살면서 삶의 질과 풍요로운 삶을 위해 재테크는 필수가 되었다. 돈이 주는 의미는 작게는 개인의 행복권과 관계가 있고 크게는 존재의 의미와 관계가 있다.

글로벌 사회에서 불확실한 미래에 살아남기 위해 치열한 경쟁과 함께 개인은 고군분투할 수밖에 없다. 그 중심에 재테크가 있다. 재테크는 미래 준비를 위해 중요한 부분이다.

영국의 경우에는 4세부터 금융교육을 받은 아이들이 11~16세 때 학교에서 '의무교육'도 받는다. 11~14세 때는 '화폐의 기능과 사용' '개인 예산 세우기' '금융상품과 서비스' 등에 대한 교육을 받고, 14~16세까지는 소득, 저축, 조세, 재정, 신용, 부채. 금융위험, 복잡한 금융상품과 서비스 등에 대해 체계적으로 배운다.

이렇게 배움으로써 자신의 꿈을 이루고, 시간과 자본으로부터의 종속된 삶이 아닌 자유로운 삶을 살 수 있다. 무엇보다 자유로운 삶을 위해 재테크는 중요하다.

꿈을 이루기 위해 경제적 자유는 중요하다. 이론이나 지식으로 무장한 막연한 희망은 행동으로 옮기지 않으면 공상일 뿐이다. 사람들이 부자를 꿈꾸지만 꿈꾸는 사람 모두가 부자가 되는 것은 아니다. 부자가 되는 사람은 행동으로 옮기는 5%다. 95%는 생각으로 그치고 만다. 인생 전체 라이프스타일에서 어떻게 실현할 것인지 물어야 한다. 물음이 있어야 물음에 대한 답을 찾을 수 있다. 재무설계에서도 마찬가지다. 먼저 묻고 답을 구해야 한다. 내일을 위한 희망개념으로 목표를 세우고, 올바른 재무설계로 스스로의 미래를 만들어나가야 한다. 재테크와 관련하여 다음과 같이 묻고 점검할 필요가 있다.

1. 내가 원하는 삶은 어떤 모습인가?
2. 지금의 재정목표는 있는가?
3. 미래의 목표를 위해 무엇을 해야 하는가?
4. 미래 은퇴는 언제쯤 예상하는가?
5. 자녀의 교육과 미래는 준비되어 있는가?
6. 노후자금은 어떻게 준비해야 하는가?
7. 은퇴 후 경제적 자유는 누릴 수 있는가?

미래는 목표를 세우고 계획하여 끈기 있게 실천하는 사람만이 원하는 미래와 만날 수 있다. 성공한 사람은 목표를 가지고 노력한 사람들이다. 노력하는 사람과 하지 않는 사람과의 차이는 삼각형 두 변의 각처럼 시간이 갈수록 점점 벌어진다. 현실과 타협하여 안주하는 하루가 아니라 미래를 위해 지금 시간을 투자하는 삶이 필요하다. 독일의 유명한 머니트레이너인 보도 섀퍼가 제시한 '재테크 4단계 전략'이다.

첫째, 일정한 비율의 돈을 저축한다.

둘째, 저축한 돈을 투자한다.

셋째, 수입이 늘어난다.

넷째, 그렇게 늘어난 수입의 일정 비율을 다시 저축한다.

부자를 꿈꾸면서 사람들은 왜 부자가 못 되는 것일까? 그것은 부자가 되고자 하는 선명한 목표와 실천이 없었기 때문이다. 재테크뿐이겠는가? 모든 성공으로 가는 길은 생각이 아니라 계획과 실천이 중요하다. 미국의 월스트리트저널(WSJ)에서 가난을 벗어나기 위해 소개한 보통 사람들의 일반적 재테크 조언이다.

1. 예산을 정하면 그대로 이행하라.

2. 빚부터 줄여라.

3. 보험 가입 내용을 검토하고 줄일 방법을 고민하라.

4. 푼돈을 아껴라.

5. 3개월치 생활비에 맞먹는 비상자금을 확보해라.

너무 평범한 원칙이지만 진리는 단순함 속에 있다. 일확천금이 아니라 가진 것을 소중히 여겨 절약한다. 검소한 생활로 꾸준히 저축한다면 미래는 지금보다 분명히 달라진다. 가까운 거리도 가기 위해 나서지 않으면 도착할 수 없고, 좋은 음악도 듣지 않으면 소용이 없다. 결심과 실천할 수 있는 마음이 문제다.

돈은 24시간 잠을 자지 않는다. 시간이 돈이고, 시간이 흐를수록 굴러가는 눈덩이처럼 불어난다. 반대로 빚도 그렇다. 그래서 빚부터 줄이라고 말한다. 재테크는 하루라도 빨리 시작하는 것이 좋다. 재테크에서 빨리 시작하고, 충분한 시간을 들여 기다릴 줄 알아야 한다. 가수 방미의 재테크 방식은 재테크의 기본 유형이다. 그녀가 말하는 재테크 원칙이다.

첫째, 절약과 성실을 바탕으로 미래에 대한 자신과의 약속을 지키는 것이 중요하다.

둘째, 반드시 목돈을 만들어야 한다.

셋째, 지금 당장 시작해야 한다.

그녀는 자신의 재테크에 대하여 단호히 말한다. "난 20대 후반에 4채의 집을 소유했으며, 30대 중반에는 일을 안 해도 살 수 있었다. 실천 방법으로 하루 2~3시간 자며 12군데의 업소에서 일을 했다. 인생은 공짜가 없다. 공짜는 자신을 망하게 하는 무서운 병과 같다. 난 지금도 치열한 구두쇠이다."

극작가 테네시 윌리엄스는 "젊어서 돈이 없을 수 있다. 그러나 늙어서 돈이 없을 수는 없다"고 말한다. 돈은 자신의 인생에 책임과 연계되어 있다. 저축을 위해 근검절약은 기본이다. 무조건 수입보다 지출이 적어야 한다. 그리고 돈을 사랑하고 소중하게 관리해야 한다. 재테크의 궁극적 목적은 행복한 삶이다. 행복한 삶을 살고 싶지 않은가. 행복은 구속이 아닌 자유에서 온다.

행복경제학의 아버지라 불리는 런던 정치경제대학교 교수인 리처드 레이어드 교수는 '행복에 영향을 미치는 7가지'를 순서대로 꼽았다. 중요한 순서에서 첫째 가족, 둘째 돈, 셋째 일, 넷째 친구, 다섯째 건강, 여섯째 자유, 일곱째 가치관으로 꼽았다. 중요한 것 중의 우선순위에서 돈은 행복을 위한 조건으로 두 번째였다. 행복을 원한다면 행복해질 수 있는 방법을 찾아 실천해야 한다. 행복은 우연히 찾아오는 것이 아니라 행복해지고자 하는 나의 노력과 실천의 결과이다. 행복의 원인을 찾아 자기의 것으로 만들어야 한다.

시작이 빨라야 도착도 빠르다. 재테크는 빠르면 빠를수록 좋다. 재테크에서 미래자산으로 평생을 활용할 수 있는 능력개발도 중요하다. 능력이 성장하는 만큼 개인의 가치도 그만큼 상승한다.

말콤 글래드 웰의 『아웃 라이어』에 나오는 '일만 시간의 법칙'에 따라 자신의 가치를 상승시켜 미래자산으로 만들어야 한다. 개인의 능력계발에 시간투자와 노력이 필요하다.

시간은 능력계발과 재테크에 절대적으로 필요한 자원이지만 한정된 자원이다. 자신만의 시간을 활용할 수 있어야 한다. 시간을 투자하여 스펀지가 물을 빨아들이듯 재테크 정보를 받아들여 자신의 것으로 만들어야 한다. 눈에 보이지 않는 시간이 나를 부자로 만들고 나의 행복을 지키는 자원이 된다.

돈과 자유는 비례한다. 경제적 자유가 개인의 자유를 확장시킨다. 대부분의 사람들은 자신의 자유를 팔아 돈과 바꾼다. 자신이 원하는 삶과 행복한 삶을 위해 재테크는 우선순위의 대상이다. 돈으로부터 자유로워질 때 매슬로우의 상위 단계인 자아실현의 삶이 가능해진다.

마리안 캔트웰은 "'때가 되면'의 '때'는 결코 오지 않는다. 사람들은 항상 너무 늙거나, 젊거나, 가난하거나, 바쁘다고 생각한다. 완벽한 시간과 상황은 오지 않는다. 그리고 두 번째 기회도 없다. 오늘 당장 시작하는 것이 답이다"라고 말한다. 시간은 사람을 기다려주지 않고 기회는 자주 오지 않는다. 오늘 시작함으로써 기회를 만들어야 한다. 진정한 재테크는 자신의 가치를 실현하는 것이다. 지금 시작해야 한다. 돈은 잠을 자지 않는다. 재테크는, 빠르면 빠를수록 좋다.

5
경제적 자유를 위하여

미래에 대해 오늘 준비하지 않으면 희망의 미래는 없다. 과거도, 미래도, 현재의 사고
결과이다. 지금 이 순간 자신을 변화시켜라. 항상 미래에 대해 생각하라.
- 우에니시 아키라의 『간절히 원하면 이루어진다』 중에서

좋은 관계를 위해서는 꾸준한 관심과 애정이 있을 때 좋은 관계로 발전한다. 부자가 되고 싶다면 부자에 대한 관심이 필요하다. 재테크 공부를 하고, 부자의 습관을 배우고, 작은 것에서부터 실천할 수 있을 때 부자를 닮아갈 수 있다. 돈을 대하는 마음부터 관리방법까지 관심과 애정을 가지고 집중해야 한다.

물질이 중심이 되는 사회는 돈이 사람의 가치척도가 되기도 한다. 보유한 부가 그 사람의 가치가 되고 인격의 척도가 된다. 부는 눈에 보이는 확실한 증거이기 때문이다. 부를 이루기까지 수많은 노력과 열정을 인정해야 한다. 자본과 물질이 지배하는 세상은 자본과 물질이 가치의 중심에 있다. 돈의 위력을 두고 비틀러는 말한다. "돈은 모든 사람이 그 앞에서 엎드리는 유일한 권력이다." 돈에는 그런 힘이 있다.

돈은 삶에 필요한 자원이다. 단순히 살아있다는 것만으로 돈이 필요한 세상에 살고 있다. 부자가 되기 위해 어떤 방법으로든 투자가 있어야 한다. 투자가 있어야 수입을 기대할 수 있다. 입력이 있어야 출력이 생기는 이치와 같다. 재테크를 위해 자신의 시간을 투자할 수 있어야 한다. 평범한 사람들은 돈과 자신의 시간을 바꾸며 산다. 돈이 없으면 개인의 자유가 구속될 수밖에 없다. 삶에서 선택의 여지가 좁아지고 남의 지배를 받으며 산다. 자신이 진정 원하는 삶이 아니라 남이 원하는 삶을 대신 살 수밖에 없다.

돈에 구속당하지 않는 삶을 살기 위해 어떻게 해야 하는가? 이 순간의 현실보다 멀리 내다볼 수 있는 안목이 필요하다. 멀리 내다보고 준비하지 못하면 하루살이처럼 쫓기는 삶을 살게 된다. 돈에 대한 가치관이 뚜렷하게 정립되어야 한다. 왜 돈이 필요한가? 돈으로 무엇을 할 것인가? 에 대한 답을 가져야 한다. 원하는 삶이 무엇인지? 어떻게 해야 원하는 삶을 살 수 있는지? 생각하면서 답을 구해야 한다. 돈으로부터 자유로울 때 원하는 것을 할 수 있으며 돈을 지배할 수 있다.

직장에서 월급을 받으며 보낸 생활은 부자가 되고자 하는 동기를 주지 못했다. 돈에 대한 절실함이 없었다. 고정적으로 나오는 월급은 생활에 대한 불안을 덜게 하고 현실에 안주하게 만든다. 안정된 일상이 성장하고자 하는 욕망을 마비시켜 미래에 대해 꿈꾸는 걸 잊게 했다. 돈에 대한 필요성을 느끼면서도 절실함이 부족했다.

여유가 생기면 소비의 달콤함에 젖어 순간에 만족했다. 젊은 날, 약간의 유산도 물려 받았지만 관리능력 부족으로 이리저리 흩어지고 말았다. 미래에 대한 준비와 계획이 없었으니 투자 개념도 없었다.

사육사가 주는 음식으로 사는 동물원의 원숭이처럼 한 달 일하고 받는 월급의 달콤함에 취해 세월을 보냈다. 결혼 전에는 부모님 밑에서 학교를 다닐 수 있었고, 제대를 해서는 남들처럼 결혼을 했다. 취직을 하고, 한 달이면 정기적으로 받는 월급에 만족하며 현실에 쉽게 안주하도록 길들어졌다. 다른 사람들도 그렇게 사는 줄 알았다.

돈에 자신의 삶을 저당 잡힌 채 매달 받는 한 번의 월급과 젊은 날들을 바꾸었다. 그런 시간은 빨리 지나갔다.

생물이든 무생물이든 대상에 대한 사랑하는 마음이 있을 때 가까워진다. 목표가 필요하고 돈에 대한 관심과 열정이 있을 때 다가온다. 삶의 목적을 위해서도 돈은 중요하다.

우에니시 아키라는 『간절히 원하면 이루어진다』에서 목적을 이루는 4가지 방법을 말한다. 돈으로부터의 자유를 위해서도 꼭 필요한 방법이다.

첫째, 꿈을 설정하라.
둘째, 몇 년 안에 달성할 것인지 구체적으로 계획을 수립하라.
셋째, 그 내용을 구체적으로, 세부적으로 만들어라.
넷째, 끝까지 포기하지 마라.

꿈이 있어야 목표가 생기고, 목표가 있으면 어떻게 실천할 것인지 계획을 세워 실천하게 된다. 집을 짓기 위해 시공도면이 필요한 것처럼 세부적으로 목표를 그릴 수 있어야 한다. 사진처럼 선명하게 그릴 수 있어야 한다. 시작하면 포기하지 말아야 한다. '실패란 없다. 다만 포기만 있을 뿐이다'란 말처럼 끝까지 시도하려는 의지와 끈기가 필요하다.

꿈이 있고, 희망이 있을 때 미래가 기다려진다. 실패와 고난도 인내하며 헤쳐 나갈 수 있게 한다. 한때 아이의 우유값이 없어 걱정했지만 작가가 되어 세계에서 가장 많은 돈을 번 『해리포터』의 저자 조앤 롤링은 하버대학교 졸업식에서 말했다. "실패는 우리 삶에서 불필요한 것들을 제거해주는 것이다." 실패는 안 되는 방법을 알게 한다. 포기하지 않고 시도하다 보면 결과는 응답한다. 자신을 스스로 감동시킬 수 있을 때 우리는 최선을 다했다고 말할 수 있다. 최선을 다했을 때 어찌 결과가 없겠는가?

가버린 시간은 다시 돌아오지 않는다. 돈으로 시계는 살 수 있지만 시간은 살 수 없다. 시간의 소중함을 알면서 너무 많이 시간을 낭비했다는 것을 알았다. 일상에 매몰된 지난 시간들은 더 큰 꿈과 희망을 생각하지 못했다. 미리 준비된 삶을 살지 못한 것에 후회가 있다.

로건 피어설 스미스는 "인생에서 목표를 삼아야 할 두 가지가 있다. 우선 당신이 원하는 것을 얻는 것, 그리고 그것을 즐기는 것이다. 가장 현명한 사람만이 두 번째 것을 성취한다"라고 말한다.

캐서린 폰더의 "신이 나를 위해 풍성한 우주를 마련했고 또 내가 그것을 누리기 원한다는 믿음이야말로 부를 이루는 데 꼭 필요한 마음가짐이다"라고 했다.

"자신의 삶의 확실한 목표를 먼저 정하라! 목표가 확실한 사람은 아무리 거친 길이라도 앞으로 나아갈 수 있다. 그러나 목표가 없는 삶은 아무리 좋은 길이라도 앞으로 나아갈 수 없다." 토마스 칼라일의 말을 이전에 알았더라면 후회하지 않기 위해 최선을 다했을 것이다. 이러한 사실을 인생에서 많은 시간이 지난 뒤에 알게 되었다.

지금은 새로운 마음으로 살기 위해 다시 배움을 시작하고, 새벽형 인간으로 습관을 바꿨다. 최종엽의 『블루타임』에서 업무를 위한 시간이 레드타임이라면, 자기계발의 시간인 블루타임의 시간을 위해 노력한다.

고려대학교 총장을 지냈던 이기수 전총장의 말이다. "오늘 변화하라. 그럼 내일이 바뀔 것이다. 오늘 실패하고 느껴라. 그러면 내일은 성공할 것이다. 오늘 안주하라. 그러면 내일은 비참할 것이다. 오늘 실패를 피해 가라. 그럼 평생 실패만 할 것이다."

현실이 어렵더라도 회피하지 말고, 실패에도 과감하게 앞으로 나아갈 수 있어야 한다. 실패는 끝이 아니라 새로운 시작일 뿐이다. 어렵고 힘든 상황을 포기하지 않고 견디면 기회는 찾아온다. 그렇게 믿는 것이 희망이고 우리를 견디게 하는 힘이다. 실패 없는 성공은 오래가지 못한다. 치열함 없는 성공은 성공의 진정한 의미를 주지 못한다.

세상은 항상 꿈을 쫓는 사람을 위해 문은 열어두고 있다. 헬렌 켈러의 말처럼 한쪽 문이 닫히면 다른 쪽 문이 열리게 되어 있다. 내 쪽에서 먼저 문을 닫아버리지 않는다면 미래의 문은 열려 있다. 문을 열고 새로운 미래의 길을 찾아 나서야 한다.

책에서 지혜를 배우고, 정보를, 얻고 부자들의 경험에서 배워야 한다. 부자로 살기 위해 지금 준비하고 실천해야 한다.

좋은 뜻만으로 좋은 인생이 될 수 없다. 더 넓은 세상을 향해 나아가기 위해 더 큰 꿈, 목표 있는 삶, 실천하는 삶을 살아야 한다. 경제적 목표가 필요하다. 존재에 대한 소명이 있어야 한다. 경제적 자유는 그런 것을 이룰 수 있는 자원이다. 경제적으로 자유로울 때 내가 꿈꾸는 것, 소명하는 것을 이룰 수 있다. 이 모든 것을 이룰 수 있는 것이 미래를 꿈꾸는 목표다. 그 목표와 비전을 만드는 것은 결국 내 마음이다. 마음먹기에 따라 세상이 달라지고 인생이 달라진다. 그렇게 살 때 나를 세상에 초대한 절대자에 대한 예의를 지킬 수 있고 도리를 다하는 것이다. ✒

지금 아는 것을
10년 전에
알았더라면